생트-뵈브와 프랑스 낭만주의 시인들

생트 – 뵈브와 프랑스 낭만주의 시인들

송태효

한국학술정보(주)

차 례

서　론

　　프랑스 낭만주의 시는 1829년 이전에 이미 시의 장르가 제기할 수 있는 대부분의 문제에 관한 시인들의 깊은 성찰을 담고 있다. 시인 – 철학가로서, 시인 – 사제로서, 시인 – 예언자로서 낭만파 시인들은 그 타고난 재능을 발휘하여 시대의 사상을 대변하고, 위안의 찬가를 부르고, 미래를 투시하는 가운데 시의 새로운 개념을 정립하고 실천하였다. 그들의 시는 존재론의 근거를 제시하는 철학이자 초월자의 말씀에 대한 상징적 전언이요, 자유를 위해 투쟁하는 전사의 노래였다. 낭만주의적 신화는 이렇게 형성된다. 자연은 이 신화의 원천인 성스러운 신전과 겹치고, 이 신전을 순례하는 고결한 시인은 속된 현실의 삶보다는 신비한 자연의 내면에 숨은 신의 의지를 간파하고 전달하는 신성한 임무를 스스로 짊어졌다. 신화 시대의 신들처럼 시인의 혼은 이상의 세계를 떠돌며 그 방황에서 얻게 되는 몽상을 표현하였다. 시 속의 자연은 시인의 정신 상태를 반영하는 관념적 자연이요, 시 속의 역사 또한 시인 자신의 주관적 당위성에 근거한, 미래 종교가 실현하게 될 주관적 세계상이었다.

　　시의 관념에서 초래되는 이 현실의 부재를 이유로 낭만주의 시의 가치를 폄하할 수는 없다. 시대의 정서보다 앞서 가는 시의 주제가 현실에만 머물 수 없을뿐더러, 현실의 한계를 초월하지 않고서는 현실을 응시할 수 없기 때문이다. 낭만파 시의 형식과 내용을 이루어 낸 역사적 맥락을 고려할 때 이 관념의 시는 대혁명 이후의 세대들이 도달할 수밖에 없었던 그 나름의 현실 인식을 담고 있다. 더구나 모두 초왕당파 출신인 귀족 시인들은 왕정주의에 맞서 자유주의를 천명하는 진보적 성향을 보이지 않았던가. 시가 현실의 느리지만 확실한 변화를 인식해 감에 따라, 자연을 객관화하여 삶의 현장으로 영입하고, 가능한 한 그 자연보다는 더욱 일상적 삶의 현장인 빈곤한 도시의, 그것도 그 교외 풍경을 소시민의 언어로 노래하는 시인이 나타났다. 부르주와지 출신의 유복자 시인 샤를르 오귀스탱 생트-뵈브(1804-1869)가 바로 그였는데, 뤼트뵈프 이후 실로 오랜만에 파리 종글뢰르(le jongleur parisien)의 진정한 후예를 그에게서 다시 만나게 된 것이다.

시가 도시인의 현실적 삶을 표현하기 위해서는 그 내용과 조화를 이루는 형식이 필요하다. 낭시의 고상하고 지석인 시는 엄숙한 상르와 문체 그리고 전통 시법에 어울리는 시어를 사용하였다. 애가의 라마르틴느, 오드와 발라드의 위고, 담시(le poème)의 비니는 각기 자신의 고유한 장르를 장악함으로써 대가의 경지에 오를 수 있었다. 〈르네〉의 후예를 자처하는 시인들은 나름대로 고전주의의 엄격한 시법에 맞서는 자유로운 시법을 실현해 가고 있었지만, 신화의 시신(les muses)이 제공하는 영감과 몽상을 표현하기 위한 그들의 시는 여전히 의고전주의적(pseudo-classique)인 주제에 머물고 있었다. 반면에 〈나의 뮤즈 ma muse à moi〉를 노래하는 도시의 시인 생트-뵈브는 거기서 탈피하여 현실의 일상사에 어울리는 주제를 찾아야 했다. 그러나 시의 새로운 주제를 일상성에서 찾아낼 수 있었다고 해서 생트-뵈브의 고뇌가 끝난 것은 아니었다. 생트-뵈브 속의 시인이 위고의 〈세나클르〉에 합류하면서 느끼는 기쁨은 계몽주의의 건조함을 시적 감수성으로 보상하려는 기대감에서 비롯하는 것이었지만, 현실의 천박함이 제공하는 고통스런 진실을 시로 승화함으로써 이상의 결여된 부분을 보완하려는 풋내기 시인의 의도는 결코 〈세나클르〉라는 남성들의 〈살롱〉과 시인들의 귀족 취향에 어울리는 것이 아니었기 때문이다. 그리하여 〈르네〉도 아니고 〈채터튼〉도 아닌 불로뉴-쉬르-메르 출신의 부르주와 시인은 낭만파로 전향함과 동시에 곧 反낭만파 시인으로 다시 태어날 수밖에 없었다.

창녀와의 정사를 노골적으로 고백하고, 상가에서 듣는 처량한 개의 울음소리를 담담하게 묘사하며, 당시까지의 시에서 볼 수 없는 개인의 일상적 삶을 시에 도입하였다고 해서, 시의 새로운 서정이 확립되는 것은 아니다. 소재에 대한 규제를 무너뜨리는 것이 예술로서의 시적 영역의 확대를 의미하는 것은 사실이지만, 그 내용에 상응하는 새로운 형식이 갖추어지지 않는 한 새로운 시의 정립은 불가능하다. 그리하여 자신의 시 사상을 실천하려는 부르주와 시인은 오드, 애가, 담시 같은 엄숙한 시 장르 속에 자유롭고 과감한 기법을 도입하고, 비정형성의 소네의 가치를 새롭게 인식하는 등 엄격한 규율 속에서도 가능한 한 더 자유롭고 사실적인 시 형식을 추구하였다. 천부적인 비평 재능으로 〈세나클르〉 동료들의 시법을 분석하고 종합하면서 자신의 형식을 모색해 간 생트-뵈브는 『16세기 프랑스의 시가와 연극에 대한 역사적·비평적 개관』을 저술하여 낭만파들이 사용한 풍부운, 자유로운 구걸치기, 유동적 휴지가 프랑스 시의 전통에 어긋난 시법이라는 고전파 시인들의 비난을 일소하고, 오히려 플레이야드파 시인들이 애용하던 이 기법들의 전통을 고전주의자들이 단절시켰다고 반박하며 낭만파 시인들의 정통성을 입증한다. 그리고 그들의 개인적이고 친밀한 시의 내용을 근거로 마침내 천박한 내용에 엄격한 형식이라는 독특한 시의 유형을 확립하기에 이른다.

낭만파 시인들의 시법이 물론 전적으로 새로운 것은 아니다. 세기병적 감수성, 이국 취향, 이상주의, 자연과의 합일, 영웅주의라는 새로운 주제는 그 자체의 새로움보다는 고전주의 문학의 획일성에 대한 반발이라는 역사적 가치에 더 큰 의미를 부여한다고 말할 만하다. 상징주

의의 서장을 여는 조응의 시법 역시 프랑스 시의 역사와 함께 꾸준히
전개되어 온 개념이며, 성직자로서의 시인의 사회적 기능이나 철학가
로서의 시인의 사상적 가치 역시 이미 고대 시에도 포함되어 있었다.
그러면 풍부운, 자유로운 구걸치기, 유동적 휴지 등의 새로운 기법이
진정으로 독창적인가. 이 점에서도 사실적이고 친밀한 주제를 과감한
산문조에 담은 16세기 시인 롱사르가 더욱 낭만파적인 시인이었음을
부정할 수 없다. 엄숙한 형식에 자연스러움과 간결성을 결합시켜 일탈
된 형식의 시를 추구하던 생트-뵈브는 그 이론적·실천적 근거를 찾
기 위해 과거로 거슬러 올라가, 자신의 미래 운명이 그러하듯 고전주
의의 두 세기 동안 내내 잊혀 있던 롱사르를 찾아내고 그의 작품 속에
서 자신이 추구하던 시의 내용과 형식을 발견했다. 에마뉘엘 바라가 『시
문체와 낭만주의 혁명』에서 인용한 "*Odi profanum vulgus et arceo*"[1]
라는 플레이야드파 시인들의 좌우명에서도 볼 수 있듯이 그들은 대중
들의 천박함을 혐오하고 있었지만, 그럼에도 불구하고 그 천박함을 꾸
밈없이 묘사하고 미화하는 유연한 시법을 과감하게 사용하였다. 엄격
한 형식 속에 담은 개인들의 이야기와 유려한 기법을 서로 융화시켜
시의 흐름을 이끄는 이들의 시는, 분석적 시법을 결여하긴 하지만 관
념적인 주제와 보편적 자아의 시가 아닌 현실적 내용과 구체적인 표현
의 시에 대한 전형을 담고 있다.

　　낭만파 시에 어떤 새로움이 있다면 그것은 이 기법들을 더욱 과감하
게 사용하여 현실을 시화한 데 있다. 라마르틴느가 시를 지상으로 끌

---

1) ≪Je hais la foule profane et la repousse≫, Horace, *Odes* Ⅲ,
　Ⅰ, Ⅰ, cité par Emmanuel Barat, *Le Style poétique et la Rév-*
　olution romantique, Slatkine reprints, 1968(réimpression de
　l'édition de Paris, 1904), pp.241. (이하 *Style poétique*) 일반적으
　로 이 표현은 에마뉘엘 바라의 경우처럼 *et arceo*를 생략하고 주로 *Odi*
　*profanum vulgus*만이 인용된다. Cf. Étienne Wolff, *Les Mots*
　latins du français, Éditions Belin, 1993, pp.196.

어내리고 〈세나클르〉의 위고가 사실주의적인 요소를 시에 도입하며 극시를 쓴 것도 그러한 관점에서 이해할 수 있다. 그러나 약간의 사실적인 요소의 도입에도 불구하고 낭만주의 시는 의고전주의적 전통의 한계를 벗어나지 못하였다. 엄숙한 형식과 의고전주의 문체로 표현된 낭만파 시인들의 내면성은 여전히 그들의 시가 현실보다 고상한 취향의 관념의 세계를 반영하고 있었던 것이다. 생트-뵈브는 이 관념적 시 세계를 현실의 바닥으로 끌어내리고 시에 구체적인 서정성을 부여하는 『죠제프 들로르므의 생애와 시와 단상』[2]을 통해 낭만파 시를 의고전주의의 관습으로부터 벗어나게 했다. 이 시집은 전통적 시의 형식과 새로운 현실이 충돌하는 공간으로서의 도시의 우울을 암담하게 묘사함으로써 시적인 것과 현실의 경계를 허물었고, 전통적 시 형식을 지키면서도 그 형식을 허물어뜨리기 위한 기법을 정확히 제시하여 낭만파 시법의 근거를 마련하였다. 『죠제프 들로르므』의 「단상」에 제시된 시의 회화성에 관한 이론 역시 시의 이러한 맥락에서 이해할 수 있다. 낭만파 시인들은 이 회화성을 묘사시의 결점을 극복할 수 있는 자신들만의 이상적 시법으로 인식하고 있었지만, 사실 이 회화성은 시의 역사에서 사실성을 부여하는 수단으로서 끊임없이 전승되어 온 위대한 전통의 유산이었다. 이러한 사실을 간과하지 않았던 비평가 시인 생트-뵈브는 위고나 뮈세와는 달리 현실의 세밀성을 표현하는 수단으로 회화성의 시학을 제시하였던 것이다.

현실과 시적인 것의 대립을 해소하는 일은 생트-뵈브가 실천하려고

---

2) *Vie, Poésies et Pensées de Joseph Delorme, Paris, Delangle frères, éditeurs libraires,* 1829. 이후로 이 작품은 『죠제프 들로름므』로 약하며, 모든 인용은 *Vie, Poésies et Pensées de Joseph Delorme,* édition avec Introduction, Notes et Lexique par Gérald Antoine, Nouvelles Éditions Latines(1957)에 의거하여 생트-뵈브의 시집에 대한 앙트완느의 서문과 주석은 *Gérald Antoine,* 「생애」는 *Vie,* 「시」는 *Poésies,* 「단상」은 *Pensées*로 표기함.

노력한, 그러나 그를 내내 괴롭혔던 영원한 과제였다. 최초의 낭만파 시의 본격적 이론서에 해당하는 『16世紀 프랑스의 시가와 연극에 대한 역사적·비평적 개관』과 낭만파 시의 회화성의 의의를 설명한 『죠제프 들로르므』의 곳곳에는 이러한 생트-뵈브의 고뇌와 그것을 해결하려는 노력이 엿보인다. 그는 철저하게 시와 현실의 대립 관계를 이론화함으로써 그 갈등의 요인을 해소하려 했다. 그러나 이러한 시인의 노력을 모두 포용할 수 있는 시를 그는 쓸 수 없었다. 낭만파 시의 이론을 정립한 생트-뵈브는 시인이 되기에는 이미 너무 많은 것을 알고 있었다. 정신적으로 너무 일찍 성숙하였으나 불행하게도 자신이 원하는 종류의 시인이 되기에 필요한 만큼의 서정성을 확보하지 못한 시인은 새로운 시의 길을 제시하는 것으로 만족해야 했다. 그러나 구체적인 물석 현실 속에 살아 숨쉬는 개인성을 그 회화적 수법으로 강조하고, 시가 상징을 통해 암시하려는 것도 결국 이 현실 속의 개인이나 개체에서 출발하고 있음을 밝힘으로써 『죠제프 들로르므』는 프랑스 시의 역사에 전환점을 이루었다. 이 전향한 이데올로그의 시집은 당시까지의 시인에게서 볼 수 없는 새로운 유물론적 경향 때문에 시인들뿐 아니라 사상가들로부터도 많은 관심을 샀지만, 그 고유한 가치는 사상의 새로움보다 그것의 모태가 되는 구체성에 관한 통찰력에 기인한다. 대상의 존재를 파악하기보다 그 존재를 증명하려는 철학자와 달리, 작품에 대해 생생하고 내밀한 감정을 느끼는 시인은 라마르틴느의 신비주의와 위고의 회화성의 시학을 넘어서는 새로운 시학인 〈친밀한 레알리즘 le réalisme familier〉의 시를 탄생시켰다. 비록 만능 예술가 위고처럼 행복한 미래 사회의 풍요를 제시하지는 못했지만, 레알리스트 시인 생트-뵈브는 구체적 현실에 부여한 대상과의 친밀성을 통해 자신이 느낀 존재를 재현함으로써 이상적 진·선·미를 내세우는 절충주의 철학 너머로 시대정신을 인도하였다. 이것만으로도 그는 충분히 현대시의 효시를 던졌다고 평가받을 만한 자격을 충분히 지닌다.

『죠제프 들로르므』의 레알리즘에 관한 연구는 현대시의 근원을 찾아내고 현대성의 예술사적 의의를 밝히려는 노력과 무관하지 않다. 시에 큰 기대를 걸지도 않은 채 씌어졌고 그리고는 잊혀져버린 시인 생트-뵈브의 첫 시집에 관한 이 연구는 고전주의와 낭만주의를 구별하는 많은 차이점 가운데 사소한 하나를 발견하는 과정에 지나지 않는다. 현실 속의 평범한 개인과 개체에 중요한 가치를 부여함으로써 위대하지는 않으나 독창적 시인이 될 수 있었던 생트-뵈브처럼, 그 사소한 하나인 낭만파 시의 어느 특성을 이해하기 위한 이 연구는, 누구나 다 이해했다고 여기고 있는 라마르틴느 시의 자연의 의미와 위고의 시의 회화성의 의미를 고찰한 생트-뵈브의 비평을 토대로 이루어질 것이다 (여기에서 진정한 비평 의식은 시 의식 그것과 다르지 않음을 느낄 수도 있으리라). 그의 시적 여정이 두 선배 시인의 시 세계를 극복해 나가는 길이었다 해도 결코 무리는 아니기 때문이다.

그리하여 연구의 제1장은 라마르틴느 시의 신비주의와 종교에 관한 연구로부터 출발한다. 시의 상징성과 현실성, 관념적 자연과 현실의 자연, 그리고 관념적 자아와 현실적 자아 등 주로 시의 관념성과 현실성이 갖는 대립적 관계를 밝히고, 관념성에서 출발한 고독과 그 위안자로서의 자연을 소개하는 라마르틴느의 초월성의 시와 그 대응 혹은 보충으로서의 생트-뵈브의 시를 비교한다. 초월적 상승에 집착하는 초기 낭만주의의 시를 벗어나서 현실에 천착하는 새로운 시의 사상적 근거가 여기에 드러날 것이다.

제2장은 의고전주의 시와 낭만주의 시의 사상과 수사법에 관한 비교를 중심으로 진행된다. 의고전주의 시의 본질을 〈묘사성 le descriptif〉으로 규정하고 그 이상적 대안으로 〈회화성〉을 선택한 낭만파 시인들 역시 또 다른 관념의 시인에 지나지 않았음을 밝힌 후, 삶의 개별성과 세부가 회화성의 시학의 구체성을 이루고 있음을 밝힐 것이다. 묘사성과 회화성을 배리되는 것으로 이해하고 회화성을 시의 이상으로 여긴

〈세나클르〉 시인들의 상황이 밝혀지고, 생트-뵈브가 지향했던 바의 회화성에 대한 상세한 내용을 이해하게 되면, 그가 레알리즘 시를 통해 추구하려 했던 암시성이 한층 높은 수준의 개인적 상징주의 시의 토대로 발전할 수 있음을 주장할 수도 있을 것이다.

제3장은 낭만주의에 있어서의 그 시 기법의 차이를 중심으로 라마르틴느의 애가와 셰니예의 애가의 차이를 조명한다. 특히 낭만파 시에서 부각된 시인-예술가의 선조로서의 앙드레 셰니예의 시가 지닌 중요성과 그 주된 기법인 걸치기와 각운의 의의, 그리고 낭만주의 시대에 부활한 소네의 가치를 밝히는 작업이 될 것이다. 이 작업을 통해 새로운 시의 내용과 이것을 표현하는 데 사용한 유연한 시 기법이 함께 이룬 예술파 시인 생트-뵈브의 〈분석적 애가 l'élégie d'analyse〉를 이어서 고찰하고 있다.

마지막으로 제4장에서는 시의 현실성과 현실 수용에 관련한 여러 문제들이 논의된다. 환멸과 성직에서 시작하여 파리의 변두리 속에 갇힌 부르주와 시인의 상황, 그 도시의 친밀성, 과감한 산문조 표현에 관한 검토와 함께 레알리즘 시 「누런 햇살」의 분석을 마지막으로 『죠제프 들로르므』에 관한 고찰이 마무리될 것이다.

이 연구의 과정이 생트-뵈브의 중요한 저작들을 이해하기 위한 기본 토대로서의 의미를 지니게 될 것을 기대할 수도 있으리라. 과학적 비평 방법론, 쟝세니슴과 포르-르와이얄, 삐예르-죠제프 프루동 연구, 평생 변함없는 공감의 대상이었던 생-시몽주의, 베르길리우스의 시법 등에 관한 생트-뵈브의 저작들의 근저에 『죠제프 들로르므』의 회의론과 비관론이 짙게 배어 있다고 볼 수 있기 때문이다. 회의론과 비관론에 근거한 레알리스트적 자세가 이 시인-비평가의 생애 전체를 살아가는 근본정신으로 자리잡고 있으며, 그 비극성은 이후 출간된 유심론 시집 『위안』(1830)과 『8月의 명상』(1837), 그리고 1830년대 초기의 격변하는 프랑스 사회와 마주한 지식인 청년의 고뇌를 심도 있게 다룬

소설 『애욕』(1834)에서조차 중요한 주제로 자리잡고 있다. 이와 같이 『죠제프 들로르므』는 생트-뵈브의 처녀작으로서 나머지 작품들의 형성에 절대적 영향을 미쳤다. 이 비극적 회의주의 정신 때문에 생트-뵈브는 누구 못지않게 시에 관해 많은 것을 알았음에도 불구하고 영감의 시인인 위고처럼 다작의 시인이 될 수 없었으며, 또한 그 누구보다 서정성을 깊이 추구하면서도 라마르틴느처럼 풍부함의 시인도 되지 못했다.

의고전주의 시를 개혁하려는 새로운 시 창작의 과정은 드릴르의 노력에서 출발한 셰니예의 새로운 사상과 라마르틴느의 새로운 감정의 통로를 거쳐 위고의 회화성을 지나 생트-뵈브의 시의 레알리즘에 이르러 한 단락의 매듭을 지었지만, 낭만파 시인들이 바라던 완전한 시의 개혁에는 아직 도달할 수 없었다. 그럼에도 불구하고 시의 레알리즘에 관한 탐구는 시적 개혁의 중요한 착상을 하나의 희망으로 제시한다. 이 탐구는 그 시대의 시인들과 후세의 상징주의 시인들이 생트-뵈브에게 부여한 영예를 복원하는 데 있지 않다. 차라리 아직도 생트-뵈브가 이해되지 않은 시인으로 남아 있어야 하는 그 이유를 밝힘으로써 시 속의 현실과 현실 자체의 의미를 발견하는 데 있다. 『죠제프 들로르므』의 생트-뵈브는 시 속의 현실을 강조하면서도 현실 속에 짓눌려 깨어진 이상의 결함을 시로서 복원하려는, 해결 불가능한 문제에 매달림으로써 이미 실패한 결과를 예고하고 있었다. 하지만 생트-뵈브의 시가 경험한 실패를 토대로 현대 시인들의 서정성이 가능했으리라는 기대와 함께, 낭만파 시가 상징주의 시로 가는 길목에서 스러져간 〈죠제프 들로르므〉에 관한 탐구를 시작하려 한다.

제1장
관념적 시학의 극복

1. 시와 종교

자아와 외부 세계를 대립시킬 필요가 없던 시대, 즉 삶의 내면성을 의식할 필요가 없던 고대의 시는 현실과 유리되지 않은 풍부한 상상력의 세계에 내재하는 통일성과 조화를 노래하고 있었다. 그러나 존재와 본질을 구분하고 그 차이를 증명하려는 철학의 출현과 함께 삶의 총체성이 깨지고, 시 속의 현실이 이상과 대립하면서 고대 시인들의 권위는 점차 철학자들에게로 이양되었다. 기독교 문화의 발전에 힘입어 시인의 성스러운 영감이 마치 신이 부여한 최고의 능력처럼 여겨지고 철학의 동반자로서의 문학의 개념이 상정된 이후, 시인들은 비록 그리스 현인들의 그것보다 더 나은 것은 아니지만 이 현인들이 가르치던 진리들을 더욱 숭고한 차원에서 해석함으로써, 인류의 스승으로서의 고대 시인들의 권위를 회복해 갔다. 중세의 시인들은 신의 존재와 그 의미를 상징으로 전달하면서 신학 앞에 무릎을 꿇은 철학자들보다 앞서 갈 수 있었고, 르네상스 시대의 시인들은 고대 세계의 문학을 상기시킴으로써 자신들의 권위를 회복하려고 노력하였다. 마침내 플레이야드파의 시대에 이르러 시인의 존재는 기독교의 범주를 넘어서고 만다. 종교와 문학의 상관관계에서 어느 정도 탈피하여 직업인으로의 변신을 시도하기 시작한 고전주의 시인들은 문학의 정신적 효용성을 강조하며 성직자들과 관료의 권위에 맞서 자신들의 권리를 변호해 갔고, 〈光明의 世紀〉를 맞이한 시인들은 자신들의 종교성과 사상을 결합시키면서 구제도의 몰락을 가속화시켰다.

그럼에도 불구하고 극심한 혼돈과 궁핍의 시대에 있어서조차 정신세계에 관한 탐구에 몰입하여 영원불변의 가치를 추구한 고결한 영혼들은 대부분 神에게 귀의하는 모습을 보인다. 그 사유의 절대성에 이의를 제기하는 유물론이나 회의론에도 불구하고, 이러한 영혼들은 플라톤이 숭고한 사상으로 형상화하고 예수가 그 접근 가능성을 제시한 〈본질과 진리〉라는 절대적 영역에 내재하는 조화를 이해하고 그것에 다가가려고 노력하며 살았다. 천부적 재능에 힘입어 절대적 정신세계의 신비를 해석하고 표현하는 데 노력을 기울인 이 영혼의 시인들은, 일반적으로 사상가나 작가 그리고 신학자로서의 기능과 역할을 겸함으로써 호메로스 시대의 그것에 버금가는 것은 아닐지라도 어느 정도 고대 시인이 지녔던 총체적 기능을 유지하고 있다고 여겨졌다. 그러나 위대한 시인 단테를 분수령으로 하여 시인의 개념은 큰 변화를 맞이한다. 그의 시대를 마지막으로 원래 시인들 속에 공존하던 다양한 기능과 역할의 총체성은 차차 분열되고 고립되어 갔는데, 그것은 승자 입장에서 그리스 문화를 수용하여 서구 문화의 흐름을 주도한 기독교의 사회적 기능과 역할 자체가 해체되어 가고 있었다는 사실을 의미하기도 한다. 무조건적 순종을 강요하는 종교적 권위에 맞서 인간의 존엄성과 이성을 전파하려는 철학의 도전에 부딪힌 가톨릭은, 삼라만상을 완벽하게 해석할 수 없게 되고 가장 중요한 역할인 구원과 위안의 능력마저 상실하여 대중들에게 약간은 거추장스러운 존재로 전락하였고, 어느 정도 종교적 기능을 분담하고 있기도 했던 시인들 역시 이후 가톨릭의 사제들과 유사한 운명의 길을 걷게 되었다. 삶이나 천지만물의 근원을 이해할 수 있는 능력을 상실한 그들은 이제 평범한 영감의 가객이나 일상적 예인에 지나지 않았으며, 당연히 선구자들과 동일한 영광을 누릴 수도 없었다. 그리하여 시인들은 일찍이 플라톤이 자리매김한 노동자·농민보다 약간 나은 평범한 신분으로 강등되어, 메세나의 품안에 갇힌 가니메데스의 신세가 되어버렸다. 그나마 〈제반 종교의 지적이고 내밀한 정신〉[1]이라는 신지학(la théosophie)이 출현하여 기존 가톨릭의 구폐에서 벗어나 인간과 신의 직접적인 교감의 가능성을 내세우며 본래의 기독교의 역할을 복원하고, 신성의 보편적 형상으로서의 우주의 모습을 제시하여 유물론이 제공할 수 없었던 또 다른 새로운 시대적 욕구에 부응하려 노력했지만, 신학 본연의 총체성을 복원하기에도, 그로써 새로운 시대의 정서를 포용하기에도 역부족이었다. 특히 프랑스의 18세기가 바로 이러한 상황에 처해 있었다.

종교의 권위가 실추되어 아무도 세상을 위안할 수 없는 것처럼 여겨지는 이러한 상황에서도, 보일 듯 말 듯한 실재성을 믿는 신비주의의 명맥은 계속 유지되었다. 정통 신앙의 모습을 지녔건 이신론이나 범신론의 모습을 내비치건 간에 이들은 가톨릭의 위축된 태도에도 불구하고 시대를 풍미하는 유물론에 맞서 싸우며 상처받은 영혼을 보호하려 했다. 그러나 이 상처받은 영혼들을 통찰하고 그들의 희망과 한숨을 전달하고 위로할 만한 시인, 즉 시 속에 자연스럽게 상정된 종교적 기능을 복권시킬 만한 시인은 아직 그 모습을 나타내지 않았다. 의고전주의 시의 건조함에서 탈피하여 새롭게 자연을 인식하여 시의 영역에 현실을 복권시킨 묘사파 시인들(les poètes descriptifs) 역시 시의 고대적 기능 내지 시의 과학적·철학적 기능을 회복시키려 노력했지만 심리학적이고 인간 중심적인 그들의 세계관은 아직 대중을 위안할 수 있는 단계에는 도달하지 못했다. 대부분 교훈시(la poésie didactique)의

---

1) *Lamartine* in *Portraits contemporains* I, Michel Lévy Frères, 1869, pp.276. (이하 *Lamartine*)

수준에 머물러 건조함을 드러내는 그들의 작품과는 달리 이러한 혼돈의 시기에, 시에 종교성을 부활시키려고 애쓴 알려지지 않은 시인–철학가가 있었으니 그가 바로 신지학자 생–마르탱이었다. 신의 목소리를 전하려는 생–마르탱의 철학의 본질이 기독교의 복원에 있음을 간파한 생트–뵈브는 1832년의 「라마르틴느론」을 통해 이 낭만주의 시인들의 선조이자 신비주의 철학의 복권자인 생–마르탱의 저서의 다음과 같은 구절을 인용하면서, 그의 시를 통해 다시 태동하는 낭만주의의 근원으로서의 시의 종교성에 관해 역설한다.

> 내 마음이 아끼는 거룩한 대상인 인간이여, 그토록 위안하는 모습으로 그대의 운명을 묘사함으로써 내가 당신을 속였다고 염려하지는 않겠소. 그토록 자주 당신 영혼을 자극하는 은밀한 내면의 암시들 한복판에서, 그토록 자주 당신 정신 위에 내리쬐는 순수하고 명석한 모든 사유들 한복판에서, 모든 사물들과 보이건 안보이건 생각하는 모든 존재들의 광경 한복판에서, 물리적 자연이 제공하는 모든 경이로운 현상들 한복판에서, 그대 자신의 작품들과 생산물의 한복판에서, 당신 자신을 한번 바라보시오. 그 많은 종교들 한복판에 서 있듯이, 혹은 불변의 진리에 참가하려는 그 많은 사물들의 한복판에 서 있듯이, 당신 자신을 바라보시오. 종교적 희열을 느끼며 생각하시오. 이 모든 종교는 단지 그대가 필요로 하는 찬양의 대상들에게 그대의 기관과 능력을 단지 열어 주려고만 애쓸 뿐이라는 점을 ……. 그래서 우리가 걸음을 내디딜 때마다 만나는 숱한 신전들로 존경심을 지니고 함께 걸어가 봅시다. 그리고 단 한순간이라도 성인 중 성인의 대로로 우리가 간다는 생각을 버리지 맙시다.[2]

이 〈정신성의 로빈슨 크루소 Robinson de la spiritualité〉는 감각으로부터 사고가 유래한다는 이데올로그들의 논리에 맞서, 자신의 내면 속으로 파고들었다. 인간의 사유를 신이 만들었다고 믿는 생–마르탱은

---

2) *Ibid.*, pp.279.

유물론자들의 논리에 맞서 유심론자로서 신의 창조물인 자연이 제공하
는 상징의 의미를 파헤치기 위해 조명설을 꿋꿋이 펼쳐 갔다. 18세기
의 기계적 시론에 의한 시를 비난하는 〈사랑과 위안〉의 시인, 보이지
않는 것의 실재성을 믿고 이승으로부터 탈출하려는 이 민감한 영혼의
소유자는 여타의 기독교 시인이나 철학자 시인처럼 자신의 사상이 융
화된 작품을 남기지는 못했지만, 그가 보여준 시에 대한 열정만큼은
대단한 것이었다.

> 다시 한번 찬가를 연주해 다오, 오 나의 리라여!
> 주를 위한 찬가를!
> 내 희열 속의 찬가,
> 내 행복 속의 찬가를!![3)

더욱 현실적인 인간으로 돌아와 고독한 자들을 위로하려 했지만 자
신의 의도를 선명한 이마쥬로 표현하지도 못한 생−마르탱이 세상에서
잊혀져 가던 무렵, 고통의 근원지이자 원죄의 온상으로 여겨지던 자연
의 개념을 떨쳐 버리고 프랑스 문학에 자연의 새로운 모습을 제시한
쟝−쟈끄 루소가 나타났다. 천부적 몽상 기질을 아낌없이 발휘한 루소
는 자신의 감정을 자연에 쏟아 붓고 자연을 친근하게 여기도록 만들어
그 위안자로서의 모습을 부각시킨 최초의 문인이자 철학가가 되었다.
그러나 모호한 영혼의 감정과 뛰어난 언어로 자연을 표현함으로써 인
간과 자연을 맺어 준 루소는 어디까지나 산문가였다. 정치적 논리, 민
감한 감성, 몽상적 사유 속에 잠기게 하는 매우 아름답고 회화적인 문
체의 매력에도 불구하고 루소가 훌륭한 시인이었다고 말할 수는 없다.
그러나 그 감성은 후세의 작가들에게 절대적 영향을 끼쳤으니, 유심론
적이고 몽상가적인 측면에서 그에 매료된 베르나르댕 드 생−삐예르와

---

3) *Ibid.*, pp.279.

스딸 부인 그리고 샤토브리앙의 열정은 모두 루소로부터 영향을 받은
것이었다. 예술가라기보다는 모호한 유심론 철학자이긴 하지만 『루소
의 저작 및 특성에 관한 서한집』을 발간하고 루소의 열정을 찬양하여
낭만주의의 성립에 선도적 역할을 한 스딸 부인, 자신의 작품 대부분
에 『에밀』에서 루소가 전하는 〈사브와의 보좌 신부 le Vicaire savoya-
rd〉의 복음을 담은 베르나르댕 드 생 - 삐예르, 혁명의 잔혹함을 겪은
뒤 청년 시절의 이데올로기를 버리고 유년기에 심취했던 가톨릭 성단
으로 회귀하여 루소의 심정을 소설에 담은 샤토브리앙 - 그렇지 않은
〈르네〉를 상상하는 것은 불가능하리라 -, 이 세 작가들 가운데 베르나
르댕 드 생 - 삐예르와 샤토브리앙은 스딸 부인과 달리 위안자로서의
자연을 묘사하면서 박애주의와 복음주의가 내포된 시적인 작품들을 써
갔다. 그들은 사신을 위안하는 쓸쓸한 자연을 느끼고 묘사한다는 점에
서 종교적이었던 반면, 스딸 부인은 다소 형이상학적인 산문으로 인류
를 교화한다는 점에서 종교적이었다. 루소의 후예들의 이 감수성 빼어
난 시적 산문들을 읽으며 시인 라마르틴느는 새로운 시적 재능을 쌓아
갔다.

　　어려서 읽은 베르나르댕의 소설은 비록 분석적 체계와 사상 면에서
뒤떨어지는 것이긴 해도, 라마르틴느로 하여금 자연을 느끼고 숭배하
게 만듦으로써 그 신비에 빠져들게 했다.

　　　　살랑거리며 스쳐 지나가는 산들바람 속에건
　　　　그대의 기슭에서 기슭으로 반복되는 파도소리 속에서건
　　　　부드러운 빛으로 그대 수면에 하얗게 비치는
　　　　은빛 얼굴의 달 속에서건.

　　　　　　　　　　　　　　　　　　　　　　　　(「호수」)4)

---

4) *Méditations*. Introduction. Note bibliographique. Chronologique.
　　Relevé de variantes et notes par Fernand Letessier, Édition
　　Garnier Frères, 1968. pp.283. (이하 *Méditations*)

시인의 가장 소중한 옛 추억을 음미하는 「호수」의 문체는 바로 이
같은 어린 시절의 독서에서 유래한다. 그러나 라마르틴느의 시쓰기에
결정적 영향을 끼친 것은 무엇보다도 『기독교의 정수』였다. 라마르틴
느의 시에 보이는 이신론적인 기독교로의 회귀 그리고 이후 프랑스 시
에 두드러지게 드러나는 종교성은 모두 『르네』의 유심론을 승계한 것
으로, 무너진 가톨릭 교단 아래서도 미래에 대한 막연한 희망을 버리
지 않은 시인의 영혼을 탄생시켰다. 계몽주의 시대의 끝물에 선보인
이 기독교 시인 생-마르탱의 시집은, 무엇보다 종교성을 회복한 새로
운 시를 탄생시키고, 그 속에 초기 낭만주의의 초월적 상징이라는 교
의를 잉태하고 있으며, 서구 철학의 신비주의적 태도의 전통을 복원하
였다는 의의를 지닌다. 아직 개인적 상징에는 다가가지 못하고 있지만,
이 상징과 신비주의는 중세의 신학적 교리에서 벗어나 실증주의 정신
과 합리주의적 사고의 발전에 따른 인간의 자유의지를 의식하고 있으
며, 아울러 원죄론과 삼위일체설을 부인하는 신지학자들이 제공한 〈조
응 correspondance〉, 〈공감각 synesthésie〉, 〈상관 corrélation〉, 〈유추
analogie〉 등의 시의 상징적 교리에 힘입어 서서히 성직자로서의 시인
의 기능을 강조한 낭만파 시인의 출현을 예고하고 있었다. 이 종교성
은 신성의 보편적 형상으로서의 우주의 모습을 제시하면서 위안이 필
요한 대중들에게 유물론이 제공할 수 없었던 또 다른 시대적 욕구를
만족시켰다. 실제로 낭만파 시인들 특히 위고의 경우 과도하리만치 즐
겨 사용하게 될 은유는 감각적 세계와 이상 세계 사이에 존재하는 초
자연적 조응이나 상관을 표현하기 위한 수단이었다. 그리하여 새로운
시대의 정서에 맞게 풍부한 기독교 정신과 삶의 본질을 품고 있는 상
징의 의미를 파악하여 이것을 감동적으로 전달하는 독창적 시인이 필
요한 이 시기에 자연의 시인 라마르틴느가 등장한 것이다.

시련의 시기를 살아가며 어떻게 해서든지 기성 종교를 계승할 수 있
는 사상과 감정을 유연하게 표현하려 했던 라마르틴느는, 새로운 시대

의 전도사로서 시를 썼다. 라마르틴느는 형식 면에서 장엄한 주제에 어울리는 오드와 애가, 서한시와 스땅스를 통해 자신의 사상을 펼쳤고, 오직 그에게만 가능한 사색과 명상을 통해 시인 - 철학가의 시대를 열었다. 그는 더 이상 새로운 길을 제시하지 못하는 철학 대신에 새로운 사상을 유려한 시로 전하고, 신학을 대신하여 신성을 새롭게 해석해 냈다. 이렇게 무한한 우주 속에 내포된 상징의 의미를 해독할 수 있는 능력을 신으로부터 부여받았다고 여긴 시인은 자연과 그 속에 숨은 신, 즉 현실과 보이지 않는 세계와의 상관관계를 파악하려고 노력하였다. 이 관계를 밝혀냄으로써 진리에 다가갈 수 있고 대중에게 그것을 전달해야 하는 시인 본연의 의무를 완수할 수 있다고 믿고 있었기 때문이다. 따라서 이 상관관계의 본질을 의미하는 상징주의가 라마르틴느 시의 주된 내용을 이룬다.

> 숨은 신이여, 당신은 말씀하셨죠, 자연은 그대의 신전이라고!
> 우리 눈이 자연을 응시할 때, 정신은 어디서나 당신을 봅니다.
> 이 세상은 당신의 완전함을 비추는 반사, 영상, 거울,
> 정신은 그것을 이해하려 애씁니다.
> 태양은 그대의 시선, 미는 그대의 미소.
>
> (「불멸」)[5]

현실에 좌절하여 이상을 추구하는 세속의 성직자 라마르틴느는 필연적으로 가시적인 것의 피안에 숨은 존재의 의미를 추구하게 되어 있었다. 현실의 쓰라린 체험에 근거한 자아의 확립, 종교적 이상 공동체를 실현하려는 성직자로서의 시인의 개념, 의고전주의 문학의 권위를 청산한 자유주의 비평 정신과 더불어 낭만주의가 이룩한 교리 가운데 후세에 가장 큰 영향을 미친 것은 바로 이 계시적 상징주의였다. 생트 - 뵈

---

5) *Méditations*, pp.20.

브 이후 고티예를 거쳐 보들레르가 전승할 〈시인 - 예술가〉의 계보보다
는, 이후 랭보로 이어질 〈시인 - 투시자〉의 모습은 이렇게 〈알 수 없는
어떤 것〉에 대한 탐구에서 출발한 시인의 모습에 이미 존재하고 있었
다. 스스로 〈투시자〉가 된 시인은 자연 속에 재현된 드러나지 않는 것
의 상징들을 해독해야 하는 숭고한 임무를 떠맡았다. 자연의 모습 속
에서 희망을 예언하건 비극을 점치건 간에 그것은 시인의 자유이겠지
만, 그래도 라마르틴느에게 이 자연은 희망을 불러일으키게 함으로써
현실에 결여된 것을 보완할 수 있다는 기대감을 부여한다. 그러나 진
리를 발견할 수 있을 것이라는 이 기대감이 진리 자체를 대신할 수는
없다. 갖은 노력에도 불구하고 진리를 파악할 수 없는 시인은 친밀하
게 느낀 자연 속에서 그 〈알 수 없는 어떤 것〉을 느끼는 것만으로 만
족해야 했다. 원래 무관심한 자연은 시인에게 〈느낌〉을 불러일으키고,
〈느낌〉이 진리를 대신하게 함으로써 시인을 감성인으로 만든다. 다시
말해서 비극적이지만 절망하지 않는 시인, 아직 희망을 저버리지 않는
시인, 자연과 하나 된 시인이 찾아내려는 초월적 상징이란, 결국 시인
자신과 자신이 살아가는 자연을 창조한 조물주로서의 신의 계시이며
시인에게는 이 계시가 곧 절대 진리인 것이다. 명상하는 전도사 시인
은 어떻게 해서든지 범인에겐 보이지도 들리지도 않는 신의 계시를 듣
고자 자연에게 간청한다.

> 그대 내게 깨우쳐 주려 오시나,
> 제세계의 거룩한 신비를?
> 낮이 그대를 다시 불러들일
> 천체 속에 숨겨진 그 비밀들을?

(「밤」)

Descends-tu pour me révéler
Des mondes le divin mystère?

Ces secrets cachés dans la sphère
Où le jour va te rappeler?[6]

(*Le Soir*)

그러나 느낌은 진리의 길을 가리키기만 할 뿐, 신은 묵묵부답이며 오직 창조물 속에 그 비밀들의 의미를 그대로 간직하고 있다. 이미 이러한 사실을 알고 있는 이 이신론자는 과거의 전도사들과는 달리 자신 속에서 들려오는 신의 말씀에 의지하여 설교할 수밖에 없다.

신은 자신을 이해하도록 지혜를 창조하였으니,
마침내 자연 속에서 그 조물주를 발견하여라!
한 목소리 침묵 속에서 정신에게 말하나니,
ㄱ 누가 마음속에서 이 목소리 듣지 못하였는가?

(「골짜기」)

Dieu, pour le concevoir, a fait l'intelligence :
Sous la nature enfin découvre son auteur!
Une voix à l'esprit parle dans son silence:
Qui n'a pas entendu cette voix dans son coeur?

(*Le Vallon*)[7]

지혜로운 〈마음속에서〉 듣는 계시, 여기에 라마르틴느의 시의 본질로서의 종교적 내면성이 존재한다. 현실의 친밀성을 모르는 이 내면의 목소리는 시의 풍요함의 근원이 되긴 하지만 동시에 시의 관념성과 모호성을 자초한다. 이 점이 그의 시가 근본적으로 안고 있는 문제이기도 한데, 항상 현실에 대한 시각보다는 영혼에 대한 질문만을 유도하는 느낌에 의존하기 때문에 라마르틴느의 시는 관념에서 시작하여 또

---

6) *Ibid.*, pp.15.
7) *Ibid.*, pp.24.

다른 고양된 관념으로 끝난다. 혁명도, 정치도, 철학도, 모두 관념에 의존할 뿐이다. 이를 두고 생트-뵈브는 〈자신의 영혼밖에 모르는 무지한 라마르틴느〉8)라고 하지 않았던가. 시인의 고뇌가 주관적 자아에 의지할수록 그 고뇌의 현실성보다는 주관성이 두드러지게 마련이다. 라마르틴느의 고뇌는 인간적이기보다는 차라리 새로운 사회에서 소외된 신 자신의 고뇌처럼 여겨진다. 그는 새로운 사회 현실에 시선을 돌리기보다 이상을 지향한다. 신도 인간도 모두 고립된 것이다. 생트-뵈브는 이 유심론자의 시작에 대해 다음과 같이 논한다.

　　라마르틴느는 공을 들이고 천착하는 사람이 아니다. 그는 길을 가며 주워 모으고, 씨 뿌리고, 거두어들인다. 그는 비껴가고, 소홀히 하며, 자기 손에서 떨어져 나가도록 내버려둔다. 자신 속에 과다한 재원을 지니고 있는 그는, 용이하고, 이미 주어진 것만을 원하는 것이다. 그에게 주어진 자연 묘사의 풍요로움과 열렬한 유심론자들의 고양된 정신과, 가장 보잘것없는 마음들의 밑바닥에 내려앉은 진실들을 결합하는 것은 단순하면서 광대하고, 평온하게 매혹적이었다. 그는 삶의 준동과 경관에 대한 취향, 인간애가 깃들인 고독의 천재성이 곁들인 침착하고 명상적인 감수성의 소유자이며, 보편 도덕의 도그마를 둘러 쓴 황홀한 관능의 소유자였다.9)

　이어서 생트-뵈브는 이 관능이 암울하지 않은 연유에 대해서도 설명을 잊지 않는다. 신비주의, 상징, 이상이 서로 교류하면서 시의 움직임을 이끄는 연관 관계를 형성할 수 있는 근원이 종교에 대한 시인의 기대 속에 자리잡고 있음이다.

---

8) *M. Villemain* in *Poésies complètes de Sainte-Beuve*, pp.373.
9) *Lamartine*, pp.285.

28

　　라마르틴느의 가장 고결한 시는 항상 가장 친밀한 기독교를 해석하고, 나아가 이 기독교를 통해 스스로를 해석한다. 그의 영혼은 조소에 의해 고갈되지 않고, 새로움에도 무절제하게 도취되지 않으며, 세속의 소요에도 불구하고 여전히 섬세하고 여유로운 영혼의 소유자들의 대부분이 지향하는 바의 그 완전무결한 이상과도 같다. 동시에 그 시의 형식은 이제까지 인간의 언어가 시인의 사상을 담아 온 형식 중에서 가장 폭이 넓고, 가장 비물질적이며, 가장 확산력이 큰 형식으로 항시적이며, 어디에서나 명쾌하며, 즉각적으로 감지 가능한 하나의 상징에 속한다.10)

　　시와 종교는 이렇게 구분이 불가능할 정도로 혼재되어 있다. 그의 시는 일종의 〈신의 찬가 l'hymne〉이다. 실제로 라마르틴느는 이성을 불신하고 신에 귀의하려는 자신의 심정을 숨기지 않는다. 그럴수록 신의 은총을 기대하지 않을 수 없는 나약한 인간은 운명에 복종하고, 이성의 판단력을 포기한 채 신에게 도전하는 이성을 폄하한다. 〈운명에 대항해서 싸운들 무슨 소용이랴? 보이는 것이라곤 협소한 지평선. 시선도 이성도 더 이상 끌고 가지 마라〉는 외침에 이어지는 다음의 시구에서 그의 종교적 겸허함은 신에 대한 인간의 의무를 규정하기에까지 이른다.

　　　　우리 죄는 우리가 인간이라는 것과 우리가 알고자 한다는 것.
　　　　무지와 복종, 그것이 우리 존재의 법칙.
　　　　바이런이여, 이 말은 가혹하오. 나도 오랫동안 의심하였다오.
　　　　하지만 진리 앞에서 물러설 이유가 어디 있겠소?
　　　　신을 마주한 그대 직분은 그의 작품이 되는 것!
　　　　그대의 거룩한 예속을 느끼고, 찬양하는 것.

　　　　　　　　　　　　　　　　　　　　　　　　(「인간」)11)

---

10) *Ibid.*, pp.285-286.
11) *Méditations*, pp.5-6.

바이런의 『만프레드』에서 동명의 주인공 만프레드는 이렇게 외친다.
"인내! 그리고 늘 인내 인내 하는데, 이 말은 몇몇 길든 동물들에게나
맞는 말이지. 맹금에게는 들어맞는 말이 아니야!"[12] 이렇게 말할 수
있는 만프레드는 악마라도 되지만, 신에 복종해야 하는 인간은 무지한
노예일 뿐이다. 보쉬예나 라므네 같은 신학자뿐 아니라 심지어 루소조
차 "우리가 알지 못하는 단 한 가지는 우리가 알 수 없는 것이 무엇인
지를 모른다는 것"[13]이라고 규정하였던 시대의 사유의 틀을 라마르틴
느는 그대로 이어받고 있다. 시인들이 부르주와 사회의 미래를 예견하
며 피할 수 없는 환멸을 예감해 가고 있던 시대에 라마르틴느의 시는
오히려 구시대로 회귀하고 있었던 것이다. 이러한 사실만을 강조하는
경우, 라마르틴느는 인간 보편의 감정을 추구하면서도 오히려 개인적
고뇌에 빠져 시대의 감정을 외면하는 시인으로 보일 수도 있다. 애국
시인 베랑제와 라마르틴느를 비교하는 생트-뵈브의 글에도 이러한 생
각이 드러나 있다:

> 사랑 속에 신성과 불후를 주입함으로써 라마르틴느는 개인의 필요
> 에만 따르고 있다. 이 필요는 아마도 감미롭고 깊기는 하겠지만 필연
> 적으로 고독한 공감에 의해서만 외부로 울린다. 라마르틴느의 시는 일
> 종의 종교다. 반면 베랑제의 시는 사상(une pensée), 더 정확히 말하
> 자면 여론(une opinion populaire)이다.[14]

생트-뵈브가 시의 종교성을 무조건 배척하는 것은 아니다. 신지학의
상징에 관한 그의 생각에서도 드러나듯 생트-뵈브 역시 시와 종교의 상

---

12) Byron, *Manfred*, II, 4, *cit* in *Méditations*, pp.475.
13) Rousseau, *Profession de foi du Vicaire savoyard* (*mile*, IV), *cit* in *M ditations*, pp.475.
14) *M. Tissot, Poésies érotiques avec une traduction des Baisers de Jean Second*; article paru dans le *Globe*, 4-mai-1826, cité in *Œuvres de Sainte-Beuve* I, pp.164.

응을 중시한다. 문제는 신에 예속된 종교성에서 비롯하는 시의 신비주의가 일반적으로 복고주의를 지향한다는 데 있다. 라마르틴느의 시 속의 인간은 〈자신의 본성에 갇힌, 그러나 그 소원은 무한한, 천상을 기억하는 추락한 신〉이다. 〈고대의 영광을 박탈당한〉 인간, 〈그 욕망의 거대한 심오함이, 저 멀리서 그 미래의 위대함의 전조를 보이지만〉 그 인간은 늘 에덴동산을 그리워하는 〈불완전하거나 전락한 거대한 신비〉15) 자체인 것이다. 그렇다고 생트-뵈브가 항상 신비주의 자체를 비난하는 것도 아니다. 단지 그 과도함을 비난할 뿐이며, 오히려 문학의 무한한 소재이자 출발점으로서의 신비주의는 부정하지 않는다. 종교가 인간 정신을 예속하는 강령으로 남아 있고, 반면 시가 인간 정신의 깨우침을 지향한다면, 종교와 시는 필연적으로 모순 관계에 빠질 수밖에 없을 것이다. 이러한 시의 내석 지침에 의해 시가 시인 개인의 표현으로 남는 것이 아니라 공유성을 지니게 된다면, 구속적 종교는 인간 정신을 신의 전유물로 전락시키는 까닭에 시와 상충하게 된다. 생트-뵈브는 이러한 상충을 와해시키는 가능성으로서의 종교는, 믿음을 강요하는 전통적 모습의 강령에서 벗어나, 차라리 이교도적 정신에 의한 불확실한 모습으로 제기되어야 한다고 생각한다. 규정이 아닌 의문으로서의 종교, 맹목적 신앙이 아닌 과감한 회의를 동반한 종교는 그 자체에 시적 요소를 지닌다. 셰익스피어의 작품을 논하는 글에서 생트-뵈브는 이 점을 강조하고 있다.

　　비록 셰익스피어가 제반 신비들을 모두 밝혔다고 주장하는 것은 오류일지라도, 적어도 그는 이 모두에 문제를 제기한다. 그리고 셰익스피어 이후 위대한 시는 종교처럼 공유물이 되었다. 위대한 시인들은 더 이상 자연과 종교에 관한 그들의 개인적 관점들을 항상 기독교의 지상 교리들에 종속시키는 법이 없다. 그래서 종종 모순이 폭발한다. 샤토브리앙 앞에 괴테가, 라마르틴느 앞에 바이런이 있는 것이다.16)

---

15) *Méditations*. pp.7.

라마르틴느의 시와 산문에 관한 그의 10편의 평론에서도 알 수 있듯
이, 자연에 인간의 감정을 반영하여 생동적인 시를 쓴 이 시인의 역사
적 의의에 대한 생트-뵈브의 평가는 매우 긍정적이다. 그러나 과도한
신비주의에 빠진 시에 결여된 그 무엇에 대한 아쉬움이 그의 비평의
주류를 이루고 있다. 생트-뵈브는 루소가 산문으로 옮긴 자연에 대한
감정을 운문으로 표현한 라마르틴느의 시에 만족할 수 없었다. 의고전
주의 시인들의 시나 라마르틴느의 시에 결여되어 있는 점, 즉 현실에
대한 시각, 일상에 대한 느낌, 분석적 사고 등을 그가 찾아낸 것은 워
즈워드나 커크 화이트 같은 영국의 호반 시인들에게서였다. 그들의 시
는 롱사르 이후 잊혀져 있던 프랑스 시의 개인성과 친밀성(la familia-
rité)을 서서히 일깨우기 시작한다. 그러나 라마르틴느의 시만큼 신비
주의적인 그들의 시는 아직도 종교적 상징성을 주된 특징으로 지닌 까
닭에 현실에 대한 분석적 자세를 결여하고 있다. 만일 분석이 문제 제
기에 의해서만 비롯된다면, 문제 제기를 위한 노력은 곧 종교적 상징
성을 극복하고자 하는 노력을 뜻할 것이며, 그리하여 비로소 시가 현
실의 감수성을 획득하게 될 것이다.

2. 초월적 상징

세니예의 작품이 출간되기 이전의 프랑스 시단은 무미건조한 의고전
주의 시가 주류를 이루고 있었다. 이 시인들을 대신하여 루소와 샤토
브리앙 그리고 베르나르댕 드 생-삐예르 같은 산문가들이 감수성 및

---

16) *Harmonies poétiques et religieuses* in le *Globe* du 20-juin-1830
    cité in *Les grands écrivains français* Ⅰ, études des *Lundis* et
    des *Portraits* classées selon un ordre nouveau et annotées par
    Maurice Allem, Librairie Garnier Frères, 1926, pp.14. (이하
    Les grands écrivains français)

32

몽상과 열정 면에서 독자들의 심정을 사로잡고 있었지만 그들은 산문
가였다. 이와는 달리 영국의 호반 시인들은 그 탁월한 감수성으로 자
연과의 교감뿐 아니라 내면적이고 가정적인 현실을 노래하며 생동감
있는 시를 쓰면서 현실에 좀더 가까이 접근해 가고 있었다. 라마르틴
느에 앞서 이미 워즈워드는 자신이 들은 내면의 목소리를 다음과 같이
한결 사실적으로 표현하고 있다.

　　테두리가 반질거리는 조개껍질의 휘어 감긴 부분들을 귀에 대고 궁
　금해하는 아이를 본 적이 있다. 아이는 온 정신을 집중해서 조용히 듣
　고 있었고, 이윽고 그 얼굴이 기쁨으로 빛났다. 자기 생각에는 소라고
　둥 속의 서식물이 그 태어난 바다와 맺고 있는 신비한 관계를 알려주
　는 몇몇 내면의 목소리를, 울리는 화음을 듣고 있었기 때문이다. 신앙
　의 귀에는 우주 자체가 이 조개껍질 같은 것으로, 그리고 우주는 이
　귀에 모든 불가시적인 것에 관한 진정한 계시들을 전달한다.17)

　그렇지만 침묵 속에서 자신들의 영혼과 우주의 영혼의 교감을 느끼
는 그들의 시는 생트-뵈브를 만족시킬 수 없었다. "그것은 어느 정도
피타고라스의 범신론과 연관된 신비주의이다. 그들에게 있어서 가시적
인 모든 것, 감정이나 목소리를 타고난 모든 것은 모호한 상징들이나
환상적인 징표뿐 아니라 진정한 계시들까지 제공한다."18) 자세히 음미
해 보면 이 말 속에는 냉소적 회의가 깔려 있다. 현실의 피안에서 상
징의 의미를 찾으려는 신비주의자들의 비현실적 태도를 생트-뵈브가
아쉬워하기 때문이다. 그렇다고 시인의 감수성, 범상치 않은 탁월한 감
각마저 무시하지는 말자. 영국 시인들의 감각은 자연과 교감하는 데

---

17) *Voyage littéraire historique en Angleterre de Pichot*, in le
　Globe du 25-XII-25, in Œuvres I, Gallimard, ≪Bibliothèque de
　la Pléiade≫, texte annoté et présenté par Maxime Leroy,
　1949, pp.137. (이하 *Œuvres de Sainte-Beuve* I)
18) *Œuvres de Sainte-Beuve* I, pp.137.

머물지 않고, 그것을 현실을 살아가는 개인의 감정으로 순화시킨다. 라마르틴느의 시의 새로움에 결여된 것이 바로 이러한 것이다. 브륀느띠에르는 다음과 같이 말한다.

> 워즈워드, 바이런, 셸리 그리고 키츠에 힘입어, 작가가 타인의 감정을 고려하지 않고, 그와 반대로 옳건 그르건 간에 작가가 지니고 있던, 자신을 타인과 구분하고 그들과 분리하는 오성을 표현하기 위해 문학을 오직 작가 개인의 감수성으로 만든 것은 영국인들이다.[19]

보편적 인류의 감정이 아닌 이러한 시인들 개개인의 감정은 원래 생트-뵈브 속에 존재하던 소박한 현실 취향, 결코 장엄하지 않은 자연, 비가톨릭적 기독교 등의 시적 주제에 생동감을 불어넣었다. 이와 아울러 그가 영국 시인들의 작품에서 발견한 것은 가정적 친밀함이었다. 그것이 프랑스 시인들의 상징보다는 좀더 현실에 근거하기 때문이다. 유복자 생트-뵈브가 가족적 친밀감이나 그것을 제공하는 보금자리에 대해 보이는 애착은 대단했다. 생트-뵈브는 "매 페이지마다 이러한 정신적이고, 친밀하며, 가정적인 장르의 작품들"[20] - 이 친밀성이야말로 낭만파 시 본연의 레알리즘의 요소로 발전하게 된다 - 을 쓰고자 했다. 그가 보기에 특히 영국인들의 사생활은 "더욱 폐쇄적이고, 더욱 안전하며 [그 속에서 더욱 잘 둘러싸여], 종족과 국가의 제반 [자연스러운] 풍습에 더욱 합치된다. 사생활은 더 많은 영감을 제공하고, 또 방금 많은 예에서 본 온화하고 시적인, 그렇게 반쯤은 신비에 가려진, 열정에 더욱 적합하다."[21] 그는 사생활이 배제된 혁명 이후의 프랑스 시인들의 시에도 이러한 내면성과 가정적 친밀성이 도입되기를 기대한다. 그러나 이 모든 것에도 불구하고 종교적 계시는 계몽주의 지식인

---

19) Cité in *De Joseph Delorme à Paul Claudel*, pp.29.
20) *Gérald Antoine*, pp. LⅢ.
21) *Gérald Antoine*, pp. LⅣ.

생트-뵈브에게 용인될 수 없는 것이었다.

〈혼을 담는 것이 세계가 아니라 세계를 담는 것이 혼〉[22]이라고 여겼던 버클리가 "대지와 그 가슴을 치장하는 모든 것, 한마디로 말해서 서로 조합하여 이 장엄한 우주를 구성하고 있는 물질체들이라 해서 모두 우리 정신의 외부에 존재하는 것은 아니다."[23]라고 천명한 이후 *Esse est percipi*는 영국 시인들의 좌우명처럼 여겨져 왔다. 프랑스 시인들도 스웨덴보리의 〈자기설 magnétisme〉과 쟝 리셰르의 유심론에 힘입어 시의 본질이나 시 정신이 사물의 의미와 상징을 주관적으로 파악하는 데 있음을 모르는 바는 아니었다. 파브르 돌리베가 "시의 본질 혹은 시 정신은 영감의 즉각적 산물인 알레고리의 재능과 다른 것이 아니다."[24]라고 하였듯이, 생-마르탱 이후 신지학이 시에 부여한 형이상학적 득권은 확고한 것이었다.

그럼에도 불구하고 시의 상징주의는 영국 시인들의 몫이었다. 그들은 이전의 프랑스 시인들의 시에서 발견할 수 없었던 가족적 친밀성과 소박한 내면성 같은 현실적 소재를 시로 옮기면서, 그 속의 상징적 기호들의 의미에 인간의 감정을 부여한 것이다. 오직 라마르틴느만이 대부분의 묘사파 시인들이 간과한 이 자연에 인간의 감정을 불어넣는 호반 시인들의 방법을 알고 있었다. 라마르틴느는 그들처럼 자연에 담긴 신의 계시를 듣고 그것을 자신의 시로 표현한 것이다.

---

22) *De Joseph Delorme* à *Paul Claudel.*, pp.31.
23) *Ibid.*, pp.31.
24) Fabre d'Olivet, *Les vers dorés de Pythagore expliqués et traduits en vers eumolpiques français*, Paris, 1813, pp. 20, cité in *Le Sacre de l'écrivain, Essai sur l'avènement d'un pouvoir spirituel laïque dans la France moderne 1750-1830*, Paul Bénichou, José Corti, 1985, pp.266. (이하 *Sacre de l'écrivain*)

온갖 세상을 건너가는 순례자여,
신이 우리에게 보낸 전령이여,
들어 보라, 파도 위의 알키온의 노래 소리를,
혹은 금발 동정녀들의 한숨 소리를,
혹은 〈호산나〉를 노래하는 별의 외침을.
                    (「A. DE L. 씨에게」)[25]

　그러나 생트-뵈브는 이 종교적 계시를 자신의 현실과 결부시키려는 시인들에게 공감할 수 없었다. 위고의 마력에 끌려 생트-뵈브가 일종의 유심론자가 되고, 시의 종교를 받아들여 시인이 된 것은 사실이지만, 그렇다고 그가 어렸을 때 심취한 가톨릭으로 복귀한 것은 아니었다. 호반 시인이나 〈세나클르〉의 시인들처럼 신의 섭리라는 생각에 완전히 동조할 수 없는 그는 이들의 계시적 상징이 시에 위험하다고 판단하고, 호반 시인들을 경계한다. "그들에 의하여 열정의 모호한 토로가 이론화되었다. 예를 들어 모든 불명료한 사고, 모든 덧없는 인상이 인정되었는데, 더 정확히 말하면 신성화되었다. 그리하여 그들은 시로써 자신들의 모든 책을 신탁으로 하는 하나의 종교를 만들었다."[26] 이어서 그는 라마르틴느에게 충고도 잊지 않는다. "루소와 베르나르댕 유파가 시에 소개되기 시작하고 있다. 호반 시인들의 내력은 이 유파에게 시가 대비해야 하는 위험들을 보여주는 데 아주 적합하다."[27] 생트-뵈브가 볼 때 시가 제공해야 하는 상징은 초자연적 현실의 존재를 의미하는 것이 아니라 인간의 경험에 의거하여 읽어내는 기호이기 때문이다. 상징 역시 감각적 세계와 우리의 사고가 맺는 관계 속에 존재한다. 그리하여 생트-뵈브는 하이네의 다음 구절에 주목한다.

---

25) *Poésies*, pp.101.
26) *Œuvres de Sainte-Beuve* Ⅰ, pp.136.
27) *Ibid.*, pp.138.

> 예술로 따지자면 나는 〈초자연주의자 surnaturaliste〉이다. 예술가가
> 자연에서 그 모든 유형들을 다 발견할 수는 없지만, 가장 괄목할 만한
> 유형은 사상 관념의 본유적 상징체계처럼 즉각적으로 그의 영혼 속에
> 계시된다고 나는 믿는다.[28)]

예술가가 자연 속에서 모든 상징의 유형들을 찾아낼 수는 없으리라
는 생각은 상징에 대한 호반 시인들의 개념과 좋은 대조를 이룬다. 종
교적 계시를 거부하고 감각의 세계와 존재론 사이에서 방황하던 이 회
의주의 정신은 상징의 체계를 파악하는 능력을 신의 선물로 보지 않고
천재 예술가의 영혼과 통찰력의 결실로 본 것이다. 계속해서 생트-뵈
브는 다음과 같이 말한다. "대상에 대한 직접적인 관찰은, 그리고 또
내면의 거울 한복판에 있는 이 대상의 변형된 반영으로서 예술은, 완
전히 자연의 복제도 아니고 포착할 수 없는 인상을 눈으로 옮긴 것도
아닌, 그러나 더욱 많은 가치와 진실을 지닐수록 더욱 다른 것과 유사
한 제3의 창조된 이마쥬를 추출해야 한다."[29)] 이 이마쥬는 반드시 신
성의 그것만은 아닌, 보이는 것과 보이지 않는 것 사이에서 갈등한다.
생트-뵈브가 인간의 사상과 그 주체가 사물에 투여하는 의미와 양자
사이의 연관성을 발견하길 기원하는 시점에서 상징을 파악하려는 것은
사실이지만, 이 상징을 찾아내는 것은 초월적 서정시인의 관심의 대상
이지 현실에 근거한 시인의 소임은 아니다. 생트-뵈브는 시인이 감지
하는 초월적인 세계 자체를 부정하지는 않지만, 이것을 발견하는 일은
서정시인이나 예술가의 소임으로 분류한다. 생트-뵈브 역시 예술가가
신으로부터 부여받은 능력 즉 철학가들의 그것을 초월하여 세상의 신
비를 해독하는 시인의 능력을 인정한다. 생트-뵈브는 〈이 겉모습의
세계 속에 있는 아주 내적인 또 다른 세계 sous ce monde apparent

---

28) Henri Heine, *De la France* in le *National* du 8-Ⅷ-1833, cité in
   Œuvres de Sainte-Beuve I, pp.555.
29) *Ibid.*, pp.556.

l'autre monde tout intérieur〉를 발견하고 분석하려는 시인들을 『위안』
의 「나의 벗 막심 르루 씨에게」라는 서한시에서 다음과 같이 표현한다.

> 이 인간들은 찬란하고 장막이 걷힌 밤을 소유하고 있다.
> 그들은 파도의 말을 이해하고, 별들이 하는 말을 들으며,
> 꽃들의 이름을 알고 있으니, 그들에게 宇宙란
> 다양한 상징으로 이루어진 하나의 관념일 뿐이다.
> 그리고 천 개의 물줄기로 분사된 물질이
> 인간의 눈에는 영원한 사상을 표현하듯이
> 그들 역시, 제 안에 담아 둘 수 없는 신으로 충만되어,
> 사랑의 작품으로 그것을 표현하려 애쓴다.[30]

이와 같이 라마르틴느를 위시한 신비주의자들을 염두에 두고 하는
생트-뵈브의 다음과 같은 말에는, 자신은 결코 도달할 수 없는 시인
의 역할이 드러나 있다.

> 예술 감정은 사물들의 생생하고 내밀한 감정을 내포한다. 대부분의
> 사람들이 표면이나 외양에 만족하고, 소위 철학자들은 현상의 피안에
> 있는 〈알 수 없는 어떤 것 je ne sais quoi〉, 전혀 〈이 알 수 없는 어떤
> 것 ce je ne sais quoi〉의 본질을 규정할 수도 없으면서도, 인식하고 증
> 명하는 반면, 예술가는 마치 어떤 별도의 지각을 부여받기나 한 듯, 이
> 가시적 세계 내에서, 대부분의 사람들은 모르고 있고 철학자들 역시 그
> 존재를 증명하는데 만족해 버리는, 내면적인 또 다른 세계를 느끼기에
> 말없이 전념한다. 예술가는 그 사물의 힘의 보이지 않는 유희에 참여하
> 고, 그 정신뿐 아니라 사물의 힘도 공감한다. 예술가는 태어나면서 상
> 징이라는 열쇠와 형상의 지능을 부여받았다. 다른 사람들에게는 불일치
> 와 모순으로 여겨지는 것도 시인에게는 조화의 대비, 우주의 칠현금 위
> 에서 이루어지는 먼 곳에서 들리는 화음에 지나지 않는다.[31]

---

30) *Poésies complètes de Sainte-Beuve*, pp.240.

비평가들은 이 대목에서 소위 〈조응〉의 원리를 발견하고 마치 이 「단
상 ⅩⅧ」을 생트-뵈브 시의 가장 중요한 덕목처럼 소개한다.[32] 분명
예술가가 지닌 능력은 초월적인 것이리라. 그러나 생트-뵈브 자신은
결코 이러한 예술 감정을 지닌 예술가를 목표로 하지도 않았으며, 또
그럴 만한 능력도 없었다. 그 역시 예술가가 되고자 했지만 현실은 그
가 몽상의 예술가가 되는 것을 허락하지 않았다. 이러한 사실은 18세
기의 합리주의적 계몽 교육이 낳은 생트-뵈브의 자유주의 시민 의식
에도 기인하지만 무엇보다도 그의 뿌리 깊은 회의주의에 기인하는 바
가 더 크다. 그래서 생트-뵈브는 자신이 〈세나클르〉에 동조하여 세속
의 유심론으로 시를 쓴 것은 그 순간 위고의 마력에 걸렸기 때문이라
고 변명한다. 물론 위고와의 만남으로 생트-뵈브가 유심론자가 된 사
실을 두고 그가 신유파의 종교를 수용했음을 의미하는 것이기는 하시
만, 천성적으로 회의주의자였던 생트-뵈브는 결코 그들이 주장하는
것을 그대로 받아들이지는 않았다. "생트-뵈브의 보다 더 고유한 일
면은, 인류의 미래를 향하여 그토록 열광하며 시적 충동에 사로잡혀
있는 시대의 한복판에서 드러내 보이는, 우리가 잘 알고 있는 품성에
내재하는 비탄의 어조, 이를테면 겸허한 환희인 회의"[33]라는 베니슈의

---

31) *Pensées* ⅩⅧ, pp.150.
32) *Les Fleurs du Mal*, édition critique établie par Jacques Crépet
   et Georges Blin, José Corti, 1942, pp.295-296. 앙트완느는 『오드
   와 발라드』(1822) 서문의 "시란 삼라만상 속에 있는 모든 내면적인 것"이
   라는 구절을 인용하면서 이 「단상」 첫 부분의 독창성의 가치를 폄하한다
   (*Gérald Antoine*, pp.247, n. 655). 한편 리파테르(Riffaterre)는 앙
   트완느의 이러한 지적에 대해, 위고의 경우는 철학자들의 이성이 간파하
   는 내면성과 논리적으로 감지할 수 없는 시인들의 직관적 내면성의 차이
   를 구분할 수 없는 단계에 머물고 있다면서 생트-뵈브의 「단상」에 독창
   적 가치를 부여한다(Hermine B. Riffaterre, *L'Orphisme dans la*
   poésie romantique, Thèmes et Style surnaturalistes, Edtions
   A.-G. Niget, 1970, pp.41, n.1)
33) *Sacre de l'écrivain*, pp.416-417. 또한 L'épitre à Sainte-Beuve

표현대로 그의 현실관을 대변하는 회의주의가 그의 문학의 대부분을 결정한다. 낭만파 선배들만큼 열정적이지 못한, 그래서 그만큼 환멸의 비애도 덜하고, 그렇다고 희망적이지도 못한 그는 세기의 모든 유파를 섭렵하지만 생애를 통해 어느 유파에도 완전히 몸을 내맡긴 적이 없다.

나는 나의 변모에 가장 많이 부서지고 지친 사람이다. 나는, 결연히 그리고 거침없이 가장 진보한 18세기, 트라시, 도누, 라마르크, 그리고 생리학으로 시작하였다. 여기에 나의 진정한 토대가 있다. 그 이후 『글로브』紙의 순리론적(doctrinaire)이고 심리학적인 유파를 거쳤는데 전적인 동의를 표하거나 신봉자가 된 것은 아니었다. 그 후 나는 시적 낭만주의로 건너갔는데 그것은 빅토르 위고의 세계를 거쳐서 였다. 나는 거기에 빠져 녹아드는 듯했다. 그러고 나서 생-시몽주의를 통과했는데, 차라리 동행했다고 보는 편이 옳을 것 같다. 그리고 거의 직후 아주 가톨릭적인 라므네의 세계를 거쳤다. 1837년 로잔느에서는 칼뱅주의와 감리교에 동참했는데, 거기에 관심을 가지려고 노력해야만 했다. 이러한 나의 모든 도정에서 결코 나의 의지와 판단을 상실한 적은 없다 (어떠한 매혹에 걸려 위고의 세계에 빠졌던 순간을 제외하면). 나는 결코 내 신념을 구속한 적이 없지만 사물들과 사람들을 매우 잘 간파하여 나를 전향시키길 원하고, 벌써 내가 그들에게 속해 있다고 믿고 있던 진지한 자들에게 최대의 기대를 심어 주었다. 나의 호기심, 모든 것을 알고 세밀히 관찰하려는 욕구, 각 사물과 각 기질의 진정한 상호관계를 발견하는 데서 오는 극도의 쾌락은 나를 이러한 일련의 경험으로 몰아갔고, 내게 그 경험들은 길고 긴 정신 생리학의 여정에 지나지 않았다.[34]

---

de Baudelaire, v. 46 in *Correspondance* I, ≪Bibliothèque de la Pléiade≫, pp. 117: ≪*Tout abîme mystique est à deux pas du Doute-*≫.
34) *Portraits Littériares* Ⅲ, Charpentier, 1862, pp.545.

40

생리학에서 출발한 유물론자가 유심론의 시인이 되었다는 사실, 더구나 왕당파 시인의 제자가 되었다는 사실은 애초부터 내면적 갈등을 내포하고 있다.『죠제프 들로르므』에는 생트-뵈브가 겪었던 이러한 갈등이 잘 나타나 있는데, 오히려 이 갈등은 그의 시를 전 세대들의 시와 구별되는 새로운 시로 만드는데 중요한 역할을 한다. 초월이 아닌 친밀성의 시인, 관념이 아닌 현실의 시인, 보편의 자아가 아닌 개인의 자아, 자연이 아닌 도시의 시인, 이상이 아닌 비극적 세계관, 저 세상의 꿈이 아닌 비참한 현실의 꿈, 숨은 상징이 아닌 현실의 깨어진 거울로서의 시인, 장엄한 시의 형식에 담은 산문조(le prosaïsme), 웅장한 강물이 아닌 개울물의 소박함, 우언법이 아닌 직의어(le mot propre)의 사용, 애가 시인이 아닌 소네의 시인 즉 현실에 뿌리 밖은 상징의 시인으로 남고픈 욕망, 이러한 섯들의 주변에 생트-뵈브의 회의주의가 짙게 깔려 있다. 이것은 언어 자체에 대한 문제와도 무관하지 않다. 진리의 불확실성이 곧 언어의 불확실성이기 때문이다. 그리하여 생트-뵈브는 자신의 낭만주의 이론을 묶은 시집의 제3부「단상」을 다음과 같이 시작한다.

> 어떤 것에서건, 진리란 그 가장 순수하고 절대적인 의미에서 그것을 이해하려 하는 경우, 표현할 수도 파악할 수도 없는 것이다. 다른 말로 하자면, 하나의 진리는 표현되고 나면 구상한 것보다는 덜 진실하다. 언어가 요구하는 명석함과 적확함 단계로 이 진리를 이끌어 가려면, 다소간, 그러나 언제나 반드시 덧붙이거나 깎아내야 하며 색조를 높이고, 암영을 몰아내고, 윤곽을 고정시켜야 한다.[35]

이러한 사실을 근거로 베니슈는 생트-뵈브를 불가지론자로 보기도 한다.[36] 시인이 회의주의자인가 혹은 불가지론자인가는 중요하지 않으

---

35) *Pensées I*, pp.130.
36) Paul Bénichou, *École du désenchantement, Sainte-Beuve, Nodier, Musset, Nerval, Gautier*, Gallimard, 1992, pp.29. (이하

나 『죠제프 들로르므』의 불가지론이 회의주의에 근거하고 있는 것만큼
은 확실하다.[37] 중요한 것은 그가 어떤 법칙의 확실성도 거부하고 있
다는 사실이다.[38] 『죠제프 들로르므』의 시가 전 세대 낭만파 시인과
크게 구분되는 점은 바로 이러한 존재와 그 표현의 불확실성에 있다.
이러한 관점에서 낭만주의 세기를 연 샤토브리앙과 라마르틴느 그리고
위고와는 달리 생트-뵈브는 〈살롱〉의 웅변가가 될 수 없었다. 실제로
1830년 『죠제프 들로르므』의 재판 간행 시 생트-뵈브는 〈세나클르〉를
비난하는 기사를 발표하는데, 그 비난의 역점은 〈세나클르〉가 한낱
〈결사 association〉에 지나지 않았다는 점에 주어진다.[39] 〈살롱〉의 시와
생트-뵈브의 시의 근원적 차이는 무엇에 기인하는가? 그것은 현대의
모든 예술과 학문의 근본 입장의 차이가 모두 그러하듯, 그들 간의 상
이한 자연관과 현실관에서 비롯한다. 시의 내용을 삶의 현실에서 찾고
그 현실의 일부를 이루는 자연을 변형시키지 않은 채 있는 그대로 분
석하려는 시인과, 이와는 달리 시의 내용을 관념에서 구하여 자신의
심정을 토로하기 위해 자연을 묘사하던 시인의 시는 그 형식과 내용에
서 차이가 날 수밖에 없었다. 이러한 시의 형식과 내용의 상이함은 상
이한 자연관에 의거하는데, 라마르틴느에게 자연은 관념의 연장이었으
며, 생트-뵈브에게 자연은 현실 생활의 연장이었던 것이다.

Désenchantement)
37) *Mes Poisons, Pensées Philosophiques*, par Victor Giraud, Plon,
1945. pp.131-132: "모든 것이 자신 속에서 문을 닫고 사라진다. 이것
이 고통일까? 나는 장황하게 늘어놓았지만, 빠스깔은 이러한 나의 생각을
한 마디로 일축한다 : "얼마나 많은 왕국들을 우리가 모르고 있는가?"
38) *Volupté*(1834), Édition Poux, Paris, 1927, vol. Ⅱ, pp. 281: "친
구여 나는 이러한 지속적 장애물들 뒤에 사회의 총괄적이고 부단한 운동
이 있음을 부정하지 않는다. 그러나 운동의 법칙은 언제나 그리고 필연적
으로 매우 불분명하며, 이용된 재원으로부터 얻어내야 할 행복은 매우 의
심스럽다. 뛰어넘어야 할 간극들은 거의 무한으로 연장되고 저항할 수도
있다."
39) *Œuvres de Sainte-Beuve Ⅰ*, pp.381.

3. 관념적 자연

　의고전주의자들은 〈시는 거짓말 la poésie, c'est le mensonge〉이라는 원칙하에 현실이 아닌 상상의 세계를 시로 표현하였다. 세련과 우아함을 과도하게 추구하여 현실이 배제된 그들의 시에는 〈의식적인 거짓말의 표현 l'expression du mensonge conscient〉만이 남게 되었다. 시의 상상력을 무시할 수는 없지만 관념의 표피만 남아버린 시를 쓰던 시인들은 누구나 〈시는 진실이며 상상력 la poésie, c'est la vérité et l'imagination〉이라는 새로운 원칙을 선언해야 할 필요성을 절감하고 있었다. 심오하고 진솔한 감정을 표현하고 사상을 전파하고, 삶의 지혜를 제공했던 고대 시의 기능을 회복시키고, 인류에게 과학과 철학을 가르치는 시인이 필요한 시기에, 드릴르 사제는 이미 현실의 변화를 인식하고 새로운 시를 쓰고자 노력했다. 철학적 개념 및 자연의 장엄함을 직의어로 담기 시작한 그의 뒤를 이어 셰니에는 〈옛 시구 위에 새로운 사상을 쌓자〉고 외치다 단두대의 이슬로 사라져 갔다. 그럼에도 불구하고 프랑스 시는 아직 그 내용이나 형식 면에서 의고전주의를 크게 벗어나지 못하고 있었는데, 그것은 다름 아닌 시의 관념성에서 기인하는 문제였다. 〈시는 거짓말〉이라는 생각에서 출발한 의고전주의 시인들은 당연히 현실 묘사보다는 자신의 주관을 중시했고, 표현에 있어서도 현실을 우아하게 나타내기 위해 수사법을 사용했던 고전주의 작가들과는 달리 우아함 자체를 과시하기 위해서 전통적 수사법을 사용하고 있었다. 개혁은 산문에서 먼저 일어났다. 그러나 루소의 뒤를 이어 샤토브리앙이 산문의 리듬과 문체를 개혁한 이후에도 이러한 감정의 개혁을 시에 옮긴 시인은 아직 없었다. 이러한 불행한 상황에서, 삶의 일화나 개인의 잡사가 아닌 인간의 제반 감정을 시로 표현하는 라마르틴느가 선배들이 산문에서 이룩한 업적을 운문에 담아 『명상시집』이라는 전대미문의 혁신적 제목으로 시집을 출간한 것이다. 그것은 시의 혁명과도 같았다. 라마르틴느는 철학에 대항하여 천상의 것을 지상으로 끌어내리고, 장엄하고 보편적인 시의 주제를 도입함으로써 서정시의 영역을 확장시켰다. 그러나 진리를 추구하며 신학과 경쟁하고 철학을 계승하는 시인은 개인의 일상적 삶보다 인류 전체의 문제를 중시함으로써 어쩔 수 없이 관념의 세계에 머물 수밖에 없었다. 시에 표현된 그의 숭고한 자연은 보편적 자아가 이상 세계를 예감해 내는 관념의 공간에 지나지 않는다. 제목의 혁신성에도 불구하고 라마르틴느의 시가 본질적으로 의고전주의 시의 범주 혹은 묘사시의 한계를 크게 벗어나지 못한 것은 이 관념성 때문이었다.

이러한 사실은 라마르틴느 시에 끊임없이 등장하는 계곡, 바위, 숲, 강물에서도 잘 드러나는데, 이 자연 역시 신비주의의 산물로서 신의 계시를 전달하는 매개체이며, 시인의 영혼을 반영하는 시인의 〈정신상태 état d'âme〉 - 아미엘이 호반 시인들의 시를 이렇게 지칭했듯이[40] - 에 다름 아니다. 이 숭고한 주제를 18세기 시의 형식과 기법에 담은 시집은 현실의 고통을 분담함으로써 커다란 성공을 거두어 초판을 발행한 지 채 2년도 안 되어 8판을 발행하기에 이른다. 그 누구도 자신을 낭만주의 시인이라고 여기지 않던 의고전주의의 시기에 새로운 종교적 감수성을 유연하게 표현한 것도 그렇지만, 이 감수성을 기존의 시 장르에 담으면서 감동을 유발하였다는 사실이 시집의 성공에 더욱 주효했다. 우주의 기호들을 해독하고 자연과 보이지 않는 세계 사이를 결합하는 특권을 부여받은 시인은 이 특권들을 훌륭하게 실행함으로써 독자의 마음을 사로잡았는데 그 도구로 사용한 것이 바로 관념적 현실로서의 자연이었다. 천편일률적인 관념적 문체와 고전주의적 수사법에도 불구하고 『명상시집』(1820)의 라마르틴느가 새로운 시대의 시인으로서 중요하게 평가받는 것은 이렇게 감각적 세계와 천상의 세계를 통

---

40) *De Joseph Delorme* à *Paul Claudel*, pp.32.

합하여 자연을 이상이나 추억의 공간인 관념 자체로 만든 시를 썼기 때문이다. 이러한 자연은 덧없이 지나가 버리는 시간의 허무함 앞에 속수무책인 인간의 운명과 명확한 대조를 이룬다. 라마르틴느의 자연은 실제로 자신이 보고 걷고 느끼는 것이 아닌 사실성이 결여된 관념적 자연, 즉 자신의 기억을 재현하는 작가의 정신 상태에 다름 아니다. 시간이 삼켜버린 〈영원, 허무, 과거, 어두운 심연들〉을 한탄하면서 그는 자연을 향해 이렇게 외친다.

> 오 호수여! 말 없는 바위여! 동굴이여! 어두운 숲이여!
> 시간의 흐름에도 살아남거나 더욱 젊어질 그대들이여,
> 간직해 다오, 아름다운 자연이여, 간직해 다오, 이 밤의 추억만이라도.
>
> (「호수」)41)

자연에 거는 기대는 어디까지나 시인의 이상에 머물 뿐이다. 영원한 자연에서 위안을 얻으려 하지만 그것은 허무로 끝나고 말리라는 사실을 시인 자신도 알고 있다. 그래서 그는 저 세상 밖에 기대를 걸지만 이 기대가 무산되리라는 것도 알고 있다.

> 태양의 광대한 운행에서 내 그것을 따라갈 수 있다 하더라도
> 내 눈은 어디에서나 공허와 황무지를 보리라.
> 태양이 비치는 만물에서 내가 원하는 것 아무것도 없고,
> 무한한 우주에 바라는 것 아무것도 없다.
>
> (「고립」)42)

슬픈 추억을 잊으려 할 때 라마르틴느의 관념성은 더욱 선명하게 드러난다. 빠르니(Parny)를 연상케 하는 「골짜기」의 제7연 - "나는 너무

---

41) *Méditaitions*, pp.49.
42) *Ibid.*, pp.4.

보았다, 너무 느꼈다, 너무 사랑했다, 내 인생에서 *J'ai trop vu, trop senti, trop aimé dans ma vie:"* -43) 역시 자연과의 교감을 노래하는데, 이 교감이 그토록 감동적으로 표현된 적은 일찍이 없었다. 프랑스 문학사에 자연을 복원한 것은 정녕 루소였지만, 이 자연의 장엄함과 인간의 교감을 시적 산문으로 전달하여 독자들의 눈물을 자아냄으로써 낭만주의 세기의 문을 연 것은 샤토브리앙이다. 성스러운 종족으로서의 시인의 가치를 깨닫게 한 선각자이자, 산문에 있어서의 낭만주의 세대를 연 『르네』의 저자인 샤토브리앙이 고독과 싸우는 공간으로 묘사하는 자연은 그야말로 장엄함의 극치를 이룬다. 깊은 산 속에 묻힌 수도원에서도 고독을 만끽할 수 없는 르네는 유럽을 떠나 신대륙의 원시림으로 들어간다. 그럼에도 불구하고 그의 자연은 여전히 자신의 고독을 표현하고 달래는 무대로만 등장한다. 그의 고독이 관중을 의식하고 있는 것이다. 이 무대의 감독은 물론 신이고 작가는 시인이며 주제는 신비주의이다. "인생에서 신비한 것들보다 더 아름답고, 더 온화하고, 더 위대한 것은 없다."44)는 표현에서 알 수 있듯이 샤토브리앙이 시를 옹호하는 것은 종교적 신비를 옹호하는 것과 다르지 않다. 그가 추구하는 감수성 또한 가톨릭교의 신비에 근거한다. 이 신비주의가 낭만주의 작가들에게 끼친 영향은 결코 무시할 수 없는 것인데, 라마르틴느 역시 샤토브리앙의 기독교 신화를 받아들인 것이다. 시인은 신의 창조물인 자연을 장엄하게 표현할 수밖에 없었다.

아르케의 공간으로 여겨지던 자연은 유대 문화가 사회를 지배한 이

---

43) ≪*Le chagrin dévorant a flétri ma jeunesse, Je suis mort du plaisir et mort à la tendresse; Hélas! j'ai trop aimé; etc.*≫ *Élégie* XIV du livre III de Parny (cité in *Les grands écrivains français* I, pp.284)

44) Chateaubriand, *Génie du Christianisme*, texte établi, présenté et annoté par Maurice Regard, Gallimard, ≪Bibliothèque de la Pléiade≫, 1978, pp.472.

46

후 원죄의 온상으로 전락해 예술에서 소외되어 있었다. 17세기까지만
해도 자연은 인간에게는 미지의 세계, 실제로 존재하지 않는 관념의
세계에 지나지 않았다. 라 퐁뗀느를 제외하면 어느 누구에게나 자연은
관념의 공간이었다. 라 퐁뗀느가 자연을 소재로 삼은 것은 사실이지만
그 역시 〈인간 중심적 anthropocentrique〉 사고의 산물이었다. 루소의
시대에 이르러서야 비로소 자연은 인간의 심정 속으로 들어왔고, 인간
의 정신 상태를 반영하는 친밀성을 획득했다. 철학적 이성이 부각되던
시대에 루소는 감정의 중요성을 일깨웠고 그것은 인간과 자연, 인간과
우주와의 교감을 가능케 했다. 이 교감은 스스로 자아를 위로할 수 없
던 시인들에게 새로운 희망과 위안을 주었고, 자연과 교감함으로써 시
인은 혁명의 상처로부터 치유될 수 있었다. 자연은 이렇게 시인들에게
안식을 제공했다. 상처받고 방황하던 시인은 시간과 존재의 허무함을
절감하고 자연을 여행하며 그 영속성 앞에 무릎을 꿇는다. 모든 것이
다 변해도 변함없는 자연, 자연은 이제 경작이나 정복의 대상만이 아
니라 인간 내면의 반려자가 되었고, 인간은 자연을 맞이하고 느끼면서
자신의 빈자리를 메우려 했다. 그러나 라마르틴느의 시는 고독의 위안
자로서의 자연에 의지하려는 심정 때문에 기존 신앙의 틀을 크게 벗어
나지 않는다. 그런데도 시인은 자연과 일치할 때의 자신의 희열을 만
인의 그것처럼 노래하면서 감동을 제공하는 것이다.

그러나 너를 부르고 너를 사랑하는 자연이 거기에 있다.
자연이 언제나 열어놓은 그 가슴에 뛰어들어라.
너에게 모든 것이 변할 때도, 자연은 한결같고,
한결같은 태양이 너의 나날에 떠오른다.

(「골짜기」)45)

---

45) *Méditaitions*, pp.24.

고독을 표방한 심정의 토로, 그것도 아주 막연한 이 토로는 사실 불확실한 희망에서 출발하여 종교적 이상을 목적지로 삼아 항해한다. 상처받은 관념의 자아를 구원할 신의 계시를 담고 있는 자연 앞에 시인은 자신의 모든 것을 내맡긴다. 호숫가 어느 외로운 기슭이건, 골짜기의 적막한 심곡이건, 어두운 숲이건 신의 섭리를 담고 있는 삼라만상 속으로 빠져 들어간 시인에게 절망은 죄악일 수밖에 없다. 실의에 의한 자살은 물론 상상할 수도 없다. 그러니 어찌 시인이 절망할 수 있겠는가? 현실의 좌절에서 유래하는 고독의 의미를 표현한 다음과 같은 시구들에서 고독은 차라리 달콤하다.

> 이승의 오솔길을 벗어나,
> 사막의 그림자 속에 자신의 발자국을 숨기러 가며,
> 경멸받는 세상의 먼지를 털어내며,
> 아직 살아 있는 몸으로 지상에 남은 제 흔적들을 지우는 자,
> 그리고 마침내 고독에 묻혀,
> 희망을 섭취하고 망각을 흡수하는 자는 행복하여라.
>
> (「고독」)46)

이와는 달리 생트-뵈브의 자연은 일상적이고 친밀하다. 시인의 관념을 반영하는 자연이 아닌, 늘 마주하는 현실의 자연이기 때문이다. 이 자연은 매일 내가 걸어가면서 자유를 만끽하는 초라한 동네의 오솔길이다. 여기에는 장엄함도 이상도, 또 추억의 자취도 보이지 않는다.

> 어느 아침 밝은 햇빛을 받으며
> 경쾌한 몸으로 일어나게 되면,
> 그리고 들판과 내 자신을 더욱 잘 즐기려고,
> 아침 일찍 즐겨 찾는 오솔길 따라 나서서,

---

46) *Ibid.,* pp.179.

48

낮은 담벽 스치며 아슬아슬한 구석까지 가도,
"같이 갑시다"라고 말했던 귀찮은 사람이 없다면,
마침내 언덕 아래 초원의 분지로,
무늬 말벌에게서 멀어져 꿀을 따라 나는 벌처럼,
오직 내 몽상을 따라 헤매고 다닐 수 있을 때,
그리하여 호젓이 맑은 하늘을 마주할 때,
바야흐로 …… 아! 그것은 장엄한 장면이 아니라오.
우렁차게 흐르는 강이 아니고, 산꼭대기가 바다처럼
떠다니는 숲이 아니고, 푸른 호수에 굽어 비치는
오래된 산의 찌푸린 이마가 아니라오.

(「산책」)47)

생트-뵈브의 자연은 신비하지도 장엄하지도 않다. 그는 장엄한 자연 따위는 샤토브리앙과 그의 고상한 후예들에게 맡겨 버린다. 우선 샤토브리앙에게 내맡긴 광활한 자연.

샤토브리앙이 세속의 발자취를 멀리 떠나,
스무 살 나이에 단장 하나 손에 들고
광활한 대초원을 누비도록 놔두자,
그리고 긴 섬광 속에 울리는 천둥이와,
혹은 장엄한 숲 속에서 사자가 포효하는 소리와,
혹은 무성한 풀 속에서 뱀이 울리는 방울 소리나 듣다가,
이윽고 갈대 침대 위에 누워,
강물의 흐름에 따라 명상에 잠기라고나 하자.48)

미국의 미시시피 강과 나이아가라 폭포를 추억하는 샤토브리앙과는 약간 다르지만 라마르틴느의 경치들 역시 생트-뵈브는 거부한다. 외

---

47) *Poésies*, pp. 77-78.
48) *Poésies*, pp.78.

부 경치나 자연 경관은 그저 거기에 있을 따름이지 시혼을 자극하는
것이 아니다. 그런 경치에 시인 자신의 마음을 싣는 일은 라마르틴느
와 노디예 같은 고결한 신분의 시인들에게 넘겨 버린다.

> 고결한 형제들인 라마르틴느, 노디예에게 맡기자.
> 그들이 그토록 사랑하는 쥐라 산맥이랑, 같은 지평선에서도
> 서로 다른 그 많은 경치들이랑, 누렇게 익어 가는 보리들이랑,
> 노랗게 물든 포도나무 가지들이랑, 푸른 초원에
> 검은 점들처럼 찍힌 울고 있는 암소들이랑,
> 그리고 더 높이, 뇌우가 몰아치는 곳에 더 가까이
> 어둡고 깊은 숲에 층층이 뻗어 오른 전나무들이랑,
> 저 높이 떠 있는 태양과 산세 깊은 알프스 산맥은.49)

스승 위고도 예외는 아니다. 여전히 이국 취향적이고 화려하고 섬세
한 자연은 그의 몫이다.

> 또한 빅토르 위고도 무너져 가는 성루 아래
> 라인 강가에 서서, 그들 장소의 추억을
> 얼마나 자주 더듬고 펼치는가; 어느 강력한 손이
> 로마식 둥그런 아치에 사각 탑을 설치했느냐는 등,
> 실 잣는 여인이 가락을 잣듯, 어느 손가락이
> 이 긴 돌 방추들을 가늘게 다듬었느냐는 등,
> 얼마나 자주 흘러가는 강의 목소리를 들으며,
> 얼마나 자주 위대한 노인에게서 옛 이야기를 듣는가!50)

그리고는 이들을 다음과 같이 비유하고 자신이 보는 자연을 그것과
명확히 구별한다. 다음 시구에서 〈독수리〉는 문학의 정상에서 세계를

---

49) *Ibid.*, pp.78.
50) *Ibid.*, pp.78.

내려보는 위고를 의미한다. 위대한 시인 위고의 영광을 질투하는 심정을 내포하고 있기도 한 이 표현은 위고에게 헌정한 「내 친구 위고에게 À mon ami V. H.」에도 등장하는 것으로 미루어 생트 - 뵈브가 위고에게 갖는 열등감이 생트 - 뵈브의 시쓰기에 끼친 영향을 짐작하게 한다. 여기에서의 〈거인〉은 물론 장엄한 소재만을 애호하는 라마르틴느를 가리킨다.

> 아무렴, 산에는 독수리, 심연에는 거인,
> 장엄한 광경에는 장엄한 관객이 필요하지.
> 그런데 나는 천천히 걷는 게 좋고 더 낮은 곳에 머문다.51)

『죠제프 들로르므』 초판에 실린 55편의 시 가운데 자연을 소재로 한 시는 「들판」, 「전원의 행복」, 「산책」뿐이며, 그것들마저도 라마르틴느의 하늘에 걸린 구름52)처럼 시인과 동화된 자연은 더욱 아니다. 어쩌면 『죠제프 들로르므』의 자연은 생트 - 뵈브의 신분에도 걸맞다. 1822년부터 1823년경 무렵에 쓰인 것으로 추정되는 「전원의 행복」은 - 여기에 이미 〈보내기〉가 등장한다 - 「시」에 실린 시 가운데 가장 초기의 작품에 속하며, 장엄한 오드의 형식을 취하고 있지만 내용은 결코 라마르틴느적이지 않다. 숲 속의 빈터에서 빈터로 헤매다 지친 시인이 찾아낸 것은 어느 주말 자식들과 둘러앉아 흥겨운 시간을 보내는 포도밭 농군의 흰 오두막이며, 여기에서 시인은 저 세상을 꿈꾸는 것이 아니라 이미 깨어져 버린 꿈 때문에 슬픈 현실을 노래한다. 과거도 미래도 아닌 현재를 노래하는 것이다.

---

51) *Ibid.*, pp.78.
52) Walter Benjamin, *Charles Baudelaire*, Petite Bibliothèque Payot / 39, 1979, pp.51.

생각해 보면, 아 행복이여! 그래도 나는 그대를 누릴 만했지!

사과나무 그림자 아래에서, 그 포도원 발치 아래에서, 그리고 그 작
   은 벽 아래에서는,

내 고요한 영혼은 몇몇 친구들, 서재만 있으면

충분했는데. 그래, 미천하게 살아야 했던 곳은 여기 사랑하는 아내
   곁인데.[53]

여전히 소박한 지난날의 꿈을 담고 있는 시구에서조차 자연은 매우
현실적이다. 이어지는 시구는 시인의 현재의 꿈을 표현하는데, 라마르
틴느와는 상이한 자연관에서 유래한 이 꿈은 숭고하거나 거창하지도
못하고, 가족적 분위기를 벗어나지도 못하며, 더구나 오래 지속되지도
않는다. "밭, 어둠, 자식들, 마누라 / 과거에 대한 추호의 미련도 없이,
내 영혼 속의 아무런 욕망도 없이 …… / 이렇듯 내가 꿈꾸며 갈 때"
시인의 시야에 들어오는 것은 삶의 현실이다. 더구나 이 꿈은 직설법
현재형을 사용하고 있다.

나는 말한다, 그리고 걸어가면서도 나는 꿈을 품는다 :

내 아내는 젊고 예쁘고, 소중한 자식들에 대한 그녀의 사랑은 내게
   힘을 준다.

시골의 내 집은, 모든 것 가운데서,

석반석이 빛나는 지붕과 푸른 덧문들이 보이는 집.[54]

이와 같이 초기 라마르틴느 계열의 시를 쓸 무렵에도 『죠제프 들로
르므』의 자연은 라마르틴느의 그것과 대조를 이룬다. 1828년의 「산책」
에서 보았듯이 생트-뵈브는 라마르틴느의 자연에 반하여 소박한 처지
에 있는 자신을 연상시키는 노골적인 표현도 서슴지 않는다. 산책을

---

53) *Poésies*, pp.57.
54) *Ibid.*, pp.57.

나서는 들로르므 역시 〈푸른 하늘을 마주한 무척 외로운 사나이〉이긴 마찬가지이지만 그가 즐기는 자연은 라마르틴느와는 사뭇 다르다. 여기에는 노동의 계절이 존재하고, 우주의 나그네가 아닌 현실을 살아가는 일상인의 모습이 있다. 좀 길지만 거의 같은 시기인 1828년 10월에 씌어져 앙또니 데샹에게 헌정된 시 「들판」을 살펴보자. 시의 서두는 감상적인 것만은 아닌 황량한 일터로서의 자연 묘사로 시작된다.

> 추수를 끝내고 밀을 모두 거두어들이고,
> 밭을 갈아엎은 지 한 달도 넘었을 때,
> 내일이면 서리가 내릴 텐데, 황금빛으로 물든
> 언덕들 가장 높은 꼭대기로부터, 다시 한 번,
> 가을이 안개 속에 얼굴을 돌려보고, 달아날 때,
> 아! 행길가의 들판은 참으로 적막하구나!

농사일이 끝난 뒤 황량한 모습을 드러낸 이 들판은 엘비르를 그리며 언덕에 올라 가공의 호수를 바라보는 시인이 전개하던 자연과는 전혀 다르다. 거기에서 시인은 과거의 달콤한 추억을 회상하거나 미래의 이상적 행복을 꿈꾸지 않는다. 숨은 신의 오묘한 조화나 은총은 간데없고 빈들의 적막함만이 삶의 고달픔을 말해 준다. 그것은 바로 무능한 시인 자신의 내면에 다름없다. 일상의 삶의 바다에 떠 있는 자신의 내면에서 꿈틀대는 들판의 존재들은 그 삭막함에도 불구하고 시인의 삶이 그렇듯 친밀함을 잃지 않고 있다.

> 그러나 들판에는 무엇이 있는가? 돌투성이의 휴한지들,
> 쟁기가 없어서, 비뚤비뚤하게
> 가래로 일군 빈약한 밭고랑,
> 시든 포도나무 그루터기 위의 부러진 지주들,
> 군데군데 잿더미에서는 꺼져가는 연기,
> 그리고 타 버린 밀집에 온통 까맣게 그을린 흙,

가끔 손에 흑빵을 쥐고,
밀밭에서 몇 마리 암양을 먹이는 양치기 아이,
그 발치에서 그의 검은 개 한 마리가 점잖은 얼굴로
바라보는 것은 사탕무 밭에서 이삭을 줍는 노파.
그리고 저 멀리 썩은 퇴비에 눌려
삐걱거리는 수레 소리, 마부의 채찍 소리 들리고,
더 가까이에서는 이슬도 없는 잡초 속에서 우는 귀뚜라미,
혹은 생명이 다한 나무딸기덩굴에 붙어 죽어 가는 벌,
혹은 꼴 속에서 바스락거리는 이름 모를 벌레 소리 들리고,
더욱이 심심풀이로 그곳에 가는 사람은 아무도 없다,
기껏해야, 여섯 시간 전부터 사냥감 하나도 찾지 못하고,
들판을 지나 집으로 돌아가는 사냥꾼들 몇몇 ……
나는 그래도 한가로운 걸음으로 들길을 건너,
저 아래로 걸어가 朱木들 서 있는 곳에 앉는다.[55]

친밀한 현실을 예고나 하듯 친밀한 자연은 라마르틴느와는 다른 방식으로 시인을 부른다. 시인은 자연에 다가가긴 하지만 이 자연을 관조의 대상으로 삼지 않는다. 자연은 더 이상 심상이 아니라 삶의 현장이며 분석 대상이다. 자연은 신의 계시를 담은 상징이 아니라 시인의 휴식 공간이다. 그것은 그저 수시로 변화하는 복잡한 현상일 뿐이다.[56] 그러나 생트-뵈브는 라마르틴느의 경우처럼 자연을 신비화하지 않는다. 이 점에서도 라마르틴느는 여전히 의고전주의적이다. 그에게 자연은 신전이요, 시는 거기에서 부르는 찬송가이지만, 생트-뵈브의 자연은 인간의 생활 터전이다. 라마르틴느의 관념적 자연은 관념적 인간을 낳을 수밖에 없었는데, 이러한 사실은 그의 가장 유명한 시 가운데 하나인 「孤立」에 명백히 드러난다. 관념의 시인에게 개별적 자아는 존재하지 않으며, 오직 보편적 자아만이 존재한다.

---

55) *Ibid.*, pp.125-126.
56) La nature confuse a pris un nouveau charme, *Poésies*, pp.115.

4. 보편적 자아

생트-뵈브는 직업 외교관이 되기 이전의 라마르틴느에 대해 "그는 모든 유명한 시인들 가운데 정확한 생애, 상세한 연대기, 사소한 사건과 선택된 일화들을 적용하기가 가장 힘든 시인에 속한다."[57]고 말한 바 있다. 자신의 시집의 성공을 계기로 정치 세계에 발을 들여 놓았던 라마르틴느는 시인이 되기 이전의 자신의 삶의 세세한 자취를 남기지 않았다. 개인의 일상적 삶보다 인류의 보편적 삶을 중시한 데서 알 수 있듯이, 라마르틴느의 관념성은 자연관에만 투영된 것이 아니라 현실의 삶과 시로 연장되었다. 『명상시집』이후에는 더욱 그 정도가 심해져서 시집 『해조』(1830)에 관한 평론에서 생트-뵈브는 "이제 여기에는 애가나 한정된 무대, 개인적 특수성은 더 이상 존재하지 않는다. 내게 들리는 것은, 오직 어느 정도 기독교가 새겨진 온갖 영혼들을 위해 노래하는 일반적 목소리 하나"[58]라고 평가할 정도이다. 라마르틴느는 이렇게 영원·보편적인 것과 순간·개별적인 것이 이루어 내는 예술의 본질 가운데 보편성을 중시한 것이다. 이와는 달리 생트-뵈브는 오랫동안 버림받아 시에서 잊혀져 있던 순간·개별적 존재를 중시하고 복원한다.

> 시인의 특성은, 비록 한순간에 지나지 않을지라도, 자신을 관통하고 또 진실했던 개개의 감정을 생생하게 표현하는 것이다.[59]

생트-뵈브는 순간순간 시인 개인만이 느낄 수 있는 감정 속에 존재하는 진실성을 포착해 낼 수 있어야 독창적 시인이 될 수 있다고 믿었

---

57) *Lamartine pp.*292.
58) *Ibid.*, pp.302.
59) Article sur Gautier in *Nouveaux Lundis* VI, Calmann-Lévy, 1893, pp.312.

다. 끊임없이 변하는 현실 속에서 시인은 다음과 같이 말한다. "나는 매일 변한다. 매년 해가 바뀌고, 지난 계절의 내 취향들은 벌써 이 계절의 그것이 아니다. 나의 우정조차 메말랐다가 다시 피어난다. 내 이름으로 일컬어지는 이 유동적 존재의 마지막 죽음을 앞두고 도대체 얼마나 많은 인간들이 내 속에서 죽었던가?"[60] 반면에 라마르틴느는 이 변화를 소홀히 여기고, 변하지 않는 그 어떤 것의 존재와 의미를 표현하려고 노력한 결과 영원성을 추구하는 관념의 시인이 되었다. 그러나 예술 작품의 영원성은 고유한 순간에 포착되는 개인의 감정이 만들어낸 것이다. 이 순간의 감정이 무엇을 쓸 것인가를 결정토록 하며, 순간의 감정에 영원성을 부여하는 것은 작가의 표현 기법이다. 디드로에 관한 글에서 생트-뵈브는 자신의 예술관을 다음과 같이 밝힌다.

　　단지 예술은 자신에게 고유한 세대의 힘 안에서 고정적이고, 완수된, 결정적인 무엇인가를 지닌다. 이것은 어느 결정적 순간에 태어나고, 그 생산물은 더 이상 소멸하지 않고, 수준에 따라 변화하는 법이 없으며, 파도 때문에 없어지거나 늘어나지도 않는다. 무게나 길이도 없다. 그리고 유연한 그 흐름의 한복판에서 크고 작은 일정량의 모든 것을 형성한다. 그중에서, 일단 떠도는 무리들 가운데 가장 많이 뽑히고 가장 훌륭하게 온 것들은 결코 되돌아 갈 수 없다. 이것이 폭풍의 시절에 던져진 예술가를 위로하고 유지시켜 주는 것이다. 예술가로서 무엇인가를 창출하는 방법은 도처에 깔려 있다. 많든 적든 본질적인 문제는 이 무엇인가가 최상의 것이어야 하며, 그 자신의 내부에 어느 한 구석이나마 귀중히 새겨진 영원한 특징을 지니고 있어야 한다는 사실이다.[61]

---

60) *Portraits littéraires* Ⅲ, pp.545
61) *Diderot* in *Portraits Littéraires*, édition établie par Gérarld Antoine, Bouquins, collection dirigée par Guy Schoeller, Robert Laffont, 1993, pp.162.

　　라마르틴느는 이렇게 시대가 요구하는 영원함을 남기려 했고, 그렇게 하여 위대한 시인, 그러나 관념에만 의존하는 시인이 되었다. 이러한 사실은 그가 이상주의자였음을 의미한다. 이상을 추구하는 시인은 결코 절망할 수 없었고, 그것을 위해 불멸의 신을 찾아가 그 말씀을 듣고자 했다. 그러나 매 순간 사라져 버리는 현실[62] 속에서 의미 있는 것을 찾기가 불가능했기 때문에 이상 세계로 비상하는데, 바로 이것이 시인의 순박한 몽상이다.

> 거기서, 내 열망하는 근원에 도취하리라.
> 거기서, 희망과 사랑을 되찾으리라,
> 그리고 모든 영혼의 바람이자,
> 또 지상에서는 말로 표현할 수 없는 이상의 행복도 되찾으리라.
>
> (「고립」)[63]

　　이 세상에서 찾기를 포기하고 저 세상에서 찾으려는 〈희망〉과 〈사랑〉, 〈이상의 행복〉은 현실 속에서가 아니라 관념 속에만 존재한다. 이 이상은 인류 전체를 위한 것이지 라마르틴느 개인의 것이 아니다. 그의 시는, 고전주의와 낭만주의 문학을 구별하는 새로움을 제공하고 있지만, 개인의 현실이 아닌 인간의 보편적 감정에 근거하고 있다. 이러한 보편성에서 비롯한 〈비개인성 impersonnalité〉이 라마르틴느가 진정한 낭만주의자가 되는 것을 가로막는다. 현실성을 결여한 라마르틴느의 시는 항상 몽상적이고 서정적이며 온화하고 관념적이며, 그의 슬픔 또한 그러한데, 심지어 엘비르조차도 현실의 개인이 아닌 보편적 인간이다.[64] 설사 현실의 여인이었다고 해도 관념화되어 있다. 생트-뵈브는 다음과 같이 말한다.

---

62) *Méditaitons, pp*.6: Hors de là tout nous fuit, tout s'éteint, tout s'efface; Dans ce cercle borné Dieu t'a marqué ta place.
63) *Méditations*, pp.4.
64) *Style poétique*, pp.89.

라마르틴느에게서 시인은 엘비르 이전에 이미 탄생하였고 그녀보다
오래 살아남았다. 라마르틴느에게서 시인은 어느 것에도, 누구에게도,
심지어 연인에게조차 예속되지 않았다. 다른 사람들은 시인이기보다는
연인이다. 개인적인 사랑이 그들에게 영감을 부여하고, 땅으로부터 끌
어올려, 시에 등극시킨다. 그들에게서 사랑이 죽으면, 그들도 역시 묻
힌 사람이 되고 침묵하는 것이 마땅하다. 라마르틴느는 연인이기보다
는 한층 더 시인이었다. 사랑의 상처가 일단 아물자 그의 생생한 시원
이 그 가슴의 더 많은 곳에서 끊임없이 솟아났다. 열정이 먼저 존재하
다가, 나중에 다시 나타났는데, 至上의 시를 향해, 다시 말하자면 규정
되지 않은 사랑을 향해, 〈깃들 곳도 상징도 이름도 없는〉 미를 향해
도약하는, 채워지지 않으며 채울 길도 없는 거대한 역량도 함께 드러
났다.65)

이상과 희망만을 간직한 시인은 현실에 존재하지 않는 것만을 갈구
한다. 이미 죽고 없는, 〈적어도 하늘 아래 유일하게 남아 있던 한 존재
Un seul être, du moins, me restait sous les cieux〉66)를 묘사하자니 당
연히 그 표현은 상상력에만 의존한다. 그러나 현실의 비애감 때문에
고통받는 시인은 보편적인 시상과 비현실적 사유에서 위안을 얻는다.
그래서 시인은 더욱 현존하지 않는 것에 매달린다. 이미 사라지고 없
는 것이 그에게는 현실로 작용한다.

> 저 골짜기, 궁전, 초가가 내게 무슨 소용인가?
> 내게는 매력이 사라져 버린 헛된 물건들.
> 강, 바위, 숲, 그토록 소중한 외딴 곳들이여,
> 단 하나의 존재가 너희에게 없으니, 모든 것이 텅 비었구나.
>
> (「고립」)67)

---

65) *Lamartine*, pp.294.
66) *L'Homme*, v.214, in *Méditations*.
67) *Méditations*, pp.4.

위의 지시 형용사 〈ces〉는 독자에게 현실감을 부여하기 위한 것이지 현실의 사물을 지시하지 않는다. 「고립」 제 2연의 〈호수〉나 제 4연의 〈첨탑〉이 현실에 존재하지 않듯이, 〈계곡〉이나 〈궁전〉이나 〈초가〉도 실재하지 않는다. 따라서 4행의 〈vous〉 역시 비현실적 존재이다. 라마르틴느는 그 장엄한 주제 때문에 개인적 현실을 다루지 않는다. 인류 전체를 걱정하는 시인에게 개인의 삶은 그리 중요하지 않다. "사랑한 여인들 속에서, 심지어 엘비르 속에서도, 라마르틴느는 불변의 이상, 그가 꿈꾸던 천사 같은 존재, 한마디로 불후의 〈미〉를, 〈조화〉를, 〈뮤즈〉를 사랑했다. 그러니 그 삶의 몇몇 세부 사항들이 무슨 의미가 있겠는가?"68)라고 생트-뵈브가 말했을 때, 그가 보기에는 라마르틴느 시의 특징이 여기에 있는데, 이러한 사실은 그가 아직 의고전주의적 시의 의식에서 완선히 벗어나시 못하고 있음을 의미한다.

　　이미 여러 번에 걸쳐 지적했듯이 라마르틴느의 특징은 모두에게 공통된 감정을 표현하는 어떤 자연스러운 수법이다. 생각이건 감정이건 그가 결코 특수한 것으로 시작하는 법은 없다. 그러나 그는 자신과 모든 사람에게 공통된 것 속에서 일어서서 관념화시킨다. 그리하여 그가 아무리 높이 비상하더라도 그를 따르기는 쉽고, 그래서 민감한 마음을 가장 적게 지닌 사람도 그와 함께라면 지치지 않고 상승하게 된다.69)

이러한 사실은 그의 서사시의 경우에도 마찬가지이다. 생트-뵈브는 말한다. "라마르틴느 씨의 서사시는 우리에게 이탈리아 창공의 순수한 빛을 재현했다. 그러나 현실의 보다 확고한 다른 측면들, 대리석처럼 단단한 모든 것들, 그림 속의 인물이나 살아 있는 인간들은 하나도 가져다주지 않았다."70)라고.

---

68) *Lamartine*, pp.294-295.
69) *Jocelyn* in *Les grands écrivains français* I, pp.314-315.
70) *Portraits contemporains* II, cité in *Les grands écrivains fra-*

「골짜기」에서도 〈피타고라스가 찬양하던 반향 l'écho qu'adorait Pythagore〉71)을 추구하는 시인, 언제나 상승을 시도하여 〈천상의 교향악 célestes concerts〉72)을 듣고 〈그대의 원초적 조화의 콘서트〉를 느끼는 시인은 이제는 〈폭풍우 속에서 급류가 내는 소리와 어우러지는 벼락 소리와 바람 소리〉73)를 무척 사랑한다. 이 소리를 찬양하는 시인에게 자연은 되도록 현실과는 거리가 먼 시인 자신의 관념의 연장이다. 자연에 대해 느끼는 도취된 감정을 인류 공동의 감정으로 승화시키는 능력이야말로 시인 라마르틴느에만 가능한 참다운 시적 재능인 것이다. 다시 말해서 그는 세상에 없는 것을, 의미가 모호한 것을, 독자가 공감할 수 있게 구체적으로 전달하는 능력을 지녔다. 언제나 상승밖에 모르는 라마르틴느의 시가 왜 그토록 대중들로부터 호응을 받는지 묻는 발랑슈에게 생트-뵈브는 다음과 같이 그 이유를 설명 한다. 이 답변 속에 라마르틴느 시의 본질이 잘 드러나 있다.

그것은 라마르틴느의 시가 언제나 통상적이고 윤리적인 감정에서, 그리고 모든 마음에 싹을 내려 거의 모든 사람의 입에 오르내리는 윤리에서 출발하기 때문이다. 다른 사람들도 그만큼 높이 상승하지만, 만인 공통의 사상·감정과 동일한 방향으로 상승하는 것은 아니다. 그는 무리들 옆을 따라 걷고 헤엄을 치다 그를 알고 사랑한 무리들의 한복판으로부터 비상하는 한 마리 백조 같다. 무리들은 그를 노래와 날개의 재능을 더 가졌을 뿐 자기들 중의 하나로 여기고 그가 날아올라가는 하늘까지 그를 뒤따른다. 한편 다른 사람들은 차라리 야생의 학들이고 접근하기 어려운 독수리들이다. 그들도 황량한 숲의 정상으로부터, 그리고 인적이 드문 봉우리로부터 그만큼 장엄하게 비상한다. 무리들은 멀리서 그들을 지켜보지만, 그들이 어디로부터 출발하였는지

---

nçais Ⅰ, pp.281, n.39.
71) *Méditaions*, pp.23.
72) *Ibid.*, pp.23.
73) *Ibid.*, pp.5.

잘 알지도 못하고, 동일한 공감과 지적인 관심으로 그들을 따르는 것
도 아니다.[74]

　반면 『죠제프 들로르므』에 실린 작품들은 대부분 생트-뵈브의 개인
적 삶에서 출발한다. 이 사실이 시사하는 바는 매우 중요하다. 생트-뵈
브의 작품들은 크게 〈세나클르〉로 전향하기 이전의 작품과 이후의 작
품으로 분류되는데, 이 구분의 기준이 물론 걸치기나 직의어 같은 낭
만파의 시 기법에 있음을 부정할 수 없다. 그러나 전향 이후의 작품이
나 이전의 작품을 불문하고 생트-뵈브의 작품을 라마르틴느의 작품과
구분 짓게 하고, 선배 시인들에게까지 영향을 끼치게 되는 것은 그의
시가 현실의 개인적인 상황에서 출발하고 있다는 사실이다. 1827년 2
월 17일 생트-뵈브가 〈세나클르〉로 전향하기 이전에 쓴 작품들, 다시
말해서 생트-뵈브가 전향 이전에 써 두었다가 약간의 수정을 가한 후
『죠제프 들로르므』에 실은 초기 라마르틴느 계열의 작품들 역시 이러
한 개인성에 근거한다. 1825년 말이나 1826년 초의 작품으로 추정되며
「고립」의 〈Un seul être vous manque〉를 연상시키는 「첫사랑」의 경우
도 예외는 아니다. 「첫사랑」보다 이전에 쓰인 작품들이 있음에도 불구
하고 구태여 이 작품을 『명상시집』의 「고립」처럼 『죠제프 들로르므』의
「시」 첫 페이지에 배열한 시인의 의도는 무엇일까. 에마뉘엘 바라는
이러한 사실을 근거로 생트-뵈브가 〈극심한 반혁명가 un bon contre-
révolutionnaire〉[75]였음을 주장하지만 사실은 그렇지 않다. 「첫사랑」과
「고립」은 모두 알렉상드랭, 동일한 각운(abab)의 13개의 4행 시절로
이루어진 스탕스이다. 그뿐 아니라 4분절의 대칭 시구를 사용함으로써
시구의 걸치기를 피하고 있다는 점이 두 작품을 완벽한 의고전주의 기
법의 시로 만든다. 이러한 시의 형식 때문에 「첫사랑」은 생트-뵈브가

---

74) *Lamartine*, pp.32.
75) *Style poétique*, pp.234.

처음 시를 공부하던 시기에 쓴 습작품 정도로 소개된다.[76] 그러나 의고전주의 수사법과 형식, 과거의 애인을 상기하는 동일한 주제에도 불구하고 시의 내용면에서 「첫사랑」은 「고립」과 뚜렷한 대조를 이룬다. 시인의 관념이 만들어 낸 허구의 시에 대한 생트 - 뵈브의 논평에도 이러한 사실이 잘 나타나 있다.

　　엘비르는 시인의 이탈리아 여행과 전혀 무관하며, 유명한 호수는 다름 아닌 부르제의 호수라는 사실을 지적하는 것으로 만족하자. 따라서 이탈리아를 배경으로 하는, 특히 두 번째 명상의 모든 장면들은 원래 엘비르에 대한 생각과는 무관하다. 나는 이 장면들이 그녀를 생각하기 이전의 것이라고 생각한다. 혹은 시인들이 흔히 사용하는 허구에 의해 그의 추억과 조합되어 순서가 바뀌었을 수도 있다.[77]

　반면에 「첫사랑」은 생트 - 뵈브 자신의 이 구체적 경험을 담고 있다. 1825년 말 베르텔 대령의 신부가 된 나탈리 우도를 잊지 못하는 시인은 보네 드 마켄지[78]를 제사로 인용하면서까지 그 여인에 대한 사랑을 감추지 않고 있다. 이 현실의 고통이 라마르틴느의 시 세계와 생트 - 뵈브의 시 세계를, 더욱 정확히 말해서 의고전주의 시와 낭만주의 시를 구분한다.

　　나에게 자연은 오직 한 존재로만 채워져 있었다 :
　　그녀의 눈에서 나는 인생과 미래를 퍼내고 있었다 :
　　잔잔하고 맑은 그대 목소리의 조화로운 숨결에,

---

76) *Gérald Antoine*, pp. V.
77) *Lamartine*, pp.291.
78) *Poésies*, pp.27: "더 행복한 사나이가 자신의 운명을 연인의 운명과 짝 지을 것이다. 그런데 이렇게 가장 고귀한 내 소망을 그녀가 저버린다고 해서, 그녀에 대한 나의 사랑이 식어야만 하는가." - 마켄지, (「감수성 예 민한 사나이 *L'homme sensible*」).

더 신선했던 아침을 향해 내가 다시 젊어지는 것만 같았다.

(「첫사랑」)[79]

〈오직 한 존재〉 때문에 의미를 잃고 마는 「고립」의 〈계곡〉이나 〈궁전〉은 간데없고 〈그녀의 눈동자〉와 〈맑은 목소리〉만을 기억하는 죠제프 들로르므의 이상은 오직 개인적 사랑을 이루는 데 있다. 그러나 이 작은 행복의 바람이 독자에게 큰 감동을 주는 것은 아닐지라도 시인의 심정을 묘사한다는 점에서 더 많은 공감을 불러일으킨다.

이따금 나는 바라곤 했다. 순진한 만큼 착한,
그녀는 너무나 매정한 나의 운명을 위로하곤 했다 :
어느 날 나는 그녀가 날 보고 얼굴을 붉히는 것을 보았다,
그리고 우연히 그 손이 내 손을 스쳤다.

Par instants j'espérais. Bonne autant qu'ingénue,
Elle me consolait du sort trop inhumain;
Je l'avais vue un jour rougir à ma venue,
Et sa main par hasard avait touché ma main.[80]

깨어진 사랑, 이 실패한 사랑과 가정의 빈곤, 부족한 시적 재능, 상상력의 결핍, 사랑하는 사람의 죽음 같은 이승의 고통 때문에 번민하는 시인은 보편적 진리에 관심이 없다. 이 가운데 특히 시인을 괴롭힌 것은 가난이었다. 부르주와 출신이며 유복자이기에 겪어야 했던 그 고통이 그의 정신세계에 지대한 영향을 끼쳤다. 그에게는 가난 자체가 惡이었다. 가난 때문에 고통받는 젊은 시인에게 저 세상의 진리와 이상은 무의미한 것이었다. 잠시 그쪽을 서성거리지만 곧 뒤돌아서고 만

---

79) *Ibid.*, pp.27.
80) *Ibid.*, pp.27.

다. 샤토브리앙이나 라마르틴느 그리고 〈세나클르〉의 동료들과는 달리 그는 "텅 빈 정열의 허공 속에서 천상과 문학을 영광스럽게 결합시키기 위해 필요한 확실한 것"[81]을 지니고 있지 않았기 때문이다.

> 그러나 이 불쌍한 죠제프 들로르므에게는 고통을 선택할 자유가 없다. 이 고상한 푸념들은 그에게 어울리지 않았다. 아돌프처럼 폴란드 여인을 사랑하지 않았다. 바이런처럼 왕국의 중신도 아니었다. 르네처럼 브르따뉴에 성도 없고 조상도 없었다. 베르테르는 들로르므보다 훨씬 더 철학자였고, 훨씬 더 깊숙이 인간과 자연 속으로 빠져 들어갔다. 라마르틴느는 자신의 엘비르를, 꼼므의 호수들을, 나폴리만과 이스키아의 미풍을 소유하고 있었다.[82]

고통을 선택할 수 있는 〈시들어버린 나뭇잎〉을 닮은 라마르틴느와는 달리 죠제프 들로르므는 아무것도 가진 것이 없었다. 「인간」에서 〈삶이라는 유배지의 밑바닥에 서있으면서 부럽기 짝이 없는 세계에서 연주하는 이 콘서트들을 들은 자에게 불행이 있으라〉[83]고 외치는 라마르틴느의 풍부한 영감과 감정은 위고에 이르자 내면 속으로 스며들었다. 라마르틴느의 풍부함은 그의 장점이자 결점이기도 한데, 이것이 오히려 그를 진정한 내면의 시인으로 만드는 데 오히려 방해가 되었다.

라마르틴느보다 약간 뒤에 온 위고는 이 일반적 감정과 더불어 상승하는 것이 아니라 만물의 내면으로 깊이 파고들었다. 그는 위안자의 모습, 즉 신의 상징으로서의 자연이 아닌 현실의 토대로서의 자연의 내면성 속에서 자신의 독창성을 추구해 갔다. 낭만주의가 이룩한 현대성의 본질은 이 내면성에 근거한다. 루소가 발견한 자연을 라마르틴느가 시화하고 위고가 그 시정에 깊이를 부여했다. 이리하여 시는 인간

---

81) *Désenchantement*, pp.14.
82) *Œuvres de Sainte-Beuve* I, pp.379.
83) *Méditations*, pp.7.

의 현실에 더욱 가까이 갈 수 있었다. 이러한 인식의 변화에도 불구하고 위고가 시나 소설로 표현한 현실은 라마르틴느의 자연처럼 관념적인 성격을 크게 벗어나지 못하고 있었다. 이 관념성 때문에 자신이 발견하여 〈세나클르〉의 교의로 삼았던 낭만주의적 사실성은 시의 주제와 소재의 영역을 확대했다는 의의에도 불구하고 여전히 의고전주의적인 시관에 머무르게 된다. 그럼에도 불구하고 〈세나클르〉의 시인들은 무엇이 의고전주의적이며 무엇이 낭만주의적인 것인지도 모르는 채 열심히 의고전주의자들과 싸워 나갔다.

이 무렵 「오드와 발라드론」으로 위고와 인연을 맺은 생트-뵈브는 그의 되살아난 시에 대한 열정 때문에 〈세나클르〉에 가입하게 되고, 위고 자신은 생트-뵈브의 사상에 힘입어 자유주의로 전향하였다. 이 그룹의 열정에 보답하듯 생트-뵈브가 의고전주의자들과 우유부단한 낭만파 시인들의 시의 모든 것을 묘사성의 이름으로 비난하고 그 반정립으로서 회화성을 제시하자, 회화성은 낭만파의 만능 열쇠가 되었고, 출간 전부터 널리 읽히던 『죠제프 들로르므의 생애와 시와 단상』의 저자 생트-뵈브는 그들의 회화성을 위한 이론가로 등극한다. 그러나 논리적인 근거도 없이 회화성이라는 교의로 무장할 것을 결심하고 의고전주의의 모든 요소들을 무작정 묘사성으로 비난해 가던 낭만파 시인들 가운데 특히 그 누구보다도 생트-뵈브의 이론에 심취한 시인은 위고였다. 그는 시의 내면성을 표현하기보다 회화적인 표현에 더욱 집착해 갔으나, 이것은 시의 근원으로서의 현실을 바라보는 생트-뵈브의 레알리즘을 제대로 간파하지 못한 세나클 시인들의 오류였다. 위고처럼 자연 속에 현실이 존재하는 것이 아니라 현실 속에 자연이 존재하는 것으로 여긴 생트-뵈브가 자신도 실현하기 어려운 회화성의 시학을 논하면서 염두에 두고 있었던 것은 시의 사실성이었다. 그럼에도 불구하고 이 진일보한 위고의 자연 개념의 변천은 낭만주의 논쟁에서 매우 중요한 역할을 수행하였다. 논쟁은 주로 〈회화성 대 묘사성〉의 대립 양상을 보였고, 이 이론에 푹 빠져 들어간 위고는 자신의 낭만주의의 개념과 기법을 확고히 실현하기 위해 『동방시집』을 발간할 정도였다. 생트-뵈브가 『죠제프 들로르므』에서 정의 내린 회화성은 이러한 한계에도 불구하고 낭만주의 시인들에게 사실적인 표현 수법의 중요성을 인식시키고 개인적 회화성을 통해 시의 사실성을 표현하게 함으로써 후일 상징주의 시로 이어지는 새로운 낭만주의를 탄생시킬 것이다. 이제는 그러한 과정으로서의 의미를 지니는 낭만주의 시의 진정한 새로움이 무엇인지를 살펴보고 그 새로움을 통하여 시가 현실에 다가가는 과정이 어떤 것인지를 살펴보고자 한다.

제2장
회화성의 시학을 향하여

1. 묘사적 낭만주의

생트-뵈브는 생생한 기독교적 진실을 표현한 단테와 밀튼 그리고 깔데론 같은 위대한 시인들의 독창성이 "자연을, 삶을 그리고 인간을 내면적이고 새로운 측면에서 간파하고 표현하는 데 있다."[1]고 밝힌 바 있다. 생트-뵈브가 본 시인 라마르틴느의 독창성 역시 이러한 관점에 근거한다. 루소처럼 새로운 측면에서 자연을 간파하고 묘사했다는 점에서 라마르틴느는 분명 위대한 시인이었다. 지상의 현실을 초월하여 전개되는 비물질적이고, 관념적인 문체는 라프라드의 표현처럼 자연에 〈생명과 정신〉[2]을 부여하였다. 보이지 않는 신비를 찾아 나선 시인과 함께 끝없이 비상해 간 상처받은 인간들은 장엄하고 순박한 시구로 표현하는 종교에 빠져 들어 신의 왕국과 이상 세계를 그리면서 세속의 번뇌로부터 벗어날 수 있었다. 시집의 애가들이 대혁명 이후 매 순간 변화하는 현실 세계의 다양성을 모두 감싸 안을 수는 없었겠지만, 공포정치의 잔학상에서 유래한 사회의 불안감을 제거하고, 이상적 종교

---

1) *Harmonies poétiques et religieuses* in *Les grands écrivains français*, pp.13.
2) *Ibid.*, pp.78.

공동체로의 복귀 가능성을 제시함으로써 시인의 종교적 위상을 복원시켰다는 그 각별한 의미마저 부정할 수는 없을 것 같다. 그런 점에서 이미 라마르틴느의 시는 이상 세계를 추구하고 복원하려는 낭만파 시인들의 성직자로서의 사회적 기능을 예고하고 있다. 아울러 대혁명이 제시한 원칙들인 철학적 논리와 혁명적 신앙을 거부하는 그 반혁명 정신은, 향후 지배적인 사상으로 부각되어 복고적인 동시에 나폴레옹을 숭배하는 약간은 기이한, 왕정 유지에 필요한 교의를 제공하게 된다.

시의 종교성이라는 라마르틴느가 물려준 유산을 이어받아, 성직자로서의 사회적 기능을 실천하는 새로운 시인이 기대될 무렵 시인 위고가 등장한다. 그는 "정열과 희망의 아름다운 시절, 신성한 전투 집단을 형성하고 있던 모든 사람들 가운데 가장 독자적이고, 가장 영감의 혜택을 부여받고, 가장 젊은 사람"[3]이었다. 위고는 라마르틴느처럼 대중을 위안하는 데 그치지 않고 그들에게 열심히 현실을 설명하려 했다. 그러나 이 현실은 관념적 자연으로부터 벗어나긴 했어도 구체제의 종교 이념에 의거한 것으로 또 다른 관념의 세계에 지나지 않았다. 위고만이 아니라 당시의 시인들은 거의 모두 부르주와지의 상승으로 퇴조해 가는 왕정 사회의 수호를 시인의 성스러운 의무로 생각하고 이 관념의 세계를 실현하기 위해 열심히 정치를 논했다. 『프랑스 시신』紙의 수메의 글은 이러한 제2차 왕정복고 시대의 시인의 상황을 잘 반영한다.

> 오늘날의 문학은 마치 종교나 정치와 유사하다. 그들은 소신을 갖고 있다. 그리고 우리들에게 부과된 의무 사항을 알게 된다면 우리 작가들은 동일한 신앙을 지닌 사제들처럼 진실의 제단을 중심으로 일치단결해야 한다. 그들은 신성한 연대를 이루어야 한다. 그들은 더욱 성스럽게 사용하도록 되어 있는 힘들로 서로를 공격해서는 안 될 것이다. 그들의 작품이 쓰인 글로서 평가받기 전에 행위로서 평가되길 원해야

---

3) *Œuvres de Sainte-Beuve* I, pp.194.

한다. 결과나 용맹스런 말 앞에서 물러서서는 안 된다. 그들은 델포이 사원의 신탁을 내리는 神도 전쟁으로부터 탈출하면서 재현되었다는 사실을 상기해야 할 것이다.[4]

시인들은 이미 사제가 되어 있었다. 한없이 비상하여 고독을 즐기며 자연을 노래하는 라마르틴느와 달리 17세의 나이에 『문학 수호자』紙 (1819)를 창간하며 유파를 규합한 위고는 『오드와 잡시집』(1822)의 첫 오드 「제 혁명 속의 시인」을 이 수메에게 헌정하였다. 이 시집의 서문은 시인이 정치적 사명을 전파해야 하는 이유를 명확히 밝혀 준다: "이 책을 발간하는 데는 문학적 목적과 정치적 목적이라는 두 가지 목적이 있다. 그런데 필자의 생각에 후자는 전자의 결과이다. 왜냐하면 인류의 역사는 오로지 왕정적 사고와 종교적 신앙의 꼭대기에서만 내려다보고 판단한 시를 소개하기 때문이다."[5] 물론 가톨릭을 찬양하고 왕정을 수호하는 시인들의 목적이 무조건 구체제로 복귀하는 데 있는 것만은 아니다. "과거로 회귀하던 자들은 의외의 길을 통해 거기로 향해 가고 있었고, 열심히, 신속하게 마치 미래를 정복하러 가듯이 거기로 돌진하고 있었다."[6]는 데서도 알 수 있듯이 그들의 종교성은 당시 종교가 상실한 신성한 이상 국가의 복권을 실현하려 한다는 점에서 새로움을 지닌다. 그 새로움은 라마르틴느의 관념의 시학에서 벗어나 시를 현실의 내면성에 접근시켰다. 비록 새로운 문체와 기법을 본질로 하는 로망적 장르와 의고전주의자들과의 논쟁에 이렇다할 관심을 표명한 바도 없으며 오히려 의고전주의적 시관을 드러낸 위고였지만 그럼에도 불구하고

---

4) *Ibid.*, pp.192.
5) Victor Hugo, *Œuvres poétiques* I, Avant l'exil 1802-1851, préface par Gaëtan Picon, édition établie et annotée par Pierre Albouy, Bibliothèque de la Pléiade, Gallimard, 1964, pp.265.(이하 : *Œuvres poétiques* I)
6) *Portraits contemporains* IV, pp.125.

위고는 시의 내용을 현실의 자연과 그 자연 너머로 이끌면서 낭만파 시의 내면성의 근거를 마련한 것이다.

> 게다가 시의 영역은 무한하다. 현실 세계 속에 이념의 세계가 존재하며, 이 세계는 엄숙한 명상의 힘으로 사물 속에서 사물 이상의 것을 보는 데 익숙한 자들의 눈에 번쩍이며 나타난다. 운문으로 쓰였건 산문으로 쓰였건 간에 우리의 세기를 명예롭게 한 아름다운 시 작품들은 장르를 불문하고, 이전에는 거의 의심을 받지 않던 이러한 진실을 깨우쳐 주었으며, 시는 사고의 형태 속에 있는 것이 아니라 사고 자체 속에 있는 것임을 깨우쳐 주었다. 시란 삼라만상 속에 있는 모든 내면적인 것이다.[7]

사실 1820년의 『명상시집』의 라마르틴느가 자연을 노래한 것은 분명하지만 그가 염두에 두고 있는 자연은 자신의 〈정신 상태〉의 연장이었지 결코 현실의 자연 자체는 아니었다. 이와 달리 위고의 영혼은 서서히 인간 중심의 자연에서 벗어나 현실을 향해 가고 있었다. 인간을 비롯하여 모든 것이 시로 영입되기 시작한 것이다. 라마르틴느의 보편적 감정이 고전주의가 강요하는 정신적 억압에 대한 거부의 발로였다면, 위고의 내면의 감정은 더욱 적극적으로 시의 기반인 현실 세계에 다가가려는 의지의 발로였다. 이렇게 무한한 현실의 공간으로 시의 영역이 확장되면서 바야흐로 시의 시대가 도래하고 있었다. 위고는 그 기쁨을 다음과 같이 노래한다.

> 아무것도 시도하지 않으려는 자 행복할진저!
> 제가 쫓아가야 할 것을 쫓아가는 자!
> 단지 살기 위해 살아가는 자,
> 단지 노래하기 위해 노래하는 자 행복할진저!
> （「내 오드에 부쳐」)[8]

---

7) *Œuvres poétiques* Ⅰ, pp.265.

그러나 위고가 열어 놓은 현실 역시 라마르틴느의 자연이 그렇듯이 관념적 세계에 머물렀다. 다시 말해서 시에 현실의 공간을 제공하는 위고이지만 그는 복잡 미묘한 당시 현실의 실상과 그 변화의 흐름을 직시하기보다는 종교적 당위성을 우선으로 하는 자신의 관념으로서의 현실을 제공하고 있었다. 『프랑스 시신』紙의 정치성 그리고 그 〈신학적 무미건조함, 틀에 박힌 열정, 고대 시가에 대한 오해, 결여된 감동적 문체, 베일 속에서 빠져나오지 못하는 연유들〉9)과 함께, 자신의 영혼으로 시를 쓰려는 이 젊은 시인의 독자성과 용기는 곧 빛을 바래 갔다. 새로운 사회질서를 요구한 대중들에게 보수 정치를 대변하는 『프랑스 시신』紙는 대중의 분노를 자아내고 거부감을 불러일으켰다. 나폴레옹 숭배와 〈르네〉가 탄생시킨 시인들은 정파를 형성하지 않았던 라마르틴느와는 대조적으로, 잃어버린 귀족의 영예를 되살리고 구질서에 애착을 갖게 하는 매력을 제공하여 『기독교의 정수』에서 샤토브리앙이 그러했듯이 시의 복고적 덕목을 부각시키고 과거의 성직자로서의 시인의 기능을 복원하는 데 열심이었다. 시인의 운명에 숭고함을 부여한 이러한 청년기 낭만주의 시인들의 반혁명적 성찰은, 그렇게 오래 지속된 것은 아니지만 시인을 정치화하는 결과를 초래하였다. 생트-뵈브는 위고의 초기 시에 대해 다음과 같이 말한다.

　　오드집 제1권이 간행되었다. 거기에 이미 위고의 전모가 드러나 있었다. 여기에는 정치 분야가 지배적이다. 「라 방데」, 「키브롱」, 「베리 공작의 암살」10)에 관한 작품들이 그렇다. 매 페이지마다 혁명에 대한

---

8) *Ibid.*, pp.337. (*Odes*, livre deuxième, Ⅱ)
9) Sainte-Beuve, *Odes et ballades* Ⅰ in *Les grands écrivains français*, études des *Lundis* et des *Portraits* classé selon un ordre nouveau et annoté par Maurice Allem, XIXe siècle les poètes Ⅱ, Garnier Frères, 1926, pp.5. (이하: *Odes et Ballades*)
10) 原題는 *La mort du duc de Berry*(*Odes*, livre Ⅰ, Ⅶ).

증오, 왕정의 회상에 고양된 열정, 시인의 월계관보다는 순교자의 종려나무를 더욱 열망하는 망상적 확신, 그리고 이 불같은 감정을 묘사하려는, 이마쥬가 반짝이고 조화가 흘러넘치는 불꽃같은 문체가 존재하고, 거창함과 가혹함으로 인한, 전혀 궁색함이나 계략에 의한 것은 아니지만, 악취미가 존재한다.[11]

반혁명과 제국의 영광을 위한 종교적 토대에서 출발하여 문학을 숭고하게 하고, 구원의 입장에서 대중 위에 존재하며, 복고적인 모습을 보이는 시인들은 분명 〈새로운 분위기, 찬란한 장래를 보장하는 재능, 일종의 대담성〉[12]으로 감동을 주고 있었다. 그리고 그들은 자신들의 뜻대로 새로운 시대를 실현하는 〈세나클르〉를 탄생시킬 것이다. 그러나 그 진보적인 면모에도 불구하고 과거와 현실의 틈바구니에서 시인-사제의 모습으로 시를 써간 신유파의 시가 라마르틴느의 시보다 뛰어난 감동을 주지 못했으며, 더구나 이 시인들의 시법이나 문체 역시 전혀 새로운 것이 아니었다. "시 문체는 시의 개념 전체이며, 우리가 소유하는 시에 관한 관념에 있어 혁명이 일어나지 않는다면 문체에 있어서의 혁명은 일어날 수 없다."는 바라의 주장처럼 그들이 품은 낡은 시 사상으론 새로운 표현이 불가능했기 때문이다.[13] 실제로 1822년의 『오드와 잡시집』은 상상력의 과도함과 그로 인한 관념적 문체로 인해 큰 성공을 거두지 못하였는데, 그 이유를 생트-뵈브는 다음과 같이 설명한다.

몇몇 왜곡된 이마쥬들이 시에 용납되려면 그것들이 우리의 영혼이 빠져 들어가는 것과 동일한 모호함에 싸여 있어야만 하는데, 이러한 사실을 망각한 채, 그는 자진해서 묘사적 장르의 모든 수단을 동원하여 병든 뇌가 꾸는 꿈을 분석하기 시작하였다. 그리고 그는 그 추악함

---

11) *Odes et ballades* Ⅰ, pp.8.
12) *Ibid.*, pp.3.
13) *Style poétique*, pp.Ⅲ.

을 더욱 상세히 분석하려고 백일하에 박쥐를 드러내 놓았다. 비록 위고 시가 자주 빠져들고 있는 것은 아니지만, 여기에는 어느 정도 용납될 만한 정도의 상상력의 향연만이 존재하는 것 같다.[14]

비난은 암울한 상상력과 이 상상력에 의한 묘사적 문체를 목표로 한다. 위고가 시로 담은 현실이 정치적 상상력의 소산에 지나지 않는 까닭에 그 표현 수단으로 의고전주의들의 기법이 사용된 것은 당연한 일일 수밖에 없다. 그러나 『오드집』 제2권과 제3권에서도 계속되는 『오드집』 제1권의 묘사의 남용에 대한 생트 – 뵈브의 지적은 특별한 의미를 지닌다. 아직 〈세나클르〉로 전향하지 않은 고전주의적 경향의 시인임에도 불구하고 생트 – 뵈브가 이렇게 상상력에서 비롯하는 시적 결함들에 대해 묘사적 장르의 요소이자 드릴르의 수법이라고 비난하기 때문이다. 1823년에 쓰인 발라드 한 편을 예로 들어 보자.

> 할머님! – 아! 태양이 점점 그 빛을 잃어가고,
> 흥겨운 땅거미가 검은 아궁이 주위에서 춤추고,
> 곧 사람들은 누추한 집 안으로 들어갈 테죠 …….
> 오! 잠에서 깨어나세요, 기도를 멈추세요.
> 우리를 안심시키던 당신인데, 우릴 두렵게 하시려나요?
>
> (「할머니」)[15]

할머니를 위해 무릎 꿇고 신에게 기도하는 아이들의 모습을 〈드릴르식의 필치 pinceau à la Delille〉에 의한 시구라고 여기는 생트 – 뵈브는 이 시에서 특별한 새로움을 발견하지 못한다. 어스레한 저녁 분위기와 두려움에 젖어 수줍게 기도하는 모습에서 느껴지는 짐짓 꾸민 듯한 인상은, 직접 본 것이 아닌 상상 속의 세계를 그리는 그의 관념적 문체

---

14) *Odes et ballades* I, pp.9.
15) *Œuvres poétiques* I, ballade troisième, pp.504.

74

에서 기인하는 것이다. 그가 낭만파 시의 새로움을 언급할 때마다 의례히 거론되는 드릴르의 묘사성은 여기에서 보듯 대개 부정적인 의미를 포함하지만 그렇다고 전적으로 비난의 대상이 될만한 것도 아닌데, 자신들의 새로움을 회화성에 의존하려는 〈세나클르〉 시인들은 회화성과 드릴르의 묘사성을 대립시키는 데 급급하였다. 뒤늦게 살아난 뮤즈에 대한 열정으로 〈세나클르〉에 들어간 생트-뵈브 역시 동료 선배들과 마찬가지로 열심히 드릴르를 비난하였다. 그것은 자신에 호의를 보이는 동료들에 대한 당시 생트-뵈브의 유대감의 표시이기도 하였다. 프랑스 시의 현대성을 성취하려는 빛나는 그의 노력에도 불구하고 자연에서 회화성의 근원을 찾아낸 시인 드릴르는 자신의 의도와는 상관없이 반회화적 시인이 되었다. 낭만파 시인들은 생트-뵈브가 드릴르의 평가에 대하여 내린 부정적 내용만을 들추어내어 그를 반회화적 묘사시인으로 만들었지만, 그것이 드릴르 시를 평가하는 생트-뵈브의 진정한 의도는 아니었다.[16] 드릴르의 시에는 시의 고대적 기능을 회복하고 인간에게 과학과 철학을 가르치려는 개혁 욕구가 뚜렷하다. 그는 밀튼의 『실낙원』을 프랑스어로 옮기면서 자신의 의도를 실현해 갔고, 이미 천박한 인상을 주던 주제를 택하고 〈직의어〉를 사용하여 현실의 자연을 묘사하고 있었다.

    그러니 얼굴을 붉히지 마시라, 그 때문에 자존심이 끓더라도,
    당신 정원들을 황소에게, 새끼를 잘 낳는 암소에게 개방한다고 해서,
    그렇다고 그대 정원도, 내 시구도 품위가 떨어지지는 않을 테니.[17]

---

16) 심지어 1837년의 〈드릴르론 *Delille*〉에서는 그가 진정한 승리자임을 인정하고 낭만주의자들에게 이렇게 반문한다: "Où donc est la victoire, peut-on dire, et qu'avez-vous produit, vous, École poétique nouvelle, qui soit supérieur et si à l'abri d'un revers?"(*Delille* in Œuvres de Sainte-Beuve II, pp.63)

17) *Les Jardins*, troisième chant, cité in Wil Munsters, *La poétique du pittoresque en France de 1700 à 1830*, Droz(이하:

현실에 존재하는 것의 귀천을 가림 없이 그것을 있는 그대로 재현하려는 노력을 통해 묘사파 시인은 이미 낭만파 시인들이 미처 생각지 못한 현실적인 것을 이해하고 있었던 것이다. 그런 면에서 낭만파 시인들은 시인의 성직자로서의 기능을 제외하면 아직까지 시의 새로움 면에서 특히 시의 사실성 면에서는 이렇다 할 별 진전을 보인 것이 없다. 일상생활의 어휘를 시에 도입하여 세밀함과 시의 외적 현실을 언급하던 드릴르는 〈chou, carotte, citrouille〉와 〈colonnade, chapiteau, arcade〉 같은 일상용어를 시에 도입하는 선례를 남김으로써 묘사시에 현실성을 부여하였다. 초기 단계의 이러한 노력에는 아직 개선의 여지가 많았다. 그럼에도 불구하고, 드릴르가 위대한 시인이었음을 부정할 수는 없으리라. 그토록 낭만파가 비난하는 묘사성의 시인 드릴르에게도 회화성이 없는 것은 아니다. 당시에 벌어지던 문학 비평을 논하는 생트-뵈브의 글에서도 이 점은 명확하다.

> 작금의 문학비평은, 마치 정치처럼, 앞으로 나갔다가 되돌아오고, 만들었다가 파기해 버리는 것이 일인 알 수 없는 **천칭** *balance*과 **시소** *bascule* 같은 체제를 발명해 냈다. 내가 셰익스피어를 칭찬한 지가 꽤 오래 되는데, 어느 날 아침 비평계가 웅얼댄다. 라신느를 편들어 시급히 반박을 해야겠다는 것이다. 그래서 드디어 우리에게 시인이라면 지니게 되는 온갖 훌륭한 자질들을 마치 무슨 발견이라도 되는 양 늘어놓는 반박이 나왔다: 라신느는 순수하고, 결코 과장이 없고, 문체의 전개가 놀라우리만치 유연하다. 물론 이 호의적인 깨우침은 대단히 고맙다! 30년 전에, 볼테르 이후로 라 아르프 씨가 되풀이하긴 했지만, 이런 따위의 것들을 모조리 잊지 않고 있다니 훌륭한 일이다. 그러나 이것들이 전부이기만 하다면! 라신느에서 끝낸다면! 그저 볼테르가 쓴 비극의 모호한 문체를 옹호하는 정도까지만 간다면! 그래서 무슨 소용인가? 그래서 어떠하단 말인가? 이런 말이 아니라면, 되풀이할 말

La poétique du pittoresque), pp.136.

이 전혀 없을 것 같다. 그런데 반박 편집벽은, 이것이야말로 비평 정신의 진짜 병으로, 그 급속한 진전에 중단이 없다. 내 짐작이 맞다면, 몇몇 막연한 증상으로 그 편집벽을 진단하건대, 드릴르 사제 자신과 그 유파는 일종의 명예회복의 직전까지 왔다. 무척 새로운 고찰인 양 다음과 같은 말도 나오리라: "그러나 결국 당신들이 그토록 경멸하는 이 사제에게는 훌륭한 점이 있다. 당신 역시 매우 자주 그의 방식대로 묘사적이고, 그는 당신들 식으로 매우 자주 회화적이다. 그를 덜 모방 하든지 아니면 더욱 평가하라."18)

드릴르에 대한 생트-뵈브의 비난은 그의 시가 지향하는 바의 고매 함에서 비롯하는 어쩔 수 없는 가식적 취향(faux goût)을 겨냥한 것이 었다. 생트-뵈브는 드릴르의 개혁적 요소를 인정하면서도 이 귀족주 의 시인의 가식적 취향을 비난하였다. 이 가식에 대한 비난은 의고전 주의 문학의 귀족주의 성향에 대한 반발이었다. 그는 귀족주의 뮤즈 양성소가 배출한 인물이 아니었다. 그가 몸담은 부르주와 계층은 사학 자와 정치인, 생리학자와 관념론자 등의 매우 현대적이고 잡다한 유파 들로 구성된 집합체였다. 그래서 그는 더욱 생생하고 밀도 높게 그리 고 구성에 있어 광대하게 문체와 표현의 수단들에 관한 문제점들을 제 기할 수 있었다.

드릴르 역시 개혁을 시도한 것이 사실이지만, 내가 무척 열심히 즐 기는 데 열중하여 빠져 들어가는 시학의 제반 문제에 관해서는 그를 인용할 생각이 전혀 없다. 그러나 그토록 뚜렷하게 드러나는 친절함의 의도 그리고 그토록 정제된 모방성 해조의 도락으로 말미암아 드릴르 는 너무 비루하게 개혁을 실행한 나머지 예술의 목표와는 정반대 쪽 으로 거슬러 갔고, 개혁에 도움이 되기는커녕 오히려 그 개혁을 지연 시키고 말았다. 드릴르는 **가식적 취향**에 걸려 있다. 또한 **가식적 취**

---

18) *Pensées* XIII , pp.146.

향은 일단 어떤 재능 속에 침투해 버리면 영원히 그리고 그 재능의
가장 훌륭한 부분에 있어서까지 그를 타락시킨다. 진정한 재능들이라
해도 아마 그들 나름의 결점을, 그것도 매우 심각한 결점을 지니는 것
같다. 한쪽 재능의 박력은 조악함에 가깝고, 나머지 한쪽의 간결함은
모호함에 가깝다. 그토록 고매하고 하늘 같은 은총을 입은 이 후자의
재능이라도 이따금 어색함과 유사한, 교묘한 기이함을 띨 경우가 있고,
전자의 재능은 그토록 생기 넘치고 매혹적이긴 해도, 너무 활기찬 영
감을 영원히 간직하지 못할 수도 있으리라. 그러나 이 결점들은 몇몇
자질들에서 기인하는 것이며, 심지어 그 과장된 표현에 지나지 않는다.
다시 말하자면 경건하고 굳센 사람들이 느끼는 경미한 불편함들이다.
그들은 이 때문에 그들이 활기찬 날을 단 하루라도 허비하는 일은 없
을 것이다. 그리고 시간이 흐르면서 그들의 체질이 그 결점들을 극복
해 나갈 것이다. 오! **가식적 취향**의 재능들의 오염된 자질들보다 솔
직하고 선한 품성의 이 오류들을 내가 얼마나 선호하는지! 사실 가식
적 취향의 재능은 전혀 확신할 수 없다. 그 아름다움들은 심지어 서로
아픔을 의식하고 그것을 드러내기도 한다. 내게는 그 생기어린 색채의
이면 속에서도 가련한 피, 용해되는 천, 연주창들의 궤양이 엿보이는
것이다. 그리고 전문가가 보기에 이러한 비유가 꽤나 악취미적으로 보
일지 몰라도, 적어도 그것이 **가식적 취향**에 기인하는 것이 아니라는
것을 확신한다. 나는 아직도 **잘못된 것**과 **가식적인 것**의 구분을 정립
하고 있으며, 그리고 필요하다면 가식적인 것보다는 잘못된 것을 선호
함에 주저하지 않기 때문이다.19)

　시의 개혁 면에서 위고는 드릴르보다 더욱 묘사적인 시인이었다. 루
이 XVIII세가 하사한 연금에도 불구하고 위고의 시집들은 대중으로부터
외면당하였고, 이러한 사실에 낙담한 위고는 자신의 의도가 좌절되자
이제 대중이 아닌 신을 향해 시를 쓰면서 더욱 관념적 묘사에 빠져들
어 갔다. 『오드와 발라드집』 제3권에도 이러한 경향이 더욱 뚜렷이 드

19) *Ibid.*, pp.144-145.

러난다. 많은 매력에도 불구하고 그 관념성에 기인하는 이상적 미와 장엄함, 보이지 않는 것만을 추구하는 위고의 시는, 라마르틴느의 관념적 시 세계처럼 비개인성의 지배를 받게 되어 자연스러움을 상실하고 있다는 인상을 준다. 이와 대조적으로 생트 - 뵈브는 『발라드집』에 보이는 시의 회화성에 관심을 보인다. 『오드와 발라드집』 제3권에 관한 평론은 『오드집』 가운데 가장 서정적인 오드 「두 섬」을 소개한 뒤 『발라드집』의 가장 훌륭한 발라드 「선녀와 요정」을 소개한다. 그런데 여기서 흥미로운 점은 이러한 판단이 바로 시의 회화성에 의거하고 있다는 사실이다.

> 내 푸른 날개는 半투명해.
> 미술에 걸린 실프들의 무리는
> 내가 비상할 때면 내 등 위로 두 은빛 광선이
> 떨리는 것을 본다고 여기지.
> 불그스름하고 투명한 내 손이 빛난다.
> 내 숨결은 향긋한 산들바람
> 밤이면 들판을 서성인다.
> 내 머릿결은 눈부시지.
> 그리고 좋은 선율을 내는 내 입은
> 그 노래 노래마다 미소를 섞는다.[20]

실제 광경을 그린 듯한 이 시는 묘사된 세상의 생생함과 그것을 표현하는 색형용사, 그리고 무엇보다 자신의 내면에서 경험한 내용을 곧바로 전달하는 속내 이야기 같은 느낌을 준다. 그러나 이러한 시적 감흥이 19세기 프랑스 시인들의 시에서 발견되기까지에는 오랜 시간이 걸렸다. 아직 낭만파로 전향하기 이전의 위고는 물론이거니와 대부분의 『프랑스 시신』지의 시인들이나 의고전주의자들 모두 라마르틴느를

---

20) Œuvres poétiques I, pp.545. (Odes et Ballades, Ballade XV)

자신들의 시 유파에 속하는 시인이라고 주장하는 데서도 드러나듯, 그
들은 서로의 차이를 잘 모르는 채 문학 자체보다는 문학 외적인 정치
적 필요성에 근거해서 문학 논쟁을 논했다. 『오드와 발라드집』의 대부
분의 시를 통해 알 수 있듯이 위고는 필시 『명상시집』이 다루지 못한
그 어떤 현실을 노래할 필요성을 직감하고 있었음에도 불구하고 결코
새로운 시를 쓸 수 없었다. 아직 로망적 장르 ─ 그것도 냉소적인 의미
에서 ─ 만이 존재하고 낭만주의자들은 존재하지 않던 시대의 시인들은
초왕당파이건 자유주의자이건, 〈세나클르〉의 시인이건 고전주의 시인
이건 간에 시의 내용, 주제, 사유에서 극한 대립을 보임에도 불구하고,
문체나 형식에 있어서만큼은 모두 의고전주의자들의 수법을 답습하고
있다. 과거와 변함없는 시 형식인 오드, 애가, 서사시, 그리고 변함없는
어조와 문체 및 이미 주어진 시법 다시 말해서 신화, 의인화, 특히 위
고의 시에서 과도하게 사용된 은유, 우언법 등에서 보듯이, 고전주의
경향이 농후한 라마르틴느, 위고, 비니의 시는 새로운 시라고 여기기에
는 너무나 구태의연한 것이었다. 그들에게 보이는 낭만주의적 요소는
오직 사제로서의 시인의 모습을 들 수 있을 뿐이다. 의고전주의 시법
에서 비롯하는 이러한 한계는 위고의 경우에도 마찬가지였다. 심지어
낭만주의자들의 왕으로 군림하게 될 위고이지만 실제에 있어서 그의
시는 드릴르의 충실한 제자라는 느낌을 줄 정도로 의고전주의 문체에
의존하고 있다. 실제로 『오드와 잡시집』의 경우 돈호법, 감탄법, 활유
법이 눈에 띄게 줄었지만 시집의 대부분이 의고전주의적 수법인 허구
와 예언, 극 형식, 직유와 신화로 이루어져 있다. 더구나 그의 묘사는
명확성을 결여하며, 샤토브리앙의 후예임에도 불구하고 『르네』의 자연
에서 볼 수 있는 시적 회화성을 표현하지 못하고 평범한 우언법, 당착
어법, 대조법에 근거한다.[21] 위고의 『오드집』의 작품 가운데 그를 낭만

---

21) *Style poétique*, pp.108-121.

파 시인으로 여기게 하는 시구가 있다면, 그것은 시인의 성직을 노래
하는 제2권의 「내 오드에 부쳐」 제4절이 될 것이다.

> 성스러운 아레나에서 고결한 상을 차지하려 싸우면서,
> 올림포스 전체를 내주는구나, 그대 열렬한 비상의 적수들인 히포크레
> 네의 아들들에게, 아탈란테의 연인처럼, 그들의 주행을 더욱 더디
> 게 하려고 그들에게 황금 사과를 던지누나.
>
> (Á mes odes)[22]

   빅톨 위고 최초의 낭만주의 신념의 선언처럼 여겨지는 이 성스러운
시구들을 제외하면 위고의 시에는 의고전주의 시인의 모습이 완연하
다. 『오드집』의 왕정주의와 가톨릭 옹호, 미숙하게만 사용되는 천박한
언어와 직의어의 사용에 드러난 미숙함 그리고 직접 보고 생각하는 것
을 구체적으로 표현하지 않는 의고전주의적 시관은 그가 전혀 새로운
시인이 아니었다는 사실을 입증한다. 의인법과 신화 가득한 초기 시절
의 생트-뵈브 시 역시 사정은 마찬가지였다. 특히 관념적 어휘가 넘
치는 심리적 작품에서 더욱 그러하다.

> 그러나 **한가로움**은 가버렸다, 나의 부름에도 아랑곳없이,
> 사냥꾼의 호령에 거역하는 종달새처럼, 붙잡고픈 물결처럼.
> **시간**이 깨어나고, 내 노역이 다시 시작된다.
> 잘 가게, 마음의 욕구들이여, 고독이여, 침묵이여,
> 잘 가게, **한가로움**이여, 잘 가게 **한가로움**이여.
>
> (「한가로움에게」)[23]

   은사 뒤브와가 요청하여 1827년 1월 2일과 9일 『글로브』紙에 「오드

---

22) Œuvres poétiques Ⅰ, pp.338. (Odes, livre Ⅱ, Ⅰ).
23) Poésies, pp.33.

와 발라드론」을 기고할 무렵의 생트-뵈브는 이미 많은 시를 써 놓고
있었다. 그러나 자신의 시를 검증받을 만한 기회를 포착하지 못한 그
는 이 기사에 의해 새로운 시법의 세계를 만나게 된다. 정치적으로 자
유주의의 입장을 취하고, 문학적으로는 낭만주의에 호의적인 『글로브』
紙는 위고를 대표로 하는 정치적 보수주의 유파인 〈세나클르〉와는 적
대 관계에 있었다(초기 낭만주의자들의 대부분은 자유주의와는 거리가
멀었다). 발랑슈의 표현대로 〈새로운 시절의 오르페〉[24]인 샤토브리앙
이 자유주의에 접근하면서 두 대립된 유파 사이에 화해의 기운이 엿보
이고는 있었지만, 확실히 위고는 〈순리론자 doctrinaires〉들로부터 애호
받는 시인이 아니었다. 이 위고의 『오드와 발라드집』에 관한 서평이
그를 〈야만인 barbar〉[25]이라 부르던 『글로브』紙에 실렸다. 낭만파 시
인들에 대한 『글로브』紙의 비난은 너무나 가혹한 것이어서 심지어 자
유주의 경향의 「크롬웰 서문」에 관한 논평을 게재하려는 생트-뵈브의
의도마저 좌절되기도 했었다. 따라서 『글로브』紙에 실린 「오드와 발라
드론」은 외국인에게도 회자될 정도로 낭만주의 문학사에서 의외적인
것이어서, 엑커만의 『괴테와의 대화 I』에는 프랑스 문단의 변화에 대해
깊은 관심을 갖고 있던 괴테가 "이제 빅톨 위고는 『글로브』紙를 자기
편으로 만들었다."고 한 말이 수록되어 있을 정도이다.[26] 그러나 그 누
구보다도 시집의 저자인 위고만큼 이 서평의 영향을 크게 받은 사람은
없었다. 서평을 읽은 위고는 뒤브와로부터 생트-뵈브의 주소를 전해
받고 생트-뵈브의 거처를 방문한다. 마침 부재중이던 그의 집에 명함
을 맡기고 돌아간 위고를 그가 이튿날 찾아감으로써 두 사람의 만남이
이루어졌다. 이 교류를 통해 위고의 시의 위대함을 느낀 생트-뵈브는
다음과 같은 시를 위고에게 헌정한다.

---

24) *Sacre de l'écrivain*, pp.166
25) André Billy, *Sainte-Beuve, Sa vie et son temps* I, Les Gr-
   andes Biographies, Flammarion, 1952., pp.61.
26) LOV. D 603, f. 53-54, cité in *Gérald Antoine*, pp. XVII.

82

그대는 해조 같은 이 온화한 긴 소리가 들리는가,
너무 오랫동안 억눌려 있던 천재가
세계에서 탈취하는 이 외침을,
침묵하던 대중들로부터 갑자기 터져 나오는,
그리고 위대한 시인의 이름을 영광에 이르게 한 외침을,
고결한 친구여, 그 외침이 들리는가?27)

　위고는 수개월 이후 발간 될『죠제프 들로르므의 생애와 시와 단상』
의 진보적 내용을 접하고 자유주의로 전향하고 새로운 시학의 시집『동
방시집』을 마감하는데, 그 새로운 시학이란 의고전주의자들의 묘사성
을 대신하는 회화성의 시학이었다. 그리고 〈세나클르〉의 막내 생트-뵈
브는 이것을 이용하여 자신들의 시학의 새로움을 잘 모르는 선배 시인
들에게 확고한 이론의 근거를 제시함으로써 신유파를 선도하는 떳떳한
이론가로 자리잡는다.

2. 회화적 낭만주의

　낭만파 시인들은 의고전주의의 관념성과 대립되는 요소로 상정하게
될 회화성28)을 극히 중요하게 여겼다. 그들은 이 요소가 자신들의 새

---

27) *Poésies*, pp.49.
28) 〈pittoresque〉를 독립된 항목으로 실은 최초의 프랑스어 사전은 속칭
　〈트레부 사전 le Trévoux de 1752〉이라 불리는『프랑스어 및 라틴어
　백과사전』이며, 이 어휘를 〈화가의 창의력, 상상력에 속하는 것, 회화에
　고유한 것〉으로 정의한 뒤 다음 사항을 추가한다: "보통 '삐또레스크'라는
　어휘는 그림에서 볼 수 있는 기이하고 독창적인 어떠한 표현들로 이해된
　다. 아름답다, '삐또레스크'하다, '삐또레스크'한 자세라고 말하기도 한다.
　기이한 배치나, 새로운 취향으로 처리된 배치가 보이거나, 재능이나 진실
　이 드러날 때, 그 배치를 '삐또레스크'하다고 말한다." (*Dictionnaire
　universel françois et latin* vulgairement appelé *Dictionnaire de*

로움이라고 믿고 있었던 것이다. 그러나 그들은 회화성에 의거하여 시를 쓰는 것이 고대시인들의 시법 가운데서도 가장 고전적이고 가장 본질적인 시법으로 복귀하는 것이라는 사실을 간과하고 있었다. 그리스 시가나 프랑스 시가에 있어서 이 회화성은 전혀 생소한 개념이 아니었

Trévoux, cité in *La poétique du pittoresque*, pp.31-42) 참고로 문학과 관련된 〈삐또레스크〉의 사전상의 어의를 살펴보면,

*1. 그림과 관련된 것, 그림에 속하는 것, * - 문학. 효력을 발생시키는 것, 두드러진 것, 자극적인 것. 삐또레스크한 표현, 삐또레스크한 문체(Pierre Larousse, *Grand dictionnaire universel du XIXe siècle*, 1874, pp.1090).

*1. 그림에 관한 것 …… 4. 더욱 특별하게는 회화에서 반세기 전부터 線의 대립과 빛과 그림자의 갑작스런 대비에 관한 말에 쓰인다. 문학 작품에서 유사한 의미로 언급된다. 삐또레스크한 문체(Émile Littré, *Dictionnaire de la langue française*, t. 5, Gallimard / Hachette, 1965, pp.1942).

*1. 그림과 관련되고, 그림에 속하는 것. 3. 이목을 끌고, 독창적 양태와 더불어 매료시키고 흥미를 주는 것, 매우 독창적인 성격을 지닌 것. 5. 대상과 사람을 잘 묘사하는 것, 구체적으로 다채롭게 사물을 표현하는 것 : 색상과 생기와 자극을 지닌 것(Paul Robert, *Le Grand Robert de la langue française*, t. Ⅶ, 1985, pp.436).

*C. 2.독창적 양상, 화려하고, 매우 독특한 성격을 지닌 것. D. 특별히 묘사에 뛰어난 것. 색상, 생기, 이목을 끄는 독창성을 지닌 것(*Trésor de la langue française*, t. ⅩⅢ, Gallimard, 1988, pp.440).

미술과 관련하여 18世紀에 사용된 〈삐또레스크〉의 의미들을 문스터는 다음과 같이 정리한다(*La poétique du pittoresque*, pp.36).

1. 몇몇 회화 기술을 사용하여 미학적 감명을 유발하는 것.
2. 그림으로 그릴 만한 것.
3. 자연에서처럼 그림에서 특이하고 자극적인 것.
4. 영국-중국식 정원에 적용된 〈삐또레스크〉.
5. 화가들에게 정보를 제공하는 여행기에 적용된 〈삐또레스크〉
6. 문학에 적용된 〈삐또레스크〉

이러한 다양한 의미들을 근거로 le pittoresque를 정취, 풍취, 운치, 아취, 화취, pittoresque를 정취적, 풍취적, 생생한, 기이한, 화취적 등의 어휘로 옮기는 것이 가능하지만 le pittoresque의 본래 어의를 고려하여 '회화성'이라 번역하기로 한다.

84

다. 사상뿐만 아니라 이마쥬까지 제시하는 빼어난 수준의 고대 시가에 나타나듯 위대한 시인 호메로스는 화가로서도 그만큼 위대한 예술가였다. "호메로스는 모든 것을 그리고 묘사한다. 그는 독특한 형용사와 여담과 비유에 힘입어 자신의 그림만큼이나 많은 자신의 이야기를 만들어 낸다. 도시, 숲, 항구, 선박을 언급할 때면 반드시 가장 감동적으로 그것들을 재현해 내며, 영웅을 언급할 때면 반드시 그 신장과 병기 그리고 그 복장을 눈앞에 제시하며, 대상을 불문하고 반드시 우리에게 그 형태와 색깔을 말해 준다. 그는 서로 부딪히는 갑옷의 청동이 내는 소리, 투창의 '휙휙'하는 소리, 말발굽 소리, 전차끼리 부딪히는 소리, 그리고 전장의 모든 소요를 재현해 낸다. 호메로스의 풍경은 대충 그려진 것일지라도 매우 훌륭한데, 그것은 여명의 발그스름한 기미, 물결 속에 사라져 가는 태양의 붉은 기운, 나뭇잎의 청록에 가까운 녹색, 눈 덮인 봉우리, 수확기의 물결치는 모습 등 모든 것을 묘사하기 위한 최상의 부가 형용사를 그가 지니기 때문이다. 모든 그리스 시인들뿐 아니라 라틴 시인들 역시 그의 모범을 따라 이 회화성을 시의 불가결한 요소로 만들었다. 베르길리우스나 루크레티우스, 카툴루스는 자신이 묘사하는 모든 것을 상상력에 따라 그려냈는데 이후 르네상스의 위대한 시인들, 단테, 아리오스토, 보카치오 그리고 프랑스의 플레이야드파가 동일한 경향을 따랐다. 호라티우스의 *ut pictura poesis*[29]가 그들의 모든 작품에서 검증된 것이다."[30]

---

29) 호라티우스의 *ut pictura poesis*는 여기에서처럼 흔히 시와 회화의 관련성을 의미하는 것으로 이해되어 왔다. 그러나 호라티우스가 의도한 것은 회화에서처럼 시에도 원근법이 존재한다는 사실을 설명하는 데 있다 : *Un poème est comme un tableau : tel plaira à être vu de près, tel autre à être regardé de loin*(Art poétique. : Horace, *Œuvres complètes, Satires - Épitres - Art poétique*. traductuction nouvelle avec une introduction et des notes par Franïois Richard, t. II, Classsiques Garnier, 1950, pp.285).

30) Pierre Larousse, *Grand dictionnaire universel du XIXe siècle*,

이 회화성의 전통은 프랑스 17世紀 및 18世紀 시인들의 시법에도 그대로 계승되었다. 고대의 회화성을 모방하던 이 시기의 시인들은 점차 그 규칙과 관습에 종속되면서 우아함을 존중하고 모방한 나머지 그 묘사의 내용이 되는 자연을 부차적인 것으로 전락시키고 만다. 시인이 회화성을 느끼는 것은 자연을 통해서만 가능한 것인데도 이제는 자연 자체보다 고대 시를 통해서만 회화성을 추구함으로써 본래의 의미를 상실하였다. 모방에만 주력하는 이 시기의 시인들에게 철저히 개인의 능력에 속하는, 보고 느끼는 고대 시인의 방법을 그대로 모방하는 것은 불가능했으므로, 그들은 구체적이고 명확한 묘사보다는 모호하고 일반적인 감정을 표현할 수밖에 없게 되었다. 그리하여 일반성뿐 개별성이나 개인성이 결여된 회화성은 시의 진실을 천박하고 야만스러운 것으로 만들어 버렸다. 어찌 보면 중세 이후부터 낭만주의 시대에 이르기까지 시인들의 노력은 이 경직된 회화성 본연의 모습을 회복하는 것이었다고 볼 수도 있다. 하여튼 훌륭한 시인들은 언어의 풍부함을 황폐화시키는 회화성, 즉 하나의 제도가 되어버린 추상적이고 관습적인 경향에 맞서 원래의 회화적 문체, 즉 자유롭고, 진실하고, 자연스러운 문체를 남기려고 애썼다. 말레르브와 게 드 발작 그리고 브왈로의 현학적이고 세련된 문체보다는 라 퐁텐느나 몰리에르, 펜느롱, 보쉬예, 생-시몽, 세비녜 부인의 문체가 더욱 회화적이라 생트-뵈브의 논조를 19세기 라루스 사전이 인용하는 근거가 여기에 있다.[31]

문학에서 회화성이 다시 출현하기 시작한 것은 18세기에 이르러 풍속의 변화와 함께 되살아난 자연에 대한 관심의 증가에서 비롯한다. 자연에 대한 취향은 화가나 정원사들이 일깨워서 뒤늦게나마 문인으로 하여금 자연에 관심을 갖게 하였다. 그리하여 탄생한 묘사시인들은 인간 중심의 문학적 관점에 삶의 환경으로서의 자연을 추가하였다. 이

1874, pp.1090.
31) *Ibid.*, pp.1090.

자연의 시인들에게는 고전주의 시어의 불충분함 때문에 자신의 묘사에
어울리는 새로운 현실의 시어가 필요해졌고, 이러한 상황에서 묘사시
속에 회화성이 자리잡아 갔다. 이탈리아어 〈pittore(peintre)〉에서 파생
한 형용사 〈pittoresco〉로부터 유래한 회화성(le pittoresque)은, 16世紀
부터 〈화가의 de peintre〉라는 의미나 〈화가들 식으로 à la manière
des peintres〉[32]라는 의미 이외에도 회화 기술로써 재현해 내려는 사물
들이 지니는 시각적 요소를 지칭함과 아울러 그 현실의 소재들의 독창
성과 자극적인 특이함을 훌륭하게 재현해 내는 수단으로서의 의미가
추가되었다. 그렇지만 아직 환유의 개념을 완전히 벗어난 것은 아니었
다. 17세기에는 여기에 〈그림 속에서 효과를 창출하는 qui fait de l'effet
dans un tableau〉[33] 의미가 추가되었고,[34] 18世紀에는 화가를 형성하는
총체적 재능을 의미하기 위해 〈회화석 새능 génie pittoresque〉[35]이란
표현을 쓴 데서 알 수 있듯이 화가를 형성하는 자질의 총체를 의미하였
다. 뒤 보스(Du Bos)가 사용한 〈회화적 알레고리 allégorie pittoresque〉,
〈회화적 장소 lieu pittoresque〉, 〈회화적 표현 expression pittoresque〉,
〈회화적 시 poésie pittoresque〉[36] 등도 모두 회화와 관련된 용어에 지
나지 않았다. 이 어휘가 1752년 『트레부 사전』에 처음으로 실렸을 때
도 〈화가의 창의력, 상상력에 관한 것, 회화에 고유한 것 qui est de
l'invention, de l'imagination d'un peintre. Qui est propre de la
peinture〉[37]이라는 미술적 의미를 지니며, 디드로의 경우도 연극 무대

---

32) *Poétique du pittoresque*, pp.24.
33) *Ibid.*, pp.24.
34) 당대 제일의 화가 미냐르를 위해 쓴 17세기 시인 스까롱의 시구에 쓰인
　　피또레스크도 화가처럼 사는 것을 의미한다.
　　　Tu te laisseras un jour De vivre à la pittoresque Et croiras
　　que notre Cour Vaut bien la Cour romanesque.(*Ibid.*, pp.27)
35) *Ibid.*, pp.29.
36) *Ibid.*, pp.29.
37) *Ibid.*, pp.31.

와 회화의 연관 관계를 설명하기 위해 회화성의 개념이 사용되었다. 원래 화가를 지망하여 훗날 회화성을 시의 모든 것으로 만들어 버린 고티예나 미술에 조예가 깊었던 스탕달이 다시 회화와의 연관성 속에서 사용된 회화성의 개념을 부활시킬 것이다. 그러나 당시 프랑스어 사전의 항목에서는 거의 자취를 볼 수 없는 이 형용사는 〈그림과 관련된 relatif à la peinture〉의 의미를 지니는 또 다른 신조어 〈그림의 pictural〉와는 대조적으로 단순히 그림과의 연관성을 나타내는 것이 아니라 〈아름다운 beau〉보다 더욱 미적 효과를 창출하는 개념이며, 〈기이한 singulier〉, 〈독창적인 original〉, 〈영웅의 héroïque〉[38] 같은 포괄적 개념을 포함한다.

이것이 문학 소재에 도입된 것은 영국식 정원을 의미하는 〈jardin pittoresque〉와 고대 로마의 유적지를 연상시키는 〈pittoresque des ruines〉 같은 표현에 힘입은 바 크다. 이렇게 문학 소재로 등장한 이후 회화성은, 〈romantique〉의 개념이 〈로마네스크〉의 의미처럼 경멸적으로 사용되었듯이, 〈거친 rough〉을 의미하는 형용사를 의미하기도 했다. 또 『쥘리 혹은 신 엘로이즈』에서부터 회화적 정원을 문학적 주제로 채택한 데서 보듯이, 외부 자연을 보고 느끼는 가장 훌륭한 방식으로 자연과 현실로 복귀하여 감정의 자유를 표현하는 데 쓰이기도 하였는데, 이후 『아카데미 사전』 제4판(1762)에 의해 문학 용어로 정식 등록되면서 회화성은 넓은 의미에서 인간 정신에 그려 보는 모든 것 〈회화적 묘사, 회화적 시구나 문체, 회화적 발레, 회화적 몸짓〉을 의미하기에 이른다. 그러나 이제까지의 시와 그림의 유사 관계에서 벗어나 본격적으로 회화성의 의미가 드러난 것은 교훈성보다 묘사성을 중시하는 묘사시, 즉 심리 분석보다 시청각적 감각이 더욱 부각되는 묘사시가 등장하면서부터이다. 그것은 후기 프랑스시의 고전주의 시기의 시에 대

---

38) *Ibid.*, pp.42.

88

한 반발을 의미한다. 교화를 목적으로 하는 교훈시는 짧은 기간 동안 회화적 경향을 지닌 묘사시의 경쟁자로 나서서 권위를 누렸지만, 1750년경 그들의 새로운 장르의 시를 지칭하기 위해 적확하고 분명한 어휘를 사용하여 독자의 감동을 일으키는 것을 목적으로 하는 묘사시로 대체되어 갔다.

이제 화가가 아닌 시인은 단지 〈작시가 versificateur〉로 이해되고, 시는 〈말하는 그림 peinture parlante〉으로 이해되기 시작한다.[39] 그리고 그 수단인 회화적 문체는 사물을 묘사하는 명확하면서도 동시에 교묘한 방식으로, 고유한 것과 비유적인 것의 균형을 잃지 않고 묘사의 대상을 드러낸다. 그리하여 시에서의 〈그리기 peindre〉 개념이 〈지칭하기 nommer〉의 개념으로 발전한다. 그 후 베르길리우스의 예를 따라 느빌르는 빈곤한 프랑스어의 부흥에 주력하어 귀족들의 고상한 언어 세계에서 배척당한 어휘들인 농사 용어(herse; rateau; engrais; fumier)를 사용하기에 이른다. 사실 비극에 사용된 문체는 고상한 대화의 문체 이상의 것이 아니다. 혐오스럽고 메스꺼운 사물도 시에 다루는 베르길리우스의 사실적인 시구를 프랑스의 엄격한 비평가들은 허락하지 않았다. 그들은 아무리 비속한 사물이라도 사실적으로 모방하면 사람들의 눈을 즐겁게 한다는 아리스토텔레스의 생각을 비웃기나 하듯 작품의 고상함을 고집하고 있었다. 그러나 드릴르는 우아한 기교로 사물의 비속함을 시화할 수 있음을 강조하는 브왈로[40]를 인용하며 평론가들을

---

39) 펜느롱: "시는 자연을 그리는 생생한 허구"(Ibid., pp.85). 바뙤: "시는 항상 아름다운 자연의 초상화요, 인위적 이미지요, 그림이며, 그 진실되고 유일한 장점은 훌륭한 선택에, 배열에, 유사성에, 즉 *ut pictura poesis*에 있다"(pp.96). 볼테르: "그림은 말 없는 시, 시는 말하는 그림"이라는 견해를 편다(pp.97). Cf. "詩爲有聲畵, 畵是無聲詩.世間唯시畵,狀物窮妍媸." 匪懈堂 瀟湘八景詩帖 中 申叔舟 五言古詩, 泰東古典硏究 第五輯(1989), pp.275.

40) Il n'est point de serpent ni de monstre odieux, Qui, par l'art imité, ne puisse plaire aux yeux: D'un pinceau délicat l'ar-

반박하며 사실적인 표현을 감행하였다. 그의 작품에는 비속한 어휘가 많이 사용되었지만 분위기로서 그 천박함을 완화시키면서 묘사시에서 가장 현대적인 회화성을 위한 노력이 구체화된 것이다.

　낭만파의 회화성에 대한 가장 상세한 분석과 비판은 에마뉘엘 바라의 노력에 힘입고 있다. 생트-뵈브의 회화성의 논리와 그 저의를 정확히 파악한 바라는 생트-뵈브의 회화성의 시학에서 그 낭만파로서의 열정이 논리를 대신하고 있다고 비난하며 묘사파에 대한 낭만파의 편파적 시각을 정확히 지적한다. 바라에 의하면 프랑스 문학의 회화성은 뷔퐁에서 유래한 고상한 회화성과 루소에 근원을 두는 상상력의 회화성으로 나뉜다. 사실 뷔퐁과 베르나르댕 드 생-삐예르 그리고 교훈시인(les didiactiques)들의 회화성은 늘 고상하고 과장되게 사물들을 분석하는 데 그 의의를 둔다. 이들의 시는 종종 산문가들에게 보이는 묘사의 엄밀함을 결여하여, 회화성의 대립 명제가 되어버린 묘사성에 대한 낭만주의자들의 경멸감을 유발하기도 한다. 반면 루소와 샤토브리앙에서 유래하는 회화성은 어떤 사물이나 장면을 생생하게 상기시키려고 노력한다. 이것을 위해서는 간결함 속에 완전한 모습을 표현해야 하므로 대단한 재능이 필요하다. 이러한 의미에서의 회화성은 취향의 문제가 아니라 진실의 문제이며, 이상적 회화성은 거의 과학이나 다름없다. 청각적·시각적으로 시를 감상하는 데 익숙지 않은 평범한 독자들에게 감동을 주기 위해서는 시적 리듬과 감정, 시만이 지니는 문체의 매력으로 독자들의 영혼을 파고들어야 한다. 그러나 독자는 자신이 보고 들은 것만 실감하므로 자신이 본 것을 글로 전환하는 데 시인의 특별한 재능이 필요하다. 이러한 재능을 지닌 시인만이 수준 높은 회화성의 시를 쓸 수 있다. 그러나 바라가 보기에 낭만파 시인들은 이러한 수준에 도달하지 못하고 오히려 묘사파의 수법을 답습하고 있다.

----

tifice agréable Du plus affreux objet aimable. (*Remarques sur le livre troisième* de l'Enéide, cité par Wil Munsters, pp.135)

더구나 회화성에 관한 이론으로 낭만파가 남긴 것은 생트-뵈브의 『죠제프 들로르므』의 「단상」뿐이었다.[41]

의고전주의자들의 묘사성을 대신할 만한 그 어떤 것을 찾아내지 못한 생트-뵈브가 묘사성의 모든 문제점을 해소하기 위해 제시한 회화성에 관한 논리에 공감한 위고는 『오드와 발라드집』과는 전연 다른 『동방시집』(1828)을 출간한다. 그가 자신의 내면성을 표현하면서 시의 사실성을 확립해 가고 있었던 것은 사실이지만, 1827년까지만 해도 뚜렷하게 개혁의 요소를 보인 것은 없다. 가톨릭 신화, 환상적 신화, 트루바두르 장르, 이국적, 성서적, 고대적 장르가 위고의 낭만주의를 형성하고 있었는데, 이 낭만주의의 새로움은 그 주제에 있는 것이 아니라 그것을 새롭게 느끼고 표현하는 방법에 있다는 사실을 위고는 아직 몰랐다.

새로운 시를 갈망하면서도 그 표현 방법을 모르는 위고지만 그렇다고 무턱대고 르네病과 바이런의 악마주의를 따른 것은 아니다. 「크롬웰 서문」의 위고는 "고대 예술과 현대 예술, 현존하는 형태와 이미 소멸한 형태, 더욱 모호하지만 더욱 널리 유포된 어휘를 사용하자면 고전주의 문학과 낭만주의 문학을 구분 짓는 그 근본적 차이, 그 특징은 숭고함과 더불어 존재하는 그로테스크, 아름다움과 더불어 존재하는 추함(le laid)이라고 생각한다."[42]고 주장하며 현실의 대립적인 요소를 통합시킴으로써 〈현실적인 것 le réel〉에 다가간다. 그리하여 『동방시집』에 이르면 "좀더 높은 곳에서 바라보면 시에 있어서는 좋은 주제도 나쁜 주제도 없다. 더욱이 모든 것이 주제이며, 모든 것이 예술에 속하며, 모든 것이 시에서 시민권을 갖는다."[43]라며 시인의 자유를 천명하기에

---

41) *Style poétique*, pp.177-182.
42) Préface de *Cromwell*, Edition Hetzel Quantin, in-18, pp. 9 cité in Style, pp.162.
43) *Œuvres poétiques* I, pp.577.

이른다.

그러나 당시 위고가 바라는 회화적 시 형태는 극시였다. 생트 - 뵈브를 제외한 대부분의 낭만파 시인은 모두 이 자유의 표현에 가장 적절한 형태로 극시를 선택하고 있었다. 엄격함과 명확함을 요구하긴 하지만 극시에 사용된 〈천박한 언어 mots bas〉, 〈코믹 어조 ton comique〉, 〈보행 리듬 rythme pédestres〉[44]은 시어로부터 구악습을 제거하고, 시어와는 거리가 멀던 프랑스어와 그 시어를 현저하게 근접시키는 데 크게 기여하였다. 그럼에도 불구하고 위고의 시는 연극처럼 혁신적이지 못했다. 다음의 「단상」은 위고 나름대로 생각한 회화성의 시, 즉 시의 사실성을 실현하는 근거를 제공한다.

앙드레 셰니예와 그 후계자들의 색채를 처리하는 방법의 근간은 다음 두 관점에 있다. 1) 막연하게 추상적이고 형이상학적이며 감상적인 단어 대신에, 직의적이고 회화적인 단어를 사용할 것. 그리하여 예를 들면, *ciel en courroux* 대신 *ciel noir et brumeux*, *lac mélancolique* 대신 *lac bleu*를 쓰고, *doigts déicats*보다는 *doigts blancs et longs*을 선호한다. 무엇인가를 묘사한다고 여기며 다음과 같이 말할 수 있는 자는 드릴르밖에 없다.

…… 무너져라, 오만한 열주들이여,
무너져라, 불손한 주두들이여, 위풍당당한 홍예문이여.

…… Tombez, alitères colonnades,
Croulez, fiers chapitaux, orgueilleuses arcades.

라신느는 바다의 괴물을 un indomptable taureau, un dragon impé-tueux로 표현하면서 더 이상의 묘사는 거의 하지 않는다. 빠르니는 엘레노르의 눈동자 속에 빛나는 부드러운 불(tendre feu)에 대해 말하고

---

44) *Style poétique*, pp.167.

있다.2) 직의적이고 회화적인 단어를 관습적으로 사용하고, 모호하고 일반적인 어휘를 엄격하게 배격하면서도, 이러한 불확정적이고, 설명되지 않은, 확실치 않은 단어들의 몇몇은 필요할 경우에 사용하고, 시기적절하게 삽입할 것. *des extases CHOISIES, des attraits DESIRÉS, un language sonore aux douceurs SOUVERAINES* 같은 것들: *d'étrange, de jaloux, de merveilleux, d'abonder.*45)

회화성은 현실을 묘사하기 위한 것이지만 관념의 현실을 표현하려고 애쓰는 위고의 회화성에 관한 관심은 특히 색형용사에 있었다. 〈*Tantôt d'une eau dormante il lève son front bleu. Tantôt son rire en rouges étincelles*〉46)에서 보듯이 『오드집』 시절부터 사용된 이 색형용사가 이제는 사실성의 표현을 위하여 사용되면서 이 형용사에 관한 시인의 관심은 유별해졌다. 색형용사의 사용에 대해 낭만주의적 남용, 좋지 않은 낭만주의 취향이라고 비난하는 자들도 있었지만, 이 색형용사는 이제 낭만주의 시어의 뚜렷한 특징으로 자리잡는다. 생트-뵈브는 마치 묘사파 시인들의 비난을 유발하려는 듯이 회화성 속에 색조에 관한 모든 기법을 부여한다. 당시 시인들은 그들의 시에 온갖 색을 다 동원하고 있었으니 갑자기 색형용사를 운운하는 것이 이상한 사실로 비쳐질 수도 있지만, 생트-뵈브는 회화적 생생함을 표현하기 위하여 구체적 색형용사의 사용을 강조한다. 필헬레니즘과 오리엔트 문명, 어렸을 때 잠시 머물렀던 스페인 풍경, 그리고 몇 가지 이와 무관한 주제의 작품으로 구성된 『동방시집』에서의 이 색형용사 사용 역시 〈소돔과 고모라〉에 내려지는 불의 형벌을 묘사하는 시구에서도 드러나듯 시인의 의도를 강조한다. 『동방시집』의 화자인 〈구름〉은 〈목소리〉의 지시대로 형벌의 장소를 물색하며 떠돌다 드디어 그 장소를 찾아내고 실행에 옮긴다.

---

45) *Pensées XIV*, pp.146-147.
46) *Le Cauchemar, Œuvres poétiques*, pp.459.

먹구름이 번쩍 빛났다!
진홍색 불꽃이
그 허리를 찢어,
심연을 열듯 열어젖히고,
무너져 내리는 궁전들에
유황의 파도가 되어 떨어지며,
전율하듯
핏빛 섬광을 내던진다.
그들의 하얀 박공들 위로!

(「번갯불」)47)

색형용사는 이러한 장엄한 성서적 사실을 사실적으로 표현하는 데만 사용되는 것이 아니라 시대가 목도하고 있는 당시의 역사적 상황을 표현하는 데도 쓰인다. 시인은 내일이면 늦으리라고 서둘러 그리스를 구원하러 떠날 것을 재촉하는 긴박한 장면에서도 내면의 안정감을 더해 주는 색형용사를 사용함으로써 시의 회화성을 이끌어 낸다.

나는 사랑하오, 뜨겁고 황금처럼 붉은 달 하나,
짙은 안개 속에 떠오르는, 혹은 어두운 구름 가장자리에서 아직은
하얗게 빛나는 달 하나.

(「열정」)48)

또는 한판 전쟁을 치른 〈청명한 하늘보다 더욱 아름다운 이 검은 하늘 ce ciel noir plus beau qu'un ciel serein〉49)이 나타나기 이전의 〈하얀 나바랭 la blanche Navarin〉 같은 차분한 색형용사의 표현이 돋보이는 「나바랭」의 풍경.

47) Œuvres poétiques I, pp.591.
48) Ibid., pp.606.
49) Ibid., pp.614.

잘 가거라 범선이여,
물결에 비치누나
네 타오르는 형해가
핏빛 불꽃 속에 시꺼멓게!

(「나바랭」)

전쟁 포로가 아니라면 사랑했을지도 모르는, 죄수가 된 여인이 그려보는 정겨운 터키의 정경.

나는 좋아, 이 땅의
불타는 온화한 향들이,
황금빛 유리창에
살랑대는 나뭇잎들이,
기울어진 종려나무 아래로
샘에서 솟아나는 물이,
그리고 흰 첨탑 위의
흰 황새도.

(「포로가 된 여인」)[50]

〈네그르뽕의 고관〉인 늙은 오메르가 사랑하는 여인, 날씬하고 아름다운 여인 라자라에게 바치고자 하는 것.

붉고 푸른 그의 후주, 그리고 커다란 포석들이
모자이크로 깔린 욕실.

(「라자라」)

Son kiosque rouge et vert, et ses salles de bain Aux grands pavés
de mosaïque;

(XXI. Lazzara)[51]

---

50) *Ibid.*, pp.621-622.

달콤한 연애담에 풀어 놓는 「뱀 토막들」의 아름다움.

어느 날 나는 두 곳 사이로 열린 만의 해변을 배회하고 있었다.
그때 모래 위로 검은 점들로 아롱진 노랗고 푸른 뱀을 나는 보았다
(XXVI. *Les tronçons du serpent*)[52]

시집에는 성당 종탑이 12시를 울렸다는 식의 구태의연한 우언법을
피하고 단순히 자정이라고 표현할 만큼 의도적으로 사용된 구체적인
명사나 형용사 외에도 의고전의적 묘사와 색형용사 이론과는 무관하게
자연스럽게 표현된 시구도 보인다. 그런 경우의 시구들은 대개는 위고
가 직접 보고 묘사한 것일 경우가 많다. 예를 들어 세니예에게 헌정한
「열정」의 경우,

나는 육중하고 시커먼 전차를 좋아한다. 밤이면,
덜컹거리며 농장 초입을 지나면서,
어둠 속에 개들을 짖게 한다.[53]

또는 「터키 행군」에 등장하는 병정의 청동 방패의 빛나는 모습:

안개 한가운데서 달처럼 붉은,

(XV. *Marche turque*)[54]

아르따 호수를 지나 미코스에 가서 만나보고 싶은 少女의 얼굴.

---

51) *Ibid.*, pp.643.
52) *Ibid.*, pp.650.
53) *Ibid.*, pp.606.
54) *Ibid.*, pp.631.

검은 눈동자의 하얀 소녀에게로.

(「서원」))55)

울어대는 양 떼의 방울들이
돌아오는 소리 나직이 들리는 시간에.

(「라자라」)56)

그러나 『동방시집』에는 직접 보고 만지지 않고서도 훌륭하게 표현된 회화적 상상력의 시구도 엄연히 존재한다. 시의 회화성은 색채의 표현만이 아니라 표현의 조형성과도 연관이 있으며, 그것을 통해 시인은 사소한 행위의 묘사 속에 현실의 생생함을 복원시킨다.

저녁이면 선회하는 벌 떼처럼 떼 지어 소용 돌며
춤으로 언덕 꼭대기를 덮는 우리 자매들의.

(「아랍 여주인의 작별 인사」)57)

이 외에도 『동방시집』에는 더욱 풍부한 이국정취와 변화된 현실의 용어들과 낡은 문체의 잔재가 공존한다. 그러나 시인의 개인적 사유나 감정을 거의 찾아볼 수 없는, 상상력과 감각에만 의존하는 시집이 거둔 대단한 성공은 현실성이 결여된 회화성도 독자에게 파고들 수 있다는 사실을 보여주기도 했다. 그러나 이러한 것들은 생트-뵈브가 의도한 진정한 회화성이 아니다. 〈새로운 유물론〉이라는 비난과 〈새로운 시〉라는 주장이 엇갈린 이 시집의 회화성에 대한 생트-뵈브의 평가는 일단 긍정적으로 보인다. 그러나 다음의 「단상」에서처럼 위고가 사용하는 색형용사에 대한 긍정적 평가의 이면에는 그 관념성에 대한 비난이 숨겨져 있다.

---

55) *Ibid.*, pp.645.
56) *Ibid.*, pp.642.
57) *Ibid.*, pp.647.

우리 시인들이 자연을 더욱 훌륭하게 묘사하기 위해 그것을 응시할 생각을 하고, 눈에 감지되는 색채들을 그들의 그림에 사용하고, un bocage romantique, un lac mélancolique라고 말하는 대신에 un bocage vert와 un lac bleu라고 말한 이후, 스탈 부인의 제자들과 제네바 유파 사이에 경종이 울려 퍼졌다. 마치 무슨 새로운 유물론이 쳐들어 온 듯 벌써 항의의 아우성이다. 이 익숙지 않은 그림의 광휘는 모든 희멀건 눈들과 생기 없는 상상력에 거슬린다. 특히 단조로움이 두렵게 느껴지며, 나뭇잎이 녹색이고, 파도가 청색이라고 말하는 것은 너무 안이하고 너무 소박하게 말하는 것으로 여겨진다. 이 점에 있어 회화성의 적들은 필경 잘못 생각하고 있다. 사실, 나뭇잎은 항상 녹색이 아니며, 파도는 항상 청색이 아니다. 아니 차라리, 정확하게 말해서 자연에는 엄밀한 의미의, 녹색도 청색도 적색도 존재하지 않는다. 사물의 자연색들은 이름이 없는 색들이다. 그러나 관찰자의 기분에 따라, 연중(年中)의 계절에 따라, 하루의 시간에 따라, 빛의 작용에 따라, 이 색들은 무한히 파동을 일으키고 있으며, 그 때문에 색깔을 복제하는 것처럼 보이는 시인과 화가가 그만큼 무한하게 그것을 창안할 수 있는 것이다. 통속 화가들은 이 구분들을 눈치채지 못 한다 : 나무는 녹색이고 곧 녹색미를 띠며, 하늘은 청색이고 곧 청색미를 띤다. 그러나 이 조잡할 정도로 피상적인 색들로, 보닝톤, 불랑제는 한결 희귀하고, 한결 새롭고, 한결 자극적인, 깊은 색을 판별하고 재현한다. **그들은 시대와 장소에 속하는 것, 만물에 대한 사유와 가장 훌륭하게 조화를 이루는 것을 가려내고, 뛰어난 이상화로 〈어떤 알 수 없는 것〉을 부각시킨다.** 똑같은 비밀이 위대한 시인들에게도 해당되는데, 그들 역시 위대한 화가들이다. 우리는 의심 많은 사람들에게 앙드레 셰니예, 알프렛 드 비니, 빅똘 위고를 보라고 말하겠다. 하오니 이른바 이 단조로움에 대해 안심할진저. 회화성은 하루 만에 비어버리고 고갈되는 물감상자가 아니다. 그것은 빛의 영원한 근원이요, 무궁무진한 일광이다.58)

(강조: 필자)

---

58) *Pensées* XV, pp.147-148.

이와 같이 생트-뵈브의 회화적 언어는 대개 색형용사들이다. 사실 그의 회화성은 오로지 색형용사의 용법에서 유래한다는 비판이 가능할 정도로 색형용사의 사용에 치중하는 듯하다. 따라서 그의 회화성은 〈un bocage vert et un lac bleu〉처럼 단순히 색채 형용사의 사용으로 보이기도 하는데, 물론 이것들만으로 회화성을 완성할 수는 없다. 위의 「단상」을 쓸 때 생트-뵈브는, 그 유파의 스승 위고가 사용하고, 뮈세가 『동방시집』에서 배워 『스페인과 이탈리아 이야기』에서 전승할 교리만을 충실하게 되풀이하는 것이 아니다. 〈조잡할 정도로 피상적인 색들〉로써 〈한결 희귀하고, 한결 새롭고, 한결 자극적인, 깊은 색을 판별해 내는〉 화가들은 〈시대와 장소에 속하는 것, 만물에 대한 사유와 가장 훌륭하게 조화를 이루는 것 ce qui s'harmonise le mieux avec la pensée du tout을 식별한다〉는 내목에 이어 그 비밀을 적용할 수 있는 위대한 화가 시인들의 예로 든 셰니예, 비니, 위고에 대한 평가가 문자 그대로의 그것처럼 완전히 긍정적이지만은 않기 때문이다. 〈만물에 대한 사유〉는 비개인성이나 관념을 내포할 수밖에 없는 까닭에 생트-뵈브가 의도하는 시의 레알리즘과 화합하기 어렵다. 생트-뵈브는 시인으로서의 성공을 꿈꾸며 〈세나클르〉에 입문하여 이미 시인으로 성공한 동료들이 의고전주의자들에 맞서는 데 필요한 이론을 제공하긴 했지만, 그에게 더욱 절실한 것은 이미 늦게 온 시인으로서 다른 시인이 찾아내지 못한 자신의 고통을 사실적으로 노래하는 데 필요한 시적 독창성이었다. 즉 그에게 회화성은 그것이 지니는 고대 시가의 원시적 특성들, 즉 생생한 묘사나 감동, 기이한 독특함보다는 천박한 현실의 내면을 포착하고 시로써 이상을 복원하려는 그 사실성 때문에 중요했다.

실제로 묘사파에 대립하여 정의내린 회화성의 개념은 묘사파의 관념적 형용사를 절대적으로 부정하는 것은 아니다. 「단상 XIV」에서처럼 〈직의적이고 회화적인 언어만을 사용하고, 불확정적이고, 설명되지 않고, 불확실한 단어들의 몇몇은 필요할 경우에만 사용할 것〉이라는 대

목에서 드러나듯 이상적 회화성을 꿈꾼 것은 사실이지만, 개별적으로
사용되었거나 혹은 신비로운 형용사와 함께 사용된 색채 형용사로 그
효과를 창출해 낼 수는 없으리라는 점을 생트-뵈브도 염두에 두고 있
었다. 엄격하게 시각적 인상에만 국한하여 사용된 회화성에 관하여 분
석하는 것은, 회화성이 시각적 이마쥬의 제시에 있어서는 회화보다 열
등하지만 감각과 감정에 동시에 호소한다는 점에서 의미를 지닌다. 회
화에서 느낄 수 없는 보다 우월한 회화적 시의 진정한 힘을 낭만파 시
인들은 모르고 있었다. 엄밀한 의미에서의 회화성의 의미와 시각적 감
정을 만족시키기 위해서는 생트-뵈브가 제시한 수법들만으로 충분하
지는 않았으며, 낭만파 시인들이 왜 색형용사의 사용에 그토록 열심이
었는지 이해하기 어려운 부분도 있다. 그러나 엄밀한 의미의 회화성과
시각적 감정에서도 드러나는 표현 방법의 미숙함에도 불구하고 회화성
은 팡따스티크, 흡혈귀, 악몽, 야연 등을 종식시키고 미래의 진정한 사
실주의의 토대인 내면성으로 그 역할을 승계한다는 의미를 지닌다. 생
트-뵈브 평가에 무척 인색한 바라 역시 이러한 사실을 높이 평가한
다.59) 그리고 이 내면성은 상징주의자들에게 계승되어 개인적 상징으
로 발전하였다. 즉 생트-뵈브는 처음부터 회화성을 시의 사실성을 표
현하기 위한 요소로 생각하고 있었던 것이다. 그는 의고전주의 시를
단념하고 회화성의 시로 이행한 것이 아니라 레알리즘으로 멀리 건너
가 버렸다. 이제 『동방시집』의 고결한 위고는 더 이상 〈성스러운 독수
리〉가 아니었으며, 생트-뵈브가 존경을 바칠 대상도 아니었다.

위고가 회화성을 표현할 때, 생트-뵈브는 더욱 구체적인 형용사들,
즉 직의어를 사용함으로써 더욱 명확한 사실주의에 다가가려고 노력한
다. 이 경우 내용과 영감의 문제는 문체·형식·기법에 관한 문제와
떼어놓고 생각할 수 없다. 초기 〈세나클르〉의 사실주의적 경향을 받아

---

59) *Style poétique*, pp.184.

들인 생트-뵈브는 지금껏 무시되어 온 회화적인 것을 복원할 뿐만 아니라 가정적인 세밀함의 핵심을 〈생생하고 진솔한 음조로 포착하고, 가장 천박한 현실의 토대에 의거하여, 그 토대를 예술의 위대한 양식으로 고양시키려는〉 노력을 하면서 위고의 과감성을 훨씬 앞질러 갔다. 평범한 것을 시화하여 위대한 예술로 승화하려는 그의 시의 토대는 현실적인 것, 산문적인 것, 천박하고 추한 내용과 그것을 자연스럽게 표현하는 내면적이고 본질적인 형식에 있다. 〈회화성을 위한 회화성 pittoresque pour pittoresque〉을 극복함으로써 생트-뵈브는 죠제프 들로르므라는 개인의 속내 이야기로서의 〈개인 시 la poésie personnelle〉를 부활시킨다. 물론 이 신변 잡담에 왕당파 시인의 신화나 희망은 없다. 단지 자살로 이어지는 개인의 고뇌만이 있을 뿐이다.

3. 현실적 회화성

종교와 신화로 가득한 『발라드집』의 자연 묘사에서 시작한 위고의 회화성의 시학은 『동방시집』의 색형용사의 사용과 함께 그 절정을 이룬다. 1830년 『에르나니』 공연 이전의 가장 획기적인 낭만주의 작품이자, 묘사성을 대신하는 새로운 회화성의 시학의 기초를 이룬 시집으로 여겨진 『동방시집』은 독자들로부터 좋은 호응을 얻었다. 그러나 매우 산만한 구성에 담긴 구태의연한 내용과 빈곤한 주제 그리고 사물의 묘사에 치우친 시집은 지나치게 색형용사를 남용하여 비평가들로부터 〈눈을 위한 시 les poésies pour les yeux〉라고 비난받을 정도로 회화성의 색상이 유발하는 시각 효과에 지나치게 의지한다.[60] 특히 이 〈눈을 위한 시〉라는 비난은 〈백설같이 흰 발 son pied d'albâtre〉를 지닌 〈하

---

60) 이 〈눈을 위한 시〉라는 표현은 1829-I-21의 『글로브』紙의 평론란에 첫선을 보였다. (*Gérald Antoine*, pp. LXXXIII)

얀 몸의 목욕하는 여인 la baigneuse blanche〉을 묘사한 시를 겨냥한
것이기도 하다.

> 수건으로 닦아내는 그녀의 몸 위로 물이 비처럼 흘러내린다,
> 한 그루의 포플러 위로 내리듯이.
> 그녀 목걸이의 진주들이 모두 방울방울 떨어져 내리듯이.
> (「목욕하는 여인 사라」)[61]

드릴르의 묘사시에도 나타나는 색형용사나 직의어를 이용한 회화적
표현은 원래 자연을 그 대상으로 한 것이었다. 그러나 드릴르의 의도
는 귀족에게 자연애호사상을 고취시키고 돈 많은 부르주와들에게는 영
농 생활에 대한 공경심을 심어주기 위한 것이었다. 이러한 관심에서
사용된 드릴르의 직의어와 기술 용어들에는 고상함을 잃지 않으면서도
세부를 표현하려는 귀족주의 시인의 세심한 배려가 뒤따랐다. 즉 그의
묘사시에 보이는 회화성은 진정한 묘사성을 감동적으로 표현하는 수단
의 일부였다.

부르주와 시인은 여기에서 한발 더 나아가 이 묘사성과 회화성을 대
립시키고 전자를 후자의 극복 대상으로 변질시켜 버렸다. 낭만파 시인
들도 덩달아 회화성을 이상적 시학으로 여기며 묘사시를 열등한 시로
인식했다. 이렇게 묘사시의 개념에 대한 낭만파 시인들의 해석은 매우
자의적이라는 비난을 면하기 어렵다. 그 가운데 이러한 이유로 가장
비난 받을 시인은 물론 〈세나클르〉의 막내 생트-뵈브였다. 낭만파 시
인들이 회화성에 관한 이론을 너무 협소하게 이해하게 만든 책임이 그
에게 있기 때문이다. 그러나 중요한 것은 생트-뵈브가 회화성의 개념
을 통해 〈세부 사항〉의 묘사에 보인 관심이다. 사실 이 생트-뵈브의
〈세부〉 취향은 드릴르가 보여준 묘사의 본질적 허구를 용납하지 않듯

---

61) Œuvres poétiques I , pp.638.

이 낭만파의 과도한 회화성 역시 수용할 수 없었다. 드릴르 유파의 시 문체나 신유파의 시 문체 모두 진실보다는 각자의 이념에 얽매여, 작가의 생각이나 감정 표현, 자연을 묘사하면서 중시해야 할 세밀함을 결여하여 자연이나 시인의 진실을 표현함에 있어 개선의 여지가 있었다.

> 드릴르에게 장점이 있고, 탁월한 필치가 있고, 그리고 예를 들어 사십 행의 시구 가운데 훌륭한 네댓 행의 시구가 있다는 점을 아무도 부인하지 않을 것이며, 부인한 적도 없다. 그리고 이를 소리 높이 주장한다고 해도 얻을 만한 것이 무엇인지 나는 모른다. 그런데 드릴르의 방식이 근본적으로 틀린 것은 아닐지라도, 그의 묘사적 허드레가 우리 현대 청년들의 회화성의 과잉과도 비교될 수 있을지라도, 그럴듯하게 꾸민 세밀화의 광채가 루벤스나 티치아노의 화법의 눈부신 열정을 비록 닮긴 했어도, 나로서는 참을 수 없는 것이 그것이며, 두 유파의 수법을 완전히 잊어버리라고 지시하는 것이 그것이다.62)

작품의 아름다움은 자연과 사물의 진실한 감정을 구체적으로 표현하는 작가의 세심한 기법과도 밀접한 관련을 맺는다. 그런데 관념에 의존하면 할수록 시의 구체성은 소멸하여 세부 감정의 묘사가 어렵다. 생트 - 뵈브가 회화성과 묘사성을 대립시킨 것 역시 이 세부 묘사에 대한 관심에서 기인하는 것임을 다음의 글에서 확인할 수 있다.

> 바르텔르미와 마리의 『이집트의 나폴레옹』이 커다란 성공을 얻었다. 이 작품은 시종 일관 세부 묘사에 있어 경이로우며, 그 회화성은 일반적으로 매우 아름답고, 드릴르의 묘사성과는 다르다. 그럼에도 불구하고 그들은 여전히 그 묘사성에 대한 경계를 하지 않았다.63)

---

62) *Pensées* XIII , pp.146.
63) Lettre à Loudierre du 6-12-1828, *Correspondance Générale* I , recueillie, classée et annotée par Jean Bonnerot, Librairie Stock, 1935, pp.111.

즉 묘사시에 대한 생트-뵈브의 우려는 드릴르가 현실의 세밀함에 대한 표현의 중요성을 간과한 데 있다. 시인 자신의 삶의 터전이나 시인 개인의 고뇌하는 모습들과 자연의 구체적이고 독특한 순간순간의 이마쥬를 수시로 포착하여 재현하는 것이 본질적인 시인의 특성이기 때문이다. 시인은 이런 점에서 철학자들과 구분된다. 자연을 묘사하며 해부하는 철학자들과 달리 시인은 자연을 묘사하며 그릴 뿐 아니라 자연을 미화하여 감동을 불러일으킨다고 주장하는 마르몽뗄은 다음과 같이 말했다.

> 시인의 연구는 철학자들의 그것과 다르다. 철학자는 자연을 알기 위해 연구하지만 시인은 모방하기 위해 연구한다. 즉 철학자는 설명하려 하고 시인은 그리려 한다.[64]

시의 개념 가운데 시의 음악성을 배제해서는 시 자체가 성립할 수 없기에 *ut pictura poesis*가 시의 모든 것을 포괄할 수 없음에도 불구하고 1829년의 위고는 협의의 회화성에서 더 이상 나가지 못하고 『동방시집』을 성서·신화적 색형용사로 메우고 있다. 생트-뵈브는 이미 한 발 앞서 나가 위고와는 전혀 달리 자신으로부터 유래하는 다양하고, 복잡하며, 값진 추억들을 세밀하게 시로 표현한다. 외부 세계에서의 세밀함이 상상력이 아닌 직접 눈으로 보는 현실 세계를 뜻한다면, 내면 세계의 세밀함은 시인 개인의 고뇌를 반영하는 시인의 의지와 관련된다. 심지어 생트-뵈브는 시의 개인화에 어울리는 한계들을 넘어섰다는 평가를 받을 정도로 자신의 속내 이야기와 고민을 속속들이 냉철하게 해부한다. 마치 사실주의 소설을 쓰는 듯한 시의 묘사는 깊숙이 사물을 파고들어 자신과 사물의 경계를 무너뜨릴 정도로 개인적이다.

---

64) *Grand dictionnaire universel du XIXe siècle*, article ≪peindre≫, pp.501.

　　일반적으로 말해서 우리가 판단한다는 것은 사물을 판단하는 것 이
상으로 우리 자신을 판단하는 것입니다. 사물은 실로 광범하고 무한하
며, 그것에 관해 우리가 개인적 입장에서 여러 가지 상호 모순된 판단을
내리고 그것들을 정당화하는 데 충분한 것이 사물 안에 존재합니다.[65]

　그러면서도 생트-뵈브의 개인적 입장이 배타적이거나 자기중심적인
것은 아니다. 이러한 사실은 당시 한창 프랑스를 열기로 몰아넣은 그
리스 독립 전쟁에 대한 시인의 자세와도 관련이 있다. 번민하고 고통
받는 개인의 진실한 감정과 상황들을 표현하려는 시인은 그리스의 자
유를 위한 투쟁에 열렬한 찬사를 보내면서도 이것을 시에 옮기지는 않
는다. 그리스의 독립 투쟁을 위하여 목숨을 바칠 만한 정치적 열정과
생트-뵈브의 현실과는 아무 연관이 없다. 그러나 1829년의 시인 모두
가 동방 애호가가 되어 〈동방적〉이며 〈그리스 애호적 philhellène〉인
시를 쓰던 시절 유독 생트-뵈브만은 그리스에 관해 침묵을 지켰다.
그는 그 누구도 되지 않음으로써 자신이 되길 원했다. 그리스인들의
투쟁에 바쳐진 13편의 시, 동방취향에 바쳐진 대략 5, 6편의 시 그리고
나폴레옹의 영광에 바쳐진 2편의 시로 이루어진 『동방시집』의 구성에
서 보듯 위고의 회화성은 다분히 이국정서에 치중한다. 그런데 『죠제
프 들로르므의 생애와 시와 단상』에는 이러한 주제의 시는 단 한 편도
없다. 시집 출간 한 달 전에 이미 매일 아침 눈만 뜨면 접하게 되는
그리스를 위한 팸플릿에 대해 불만을 토로할 정도로 생트-뵈브는 전
혀 필헬레니스트가 아니며, 동방적이거나, 바이런적이지도 않을뿐더러,
라마르틴느나 위고, 비니처럼 성경에서 영감을 받는 것도 전혀 아니다.
모두가 신의 구원을 고대하던 순교자의 시기에 거의 모든 작품의 제사
를 위해 聖아우구스티누스의 『고백』의 구절이나 『준주성범』을 이용하
는 정도에서 그치는 점에서 볼 수 있듯이 그의 기독교는 무척 내면적

---

65) Lettre à Hortanse Allart de 1845-XI-6.

이다. 그는 곧 다가올 구원의 종교보다 이미 선포된 종교에 만족한다.

　탄식하는 그 모든 것에 관대한 종교 보편적 기독교

　Religion clémente à tout ce qui soupire, Christianisme universe
　1![66]

　그렇다고 음울한 기질 때문에 당시 유행하던 환상문학으로 전향한
것도 아니다. 종종 암울함에 싸여 있지만 그렇다고 흡혈귀나 환시에
빠지는 것은 아니다.

　　　－ 그리고 둘은 하나가 되어
　고향에서, 앙주에서, 뚜렌느나 뻬리고르에서,
　길고도 강렬한 사랑을 서로 나누리.
　거기가 고딕 양식의 성이건 아니건 무슨 소용이랴!
　　　　　　　　　　　　　　　（「아돌프를 읽고」)[67]

　이러한 현실에서 벗어난 경향들 모두가 생트－뵈브의 취향에는 너무
지나친 것들이다. 비록 동료들보다 도가 지나친 상상력의 길로 더 멀
리 나가는 것은 아닐지라도, 그는 훨씬 더 앞장서서 이상하게 뒤틀린
다른 길들을 따라 과감하게 파고 들어선다. 생채의 현란함, 이국정취,
환상적 무훈담과 거리가 먼 그는 자신의 개인 문제로 돌아와 문체의
섬세함 속에 내면의 묘사와 감정적 기묘함을 되살려냄으로써 그 부재
를 만회한다. 사실 생트－뵈브의 회화성의 의의는 이 세밀함을 표현하
는 개인적 서정에 있으며, 이것이 생트－뵈브를 최초의 현대시인의 반

66) 1834년의 무제의 시 〈*J'ai reçu, j'ai reçu ……*〉, *Pensées d'Août* in *Poésies coplètes de Sainte-Beuve*, pp.350.
67) *Poésies*, pp.112.

열에 들게 한다. 이러한 진보적 상황을 보들레르는 다음과 같이 말한다.

> 나바랭은 오리엔트로 시선을 돌렸고, 그러자 필헬레니즘이 마치 인
> 도의 손수건이나 숄처럼 현란한 한 권의 책을 탄생시켰다. 가톨릭이나
> 동방의 일체 미신들이 교묘하고 독특한 리듬들로 찬양되었다. 그러나
> 우리는 오로지 물질적인 이 곡조보다, 신의 자식들의 두려워하는 모습
> 을 밝혀주고 그들의 둔한 귀를 쓰다듬기 위해 만든 이 병적인 개인의
> 탄식을 얼마나 선호해야 하는지. 그 탄식은, 가공의 관 밑에서부터, 치
> 유 불가능한 자신의 우울함들로 고통받는 사회의 흥미를 끌고자 전력
> 을 다하고 있었다.68)

위고가 역사 소설을 쓰며 현실을 묘사한 것은 사실이지만 『파리의
노드르딤 Notre Dame de Paris』(1831)에서처럼 그 묘사 속에 보이는
역사와 현실은 관념의 역사와 관념의 현실이라는 인상을 지울 수 없
다. 『동방시집』의 현실 역시 마찬가지이다. 개인의 고뇌를 결여한 그
시는 세밀함을 지닐 수 없기에, 『샤리바리』紙(1833-Ⅰ-15)는 〈세밀함
의 시인 생트-뵈브〉와 〈표현력의 시인 위고〉를 대립시키기도 한다.
생트-뵈브에게도 위고는 더 이상 성스러운 독수리가 아니라 한 아이
의 아버지인 개인에 지나지 않는다.

> 밤이 되었다. 그대 모습이 떠오른다 …… 잠이 드는
> 하얀 가슴 위에서 졸음이 살며시 진홍빛 머리의 아이를 덮친다.
> 그리고 아버지인 그대는, 벽난로에 기대어 밤을 지새우며,
> 자신 속에 명상에 잠겨, 고개 숙인 채,
> 종종 돌아서는구나, 오 그 온화함이여!
> 갓난아이를, 산모를, 그리고 아이의 형과 누이를 다시 보려.
>
> (「밤샘」)69)

---

68) Charles Baudelaire, *Pierre Dupont* Ⅰ, in *Œuvres Complètes*
Ⅱ, Gallimard, Bibliothèque de la Pléiade, 1976, pp.27.

　　그러나 생트-뵈브는 자신의 초라한 모습을 위고와 대립시킴과 아울러 그 회화적 표현까지 대립시키면서 자신의 초라함을 부각시킨다.

　　　- 그동안 나도 밤을 새우고 있다.
　　　진홍빛 머리를 한 아이의 파란 커튼 옆이 아니라,
　　　향내 젖은 부부의 침대 옆이 아니라,
　　　을씨년스러운 초란한 침대 곁 죽은 시신을 지킨다.
　　　그는 내 이웃, 통풍을 앓다가 결석으로 죽은 노인.
　　　그 조카딸들이 내게 부탁하여 그들의 간청에 따라 밤을 새운다.
　　　저녁 9시부터 나는 거기에 홀로 앉아 있다.
　　　침대 머리맡에는 검은 나무 십자가 …….70)

　　검은 나무 십자가의 〈음울한 시〉가 위고의 〈시각적〉 혹은 〈회화적 시〉와 대조를 이루고, 그 우수에 찬 분위기는 내면성으로 인도한다. 샤르팡띠예 Charpentier는 "비록 생트-뵈브가 라마르틴느의 광활한 평온이나 위고의 파란만장한 장려함을 결여하고 있긴 하지만, 그 대신 그는 더욱 복잡하고, 정교하며, 섬세하고, 특히 더욱 현대적인"71) 시인이라고 지적한다. 그리고 브륀느띠예르는 그만큼 강한 존경의 동기에서 비롯된 것은 아닐지라도 같은 의미에서 〈죠제프 들로르므〉를 모든 현대 시인과 견줄 수 있는 난해한 시인으로 평가하면서, "『동방시집』의 작가와 『명상시집』의 작가는 낭만파에서 가장 복잡 미묘한 『죠제프 들로르므』의 저자에 비해 단순하다."72)라고 말한다. 그리하여 묘사성과의 대립관계를 표현하기 위해 회화성이란 표현을 취하면서도 생트-뵈

69) *Poésies*, pp.92.
70) *Ibid.*, pp.92-93
71) *De Joseph Delorme à Paul Claudel*, pp.51.
72) Brunetière, *l'Évolution de la poésie lyrique en France au dix-neuvième siècle* I, Librarie Hachette, 1895 (IXe édition), pp.217.

브는 거부감을 일으킴이 없이 우리를 감동시키는 사물의 사실성 자체를 진정으로 암시하는 특권을 회화성에 인정한다. 이때야 비로소 이전의 시와 낭만주의 시의 구분을 가능하게 하는 회화성이 확립된다. 이것이 생트-뵈브의 개인적이고 내면적인 회화성의 특성이다. 고티예에서 만개할 시의 회화성을 강조하는 회화성과는 달리, 라마르틴느의 종교적·신화적 상징을 벗어나 개인적 서정을 표현하려는 생트-뵈브의 회화성은 그야말로 초월적 상징을 극복하여 개인적 상징의 토대를 마련하였다. 고대로부터 시의 본질로 여겨졌던 회화성은 1829년부터 1830년에 걸쳐 진행된 묘사성과 대립시켜 생각하는 이분법적 사고 때문에 이후의 시인들로부터 외면을 받았다. 그러나 암시를 소중히 여기며 시의 상징주의를 완성하게 될 몇몇 동시대 작가들 중에는 그들이 생트-뵈브에게 빚진 바 있음을 솔직히 시인하는 시인도 있다.

> 최초의 문학적 암시 시도는 생트-뵈브에서 유래한다. 그는 설명하거나 묘사하지 않고, 보고 느낄 줄 알게 한다.[73]

생트-뵈브가 「라신느론」(1866)에서 밝히게 되는 자신의 생각은 이 모리스의 생각과 너무 유사하다. 그는 이렇게 말한다. "우리에게 가장 위대한 시인은 독자에게 상상하고 꿈꿀 것을 가장 많이 제공한 시인이며, 자신을 시화하도록 가장 많이 자극하는 시인이다. 최고의 시인은 글을 가장 잘 쓴 시인이 아니다. 다시 말해서 최고의 시인은 가장 많은 암시를 하고, 그가 말하고 표현하기 원했던 모든 것이 처음에는 제대로 이해되지 않는 시인이며, 그리고 당신에게 요구하고, 설명하고, 연구할 것을 그리고 나서 이번에는 당신이 완성해야 할 것을 많이 남겨 놓는 시인이다."[74]라고. 심지어 제랄드 앙트완느는 같은 곳에 1895

---

73) Charles Morice, *La littérature de tout à l'heure*, pp.207, cité in *Gérald Antoine*, pp. LXII.

년 9월 22일자 『피가로』紙의 문예란에 실린 "데카당. - 그는 모더니스트의 아들이요, 관념론자의 손자다, [……] 그는 다원주의의 첨병과 함께 쇼펜하우어와 죠제프 들로르므로부터 태어났다고 주장하고 있다." 라는 대목까지 인용한다. 이렇게 프랑스 시는 생트-뵈브와 함께 협의의 회화성을 넘어 상징주의로 다가가고 있었다. 그러나 여기에서 주목해야 할 것은 상징주의 자체가 아니라 - 생트-뵈브의 시가 상징주의 시대 이전에 위치하고 있음이 자명하므로 - 상징주의 시인들에게 제공한 상징주의의 토대로서의 현실성이다. 문스터는 그 저서의 결론의 마지막을 회화성의 사실성을 강조하는 데 할애한다.

> 사실, 모든 사물들로부터 심오한 상징을 끌어내길 노리는 상징주의 시인은 반드시 이 시인에게 제공하는 의미들 속에서 제 관념의 세계와 함께 숨은 유추를 해독하기 위해 현실 세계의 광경을 응시해야 한다. 결론적으로 상징주의자들에게는 물질세계가 아무리 부차적인 것으로 보일지 모르지만 상징주의가 뿌리내리고 있는 것은 물질적 현실 속에서이다. 그래서 과장할 것도 없이 회화적 낭만주의가 빠르나스파의 레알리즘을 넘어 상징주의의 대담함으로 가는 길을 열어주었다고 단언할 수 있다.[75]

현실적인 시의 내용은 그 수단인 어휘, 기법, 표현과 밀접한 관련을 맺는다. 그리고 형식을 내용에 일치시키려는 노력이야말로 허구에 뒤덮인 현실을 허구적으로 표현할 수밖에 없던 의고전주의의 묘사적 한계를 벗어나는 길이었다. 위고의 관념적 회화성이 예술적 가공성에 치중할 때 생트-뵈브는 이 회화성을 실경 세계로 끌어오려고 노력했다. 그 열정 속에 현실에 대한 열정이 존재하고 있었다. 허구적 시론을 진

---

74) Sainte-Beuve, *Nouveaux Lundis* X, Michel Lévy Frères, 1868, pp.391.
75) *Poétique du pittoresque*, pp.209.

실의 이론으로 대체하여 사실적인 시를 쓰려는 생트-뵈브는 현실을 표현하기 위해 사실주의적 표현 수단을 강구한다. 그 하나가 앞서 언급한 직의어에 의한 회화성이었으며 나머지 하나는 개인적 회화성의 사실성을 더해 주는 자연스러운 친밀성이다. 이 두 지침이 결합되어 각각의 것들이 개성을 잃지 않고 조화를 이루는 문체의 예로 생트-뵈브는 앙드레 셰니예의 문체를 들고 있다.

　　드릴르나 그의 후계자들의 경우, 직의어와 순박하게 회화적 묘사를 만나는 것만큼이나 그들에게서 이 표현들을 만나기도 어렵다. 앙드레 셰니예의 문체는 이 두 부류의 표현들을 결합하며, 그 둘을 하나하나씩 돋보이게 한다. 그것은 마치 산책을 하고 있는 거대한 푸른 숲과 유사하다. 발자국마다 꽃, 열매, 새 이파리들 : 각양각색의 풀들 : 헤아릴 수 없는 많은 깃털들 : 그리고 여기저기 갑작스레 길게 뻗어 있는 조망들, 신비스런 전망을 전개시키고 적나라하게 하늘을 보여주는 광활한 숲 속의 빈터들.76)

드릴르의 과감한 기도들 가운데 긍정적인 부분을 셰니예가 승계한 것이다.『16世紀 프랑스의 시가와 연극에 대한 역사적·비평적 개관』(1828)에 이어『죠제프 들로르므』는 〈신고전주의〉라고 일컫는 구고전주의 진영, 즉 우언법의 우두머리이자 묘사파의 기수 드릴르 사제의 시론을 비난하고 셰니예를 복원한다. 드릴르가 셰니예에 대한 경멸감을 별로 숨기지 않는 라마르틴느에 미련을 갖고, 그를 자신들의 가까운 지지자의 하나인 양 여기기 시작하자 생트-뵈브는 드릴르 사제보다는 라마르틴느가 셰니예에 무한히 가깝다는 것을 증명하면서(라마르틴느는 셰니예에게 전혀 호감을 보내지 않지만) 낭만파와 고전파 사이의 전선에 존재하는 정확한 경계선을 구축하였다. 그러나 내용과 유리될 수 없는 문체, 형식, 기법에 관한 문제의 중요성을 부각시키며 회화성을 정당화한 〈세나클르〉의 늦깎이 시인은

76) *Pensées* XIV, pp.147.

선배 시인들의 낭만주의의 한계를 간파하고 있었다. 그래서 더욱 생생하고 밀도 높게 그리고 구성에 있어 광대하게 문체와 표현의 수단들에 관한 문제점들을 제기할 수 있었던 부르주와 출신의 생트 – 뵈브는 무모할 정도로 과감하게 신고전주의 시인 셰니예를 낭만파 시인의 선조로 변신시켰다.

제3장
시법의 개혁

1. 애가 속의 걸치기

　『명상시집』의 숭고하고 순박한 영혼 그리고 『동방시집』의 회화성만
으로는 묘사시의 한계를 벗어날 수 없었다. 로망적 장르의 경향이 서
서히 대두되던 1820년대 중반의 문단은, 고전주의자들의 라마르틴느
평가에서도 드러나듯, 아직 새로운 시의 본질을 제대로 인식하지 못하
고 있었다. 어느 누구도 낭만주의 시다운 시를 쓰지 못하고 있던 이
무렵, 오히려 낭만주의자들은 스딸 부인의 후예인 산문파와 셰니예의
후예인 시의 유파로 나뉘어 서로 대립하고 있었다. 산문파인 『글로브』
誌의 자유주의 유심론자들은 문학의 본질이 이데올로기에 있음을 강조
한 나머지 "형식과 문체는 사상, 관념, 감정 이후의 문제에 지나지 않
는다. 예술을 하나의 형식의 문제로 축소하는 것은 예술을 지나치게
비소화하고, 편협화 하는 것이다. 형식에 집착한 나머지 재능에 빠지고,
시를 놓칠 위험이 있다. 기법의 세세한 사항에 아주 무관심하더라도
위대한 시인은 될 수 있다."[1]라고 주장한다. 이것이 〈제네바 유파
l'école genevoise〉[2]로 불리던 스딸 부인의 후예들이 지닌 재능의 한계

----

1) *Pensées* Ⅲ, pp.133.

114

이다. 시의 형식과 문체에 시인의 사상과 관념이 담겨 있으며 기법은
시인의 감정을 전달하는 가장 구체적인 수단이기 때문이다. 자유로움
을 추구하는 시인은 당연히 기존의 형식 속에서 자신의 형식을 찾아내
고 다듬으면서 자신의 사상을 표현하게 되어 있다. 따라서 〈제네바 유
파〉가 표명하는 문체에 대한 개념은 그들의 관념성을 그대로 드러낸
다. 그리고 더욱 중요한 것은 형식의 틀을 벗어나기 위한 시인의 노력
속에 시인 나름의 내면적이고 본질적인 시 형식이 형성되어 시인의 내
면과 본질을 형성한다는 사실이다. 더구나 산문과 달리 제약이 심한
시의 형식은 항상 시인에게 억압적 요소이며, 특히 현실의 감정과 사
물을 표현하는 시인에게는 더욱 그러하다. 기법은 더욱 무시할 수 없
는 독창적 요소이다. 위대한 시인의 사상을 표현하는 데 기법만큼 중
요한 요소는 없다. 기법은 현실의 존재를 생생하게 있는 그대로 재현
하여 작품 속에 유지시키는 작가의 자질이다. 아무리 깊은 인상을 받
고, 감동을 느낀 사실이라도 이 기법 없이는 무의미하다. 그리하여 어
느 누구보다도 의고전주의 문학의 개혁의 필요성을 절감하고, 더욱 생
동감 있게 예술을 느끼고 재현하려 하면서도 실제로 그들은 작품을 남
기지 못했다. 새롭게 느끼는 방식을 모르는 의고전주의자들처럼 그들
의 문학관 역시 문학의 이상론에 머물렀다.

　자유주의 철학자들과는 달리 같은 유심론자들이면서도 왕정주의를
신봉하는 셰니예의 후예들은 "출생 및 사회적 신분의 독특한 여건과,
그리고 말하자면, 아마도 편협한 것이겠지만 고상하고 강인한 생각들
가운데서 성장한 편견들 때문에 고립되어 일찍이 정치적인 논쟁이나
중상에서 물러나 있었다. 가장 초창기의 기사도적 혈기가 그들을 이런
곳으로 진출시켰던 것이다. [……] 그들은 예술가로서 예술에 손을 대
고, 애정을 갖고 창작을 하기 시작하였다."[3] 불행한 사실은, 셰니예의

2) *Gérald Antoine*, pp.147.
3) *Pensées* III, pp.132-133,

시가 그의 사후에야 비로소 출간되기는 하였지만 그를 통해 쁠레이야
드파의 시가 복원되고 프랑스 시의 정통성이 부활되었음에도 고전주의
시인들에 대항하던 낭만파 시인들조차 단두대에 목을 바친 이 시인의
시에 담긴 새로운 기법의 의의를 모르고 있었다는 점이다. 그러나 생
트-뵈브는 셰니예가 이룩한 새로운 영역을 간파하고 있었다.

> 프랑스에서 시는 무미건조하게 전개되고 있었다.
> 생기도 장엄함도 없는 묘사에 빠져,
> 답답한 시냇물 한 줄기 그 시시한 물결이
> 괴이한 동굴 아래서 숨을 거두고 수정이 되듯.
> 그때 문득 바위가 그 영감을
> 청명하게 다시 열었다. 앙드레가 부활하여
> 다시 나타난 것이다. 이블라가 이 아들에게 신선한 벌꿀을
> 주었으니, 그 밀랍이 수많은 밤들을 비추리라.
> 늙은 호메로스의 발치에서 그는 즐겁게 노래하리라,
> 또 다른 지평선을, 포착해야 할 아틀란티스를 가리키며.
> 경쟁자들은 그 말을 듣지 않고, 열정에 넘쳐 그리로 달려가고 있었다.
> (『빌맹 씨에게』)[4]

열정이 싸움을 유발하였다. 시의 내용이나 형식 면에서 무미건조한
묘사시를 개혁하려는 낭만파와 의고전주의자들과의 싸움은 1829년이
되면서 문체 논쟁으로 본격화하였고, 이 논쟁은 샤를르 마냉의 지적처
럼 철저히 시인들의 주도하에 진행되어 갔다. "낭만주의 논쟁은 문체
의 문제에서 시작되었다. 싸움의 발단은 『아딸라』였다. 그 이후 싸움은
확대되고, 확장되었으며, 한 바퀴 돌고 나서 전투는 출발점으로 되돌아
왔다. 청년 시인파는 산문파와 모든 관점에서 일치했지만, 그보다 한술
더 떠서 언어의 개혁을 시도한다. 언어와 운율법에 관한 용기 있는 작

---

4) *Poésies complètes de Sainte-Beuve*, pp.373.

116

업들, 지칠 줄 모르는 싸움들, 그리고 종종 사유에 대한 표현의 승리들은 진정 예술가들의 작품이었다."5) 사상가들과는 달리 시인들인 셰니예의 후계자들은 이러한 상황에서 18세기의 〈무기력한 시구 le vers flasque〉를 강화하고, 17세기의 〈약간 뻣뻣하고 대칭적인 시구 le vers un peu raide et symétrique〉를 완화하는 구체적인 작업에 들어간다. 여기서 문제가 된 시구는 고전주의자들도 즐겨 사용해 온 알렉상드랭을 의미하는데, 이 시구를 강력하면서 동시에 유연하게 하기 위해 낭만파 시인들은 풍부운, 유동적 休止, 자유로운 걸치기를 거침없이 구사하였다. 전통을 존중하는 의고전주의자들은 낭만파의 새로운 시법에 대해 전통을 무시하는 처사라고 비난했다. 그러나 이 비난은 오히려 문학적 전통에 대한 그들의 무지를 드러내어 낭만파 시인들에게 프랑스 문학의 정통성을 부여하는 결과를 가져왔다. 생트 뵈브는『글로브』紙에 연재한 글을 한데 모은『16世紀 프랑스의 시가와 연극에 대한 역사적·비평적 개관』을 통해 진부한 시를 개혁하려는 의지가 롱사르 시절부터 존재하였다는 사실을 역설하였다. 특히 그 하권에 잊혀진 시인 롱사르의 시를 모아『롱사르 선집』을 수록함으로써, 그 전통을 제대로 계승하지 못한 의고전주의자들에게 경종을 울리고 외국파로 적대시되던 낭만파의 정통성을 강조하였다.

　　고대인들의 시, 적어도 그리스의 시는 마치 발코니처럼 산문과 일상 언어 위로 솟아 있었다. 우리 시는 원래 땅에 바짝 붙어 있었고, 산문처럼 지상층 같은 것에 지나지 않았다. 롱사르와 르네상스 시인들이 발코니를 세우려 노력했지만, 그들은 그것을 너무 밖으로, 또 너무 높게 설치하려고 했던바 발코니는 무너졌고, 시인들은 발코니와 함께 몰락했다. 그때부터 우리 시는 그 어느 때보다 지상층에 머무르고 있는 것이다. 브왈로를 맞이해서 우리 시는 매우 낮은 높이의 보도를 쌓아

───────
5) Article du *Globe* du 26-XI-1828, cité in *Gérald Antoine*, pp.227, n. 544.

낸 것으로 만족했다 ……. 오늘날 문제는 보도를 새롭게 다시 쌓는 것
이었고, 그래서 사람들은 발코니의 재건축을 꾀하기도 했다6)

고전주의자들 역시 개혁에 동참했지만 그 개혁의 정도는 만족할 만
한 것이 못되었다. 말레르브의 언어와 시법에 대한 개혁 의지는 1) 모
음 충돌과 히야투스를 추방하며(모음 축약이 히야투스보다 더욱 못한
효과를 낼 수도 있으므로 라 퐁뗀느나 몰리예르는 너무 배타적인 이
말레르브의 규칙에 이의를 제기한다), 2) 걸치기를 추방하고(생트-뵈
브는 평탄한 진행보다 걸치기로 인한 〈유연하고 깨어진 음률 cadence
souple et brisée〉을 더욱 애호한다), 3) 정확히 시구의 중앙에 휴지를
집어넣고(이 법칙은 능력 있는 작가에게 평범함을 부추기고 그의 재능
을 구속하는 것 외에 아무 효과가 없다), 4) 약간 용이한 각운을 추방
하며(단순한 운과 조합된 운, 예를 들어 temps, printemps : jour, séj-
our),7) 5) 언어의 허용(la licence de languages)과 모음 축약을 강력하
게 규제할 것 등을 내용으로 하고 있었다. 그의 개혁 조치에 의해 19
세기 시인들에게까지 계승된 엄격한 고전주의 시법은 프랑스 시를 구
태의연한 시로 만들었다. 이러한 결과의 원인은 고전주의자들이 이전
의 시인들의 문체를 부흥하고, 속박을 풀어 유연한 시구를 만들기보다
는 금지 조항의 신설에 노력을 치중한 데 있다. 그러나 낭만파가 사용
한 자유로운 시구는 이미 옛 선조들 더구나 라신느의 시절에도 애용되
고 있었다.

자유로운 걸치기, 유동적 휴지, 풍부한 각운의 초기 알렉산드랭은
뒤벨레, 롱사르, 도비녜, 레니예, 운문극의 몰리예르, 『소송광들』의 라

---

6) *Poésies complètes de Sainte-Beuve*, pp.472.
7) *Tableau historique et critique de la poésie française et du
   théâtre français au XVIe siècle*, A. Sautelet et compie, libr-
   aires-éditeurs, 1828, pp.188-193.

신느가 즐겨 쓴 것이었다. 말레르브와 브왈로가 이해하지 못하고 항상 이 소네들을 공박하는 잘못을 범하였고, 전세기에 앙드레 셰니예가 믿기 힘든 대담성과 전대 미문의 적절함으로 이것들을 재창조해 냈다. 이 알렉상드랭은 시의 신유파가 애착을 갖고 연마하는 것과 동일한 것이며, 최근 빅토르 위고가 『크롬웰』, 에밀 데샹과 알프레드 드 비니가 그들의 운문 번역극 『로미오와 줄리엣』을 통해 극 문체에 재차 소개한 것과 동일한 알렉산드랭이다. 우리의 선조 시인들은 서한시와 풍자시만을 위해 이 알렉산드랭을 사용했지만, 이들은 서한시와 풍자시의 무한한 근원들을 간파하여 모든 순수미들을 포착했다. 그것을 읽노라면 단계마다 과거의 시도를 당당하게 확인하는 자신을 보고 또 그것이 우리의 시작법의 정신과 기원에 아주 명백히 일치함을 보게 되어 기쁘다.8)

이 대목에서 알 수 있듯이 고전주의 작가들도 이미 이러한 기법들을 사용하여 시를 쓰고 있었다. 그러나 중요한 것은 이러한 시구의 사용이 아니라 시구가 사용 된 시의 장르였다. 이러한 개혁은 롱사르에서 시작되었다: "롱사르에 힘입어 작시법은 놀랄 만한 발전을 이루었다. 롱사르는 서정적 리듬의 거창한 다양성을 생각해 냈고, 여덟 내지 열 가지 정도의 다양한 시절의 형태를 구축했다. 이전의 시인들로부터 그러한 전형들을 찾는 것은 무모한 일이다. 그 리듬의 몇몇은 말레르브에 의하여 소멸되었다. 우리 시대에 와서야 비로소 신유파가 그 가운데 몇몇의 리듬을 재창조했다. 쟝 부셰 이후 최초로 롱사르가 남성운과 여성운의 규칙적 교차를 채택하고, 자신의 예에 의거하여 무절제한 그것을 하나의 의무 규범으로 만들었다. 뒤벨레는 이 규칙을 무시했다."9) 롱사르는 뒤벨레와 함께 알렉상드랭을 재건하였음에도 불구하고 곧 세상에서 잊혀졌다. 그는 생트-뵈브와 더불어 오랜 잠에서 깨어나

---

8) *Ibid*. pp.78.
9) *Ibid*. pp.96.

세인의 주목을 받게 되었는데, 이러한 사실은 낭만파의 시법을 확립하고 소네를 부활시키는 데 결정적 역할을 했다. 롱사르 이후의 시의 상황을 살펴보자.

1. 브왈로와 『시학』의 체제하에서조차, 극(비극이나 희극)의 시구에는 서한시, 풍자시 그리고 애가의 시구에서 거부된 대담성이 보존되고 있었다.
2. 특히 희극의 시구는, 몰리예르의 문체의 경우, 시구가 될 수 있던 모든 것이 다 시구가 되어 있었다. 희극 『소송광들』은 이 점에서 역시 미진한 것은 하나도 없다.
3. 브왈로 체제 이전에는 코르네이유가 『르 시드』와 『니코메드』에서 볼 수 있듯이 비극에 희극적 시구를 혼합했었다.10)

『르 시드』와 『니꼬메드』, 『소송광들』과 같은 희극 작품들은 이미 논란이 되고 있는 대담한 기법들을 포함하고 있다. 그리하여 의고전주의자들은 이러한 시도가 이미 고전주의 작품에도 존재하고 있다고 주장하기 위해 라신느의 작품을 제시한다. 그렇다고 낭만파의 근거를 찾아 롱사르나 바이프 아니면 그 이전의 옛날로만 거슬러 올라갈 것인가? 그럴 필요는 없다. 고전주의자들의 주장은 새로운 유파의 자르기와 걸치기 사용의 의도를 이해 못한 처사이다. 이 시대의 기법이 라신느 비극의 알렉산드랭에도 사용되고 있던 것은 사실이다. 그러나 라신느는 이것을 비극 시구에만 사용하였고, 셰니예에 이르러서야 비로소 서사시와 애가에 이 기법이 사용된다. 이 점에서 앙드레 셰니예가 개혁자로 등장하는 것이다. 고전주의적인 구성에도 불구하고 새로운 형식이 돋보이는 셰니예의 「맹인」의 예를 보자.:

---

10) *Pensées* IV, pp.134.

이렇게 맹인은 한숨을 쉬며 말을 마쳤다.
그리고 힘없이 숲가를 걸어가, 돌 위에
자리를 잡았다. 이 땅의 자식들인 세 목자가
그를 따라가다, 울어대는 그들의 양 떼를 지키는
몰로스종 개들이 요란스레 짖는 소리를 듣고 뛰어갔다.[11]

5행 모두에 사용 된 句걸치기, 이에 따른 구의 보내기와 역-보내기,
반구의 보내기와 역-보내기가 고전주의 시인의 그것들과는 전혀 다른
시구를 형성하고 있다. 라신느의 어느 시구에서 이러한 파격을 발견할
것인가. 셰니예의 「애가」의 예를 보자.

미녀들은 사랑하게 만들고, 사랑한다. 미녀들은
우리들 모두를 매혹시킨다. 그들에게 사랑받는 자 행복하여라!
온유하고 연약하게도 굴어라. 한순간은 그렇게 되어야 하느니.
충실할 수 있는 한 충실하여라. 그러나 내게 말해 다오. 어떻게,
정중하고, 예절바른, 파란 눈의 청년이 …….

(「애가」 제5편)[12]

생트-뵈브가 곰므 부인에게 바치는 「소네, ***부인에게」의 예도 같
은 경우에 속한다.

이 팔과 가슴의 곡선을 내 품안에
포옹하는 것이 아니라오. 그토록 신선한
산호 입술을 내 불길로 타오르게 하는 것이 아니라오. 아니오, 부인,

11) Œuvres complètes de André Chénier Ⅰ, Bucoliques, publiées
   d'après les manuscrits par Dimoff, Librairie Delagrave, 1919,
   pp.66.
12) Œuvres complètes de André Chénier, publiées d'après les
   manuscrits par Dimoff, Librairie Delagrave Ⅲ, Élégies-Épit-
   res-Odes-Iambes-Poésies diverses, 1919, pp.92.

당신을 향한 내 불길은 맑다오, 햇빛처럼 맑다오.[13]

예를 든 시구들에서 드러나듯 셰니예 유파의 시가 라신느의 형식을 포함하는 것은 사실이지만, 라신느의 시에 나타난 형식은 셰니예가 사용한 보편적 양식의 일부에 지나지 않는다. 그리하여 생트-뵈브는 다음과 같은 결론에 도달한다:

1. 롱사르, 바이프, 레니예의 알렉상드랭은 근본적으로 앙드레 셰니예의 그것과 동일한 것인가? 물론 그렇다.
2. 앙드레 셰니예의 알렉상드랭은 라신느의 알렉상드랭인가? 물론 그렇지 않다.
3. 그보다는 드릴르의 알렉상드랭인가? 추호도 아니다.
4. 그러면 현대파의 알렉상드랭은 라신느나 드릴르의 그것보다 앙드레 셰니예의 그것에 더 유사한가? 물론 그렇다.[14]

그리하여 생트-뵈브는 라마르틴느의 애가가 아닌 셰니예의 애가로 돌아간다. 생트-뵈브는 신유파의 걸치기를 사용하여 얻을 수 있는 생생한 감정을 보여주기 위해 뷔뤼스의 시구를 신유파의 수법으로 변형시켜 본다.

마마, 臣은 진실을 능란하게 은폐할 줄 모르는
병사처럼 무람없이 말씀드리겠습니다.

Je parlerai, Madame, avec la liberté
D'un soldat qui sait mal farder la vérité.[15]

---

13) *Poésies*, pp.60.
14) *Pensées* V, pp.138.
15) 『브리타니쿠스 *Britannicus*』의 원문은 ≪*Je répondrai, Madame, avec la liberté.*≫로 되어 있다.(acte Ⅰ, scène Ⅱ de *Britannicus* in *Racine, Œuvres complètes* Ⅰ, Théâtre-Poésies, présentation, notes et commentaires par Raymond Picard, ≪Bibliothèque de

앙드레 셰니예의 제자임을 자처하면서 생트-뵈브가 거리낌 없이 고친 시구.

> 마마, 신이 병사처럼 무람없이
> 말씀드리겠습니다: "저는 진실을 능란하게 은폐할 줄 모릅니다요."

그런데 라신느는 그러한 파격을 전혀 생각지 못했을 것이다. 브왈로라면 어떻게 말했을까? 그러므로 옳건 그르건 간에 현재의 개혁 조치들은 공상적인 것이 아니며, 라신느에게서는 전혀 찾아볼 수 없다.[16]

우아한 고대를 표현하는 셰니예의 시는 상상력보다 오성을 작동시키는 결점을 보이지만, 그토록 열악한 18세기 시 여건에서 감수성을 지향한 시인의 노력은 낭만파 시 기법의 귀감이 되었다. 낭만파로의 전향은 위고와의 만남 덕분에 이루어진 것이었지만, 낭만파의 시법의 근원으로서의 셰니예의 시법을 발견한 것은 생트-뵈브의 몫이었다. 라신느처럼 극시를 쓰는 위고는 신유파 시의 새로움이 셰니예의 서정시법에 있으리라고는 상상할 수 없었다. 그러나 생트-뵈브는 기법의 자유로움을 마음껏 누리기 위해 셰니예로 회귀하고 있었다. 이 새로운 시법의 적용은 애가에 그치지 않고 소네에까지 확장된다. 초기 〈세나클르〉의 개혁자들의 자유로운 기법이 기존 형식의 시뿐 아니라 가장 까다로운 시 장르에까지 적용되기에 이른 것이다. 숭고한 형식의 시에 담는 일상적 내용의 기품을 유지하기 위해 생트-뵈브가 이용한 것은 롱사르가 사용한 각운이었다. 즉 낭만파 시의 원점에 풍부한 각운이 있었던 것이다.

---

la Pléiade≫, Gallimard, 1950, pp.398)
16) *Pensées* IX, pp.144.

2. 각 운

　이렇게 생트-뵈브는 늦게 출발한 낭만파 시인이었음에도 불구하고 타고난 그의 비평 정신으로 인해 낭만파 이론가로서 선배 시인들을 앞서 나갔다. 「오드와 발라드론」을 쓴 인연으로 만나게 된 위고의 예술적 교리에 대한 이해도 남달리 빨랐다. 위고가 그에게 가르쳐 준 새로운 작시법 상의 비법들에 감사하며 쓴 편지에는, "난생 처음 들어보는 새로운 것들, 어느 날 문득 내게 열린 시의 문체와 作法에 관한 새로운 사항들을 나는 재빨리 포착하였습니다. 이미 16세기 프랑스의 옛 시인들에 몰두해 온 터라, 그것들을 적용하고 스스로 그 근거가 되는 이유들을 발견하기 위한 모든 준비가 되어 있었던 것입니다. 두 번째 방문을 통하여 나의 전향과 새로운 유파의 개혁 요소들로의 입문이 완료되었답니다."[17]라고 적혀 있다. 대부분 귀족 가문의 출신인 낭만주의자들은 고전주의자들과 대립하면서도 부르주와지의 사회가 도래하고 있음을 애써 부정하며 여전히 라마르틴느의 뒤를 이어 기독교의 신에 호소하는 시를 썼다. 그러나 보수 성향에도 불구하고 그들은 유연한 시법으로 새로운 시대의 문학을 위한 투쟁을 벌이고 있었다.

> 자신의 영혼밖에 아는 것이 없는 무지한 라마르틴느,
> 힘차고 강한 위고, 세심하고 섬세한 비니,
> 서로 상이한 운명으로, 그러나 그들 모두 헛되이
> 위대한 성공을 시도하고 패권을 다투고 있었다.
> 라마르틴느가 지배했다. 한숨짓는 날개 달린 시인,
> 그는 별로 힘들이지 않고 떠다니고 있었다. 완강한 파르티잔 위고는
> (단테에게서, 피렌체 사람이건 피사 사람이건,
> 중세의 남작을 보듯이) 갑옷을 입고 싸웠다.

---

17) *Portraits contemporains* I, cité in *Gérald Antoine*, pp. XVI.

　　그리고 술렁거림 속에 휩싸여 깃발을 높이 들었다.

(「빌맹 씨에게」)18)

　　낭만파 시인들이 아직 구시대의 상상력의 시에서 벗어나지 못하고, 종교에 얽매여 있음에도 불구하고 개혁자가 될 수 있었던 것은 자신들이 상기시키는 과거를 현대적 감정으로 표현하였기 때문이다. 〈사랑의 플라토니즘, 기독교 신화, 정치적 왕당주의〉가 이룩한 완벽한 시적 체계에 의한 시는 대중을 사로잡기에 충분했다. "그들의 이론이 몰락한 이후에도 꽤 훌륭한 역할 하나가 남을 것이다. 그들은 헛된 시도에서 깨어나 기괴한 언어와 교조를 포기하고 최선의 길로 들어가 자신들의 영혼으로 시를 쓸 수 있는 힘을 스스로에게 느낄 것이다. 이번에 그들은 영광을 만나고 독자의 인정을 받을 수 있으리라고 본다. 왜냐하면, 절대 잘못 생각해서는 안 될 것이, 독자의 현실적 취향들과 표면상의 경멸에도 불구하고 대중은 시를 필요로 할 것인데, 그것도 머지않아 그럴 것이다."19)

　　이 대중 속에 자신이 포함되리라는 사실을 생트-뵈브는 알고 있었을까? 위고가 시적 왕정주의를 포기하고 『프랑스 시신』紙의 지도자들이 자유주의로 전향하자 과연 생트-뵈브는 시로서 대중을 선도할 사제들을 찾아 나서고, 그에게 예술은 삶의 국시가 된다. 밀튼이 요구하듯 정신적 불안으로부터 벗어나서 시민 시인으로서의 임무를 수행하고, 그때까지 철학적 논리에 억눌려 있던 자신의 시적 감수성을 발산시킴으로써 과감한 기법의 시를 쓰려는 생트-뵈브는 과감한 걸치기와 휴지를 구사하기까지에 이른다. 그런데 위고로부터 전수받은 숭고한 기법에 매료된 생트-뵈브가 새로운 기법의 토대로 여긴 것은 자유로운 각운의 사용이었다.

---

18) *Pensées d'Août*, Charpentier, Paris, 1869, pp.373-374.
19) *Odes et Ballades* Ⅰ, pp.6.

　프랑스 시의 각운은 단순한 기교에 그치는 것이 아니라 정형시의 본질이라고 할 수 있을 정도로 중요한 역할을 한다. 각운은 시행이 종료됨을 시사하며, 모음과 자음의 교차로 시절에 다양성을 부여하고, 그 속에서 통일감을 창출한다. 특히 걸치기를 자유롭게 사용하는 낭만파 시인들은 각운의 의의를 새삼 강조하게 되었고, 실제로 고전주의자들과의 싸움은 이 각운에 부여된 의의의 차이에서 비롯한다고도 할 수 있을 정도로 각운은 중요한 의의를 지닌다. 고전주의 시대에는 12음절이 이루는 하나의 시행이 한 문장을 형성하고 있었다. 즉 고전주의 극시에서는 대부분 한 시행이 주어와 상황 보어로 구성되고, 다음 행은 동사와 목적어로 구성되는 안이한 형식을 사용하고 있었다. 이러한 상투적 형식에 만족하지 못한 낭만파 시인들은 걸치기를 사용하여 시구의 중요한 부분을 강조하고, 다음 행의 내용에 관한 호기심을 유발한다. 이 경우 평운으로는 각운의 효과를 충분히 느낄 수 없기 때문에 교운이나 포옹운이 사용되며, 다양성을 살리기 위해 빈약운보다는 충분운과 풍부운이 사용되기에 이른 것이다. 생트-뵈브는 누구보다 철저하게 이 걸치기와 각운의 세세한 기법에 몰입해 갔다. 시간이 흐르면서 시 기법 특히 각운에 대한 과도한 숭배심은 곧 무너져 내릴 수밖에 없었지만, 이로 인해 훌륭한 시 작품들이 탄생되기도 했다. "죠제프 들로르므의 좀더 엄격한 기법으로의 전향은 다음 작품에서 비롯한다."[20] 라고 저자 자신이 주석을 붙인 「각운에 부쳐」(1927년 봄): 위고와의 만남을 노래한 「나의 벗 V. H에게」: 『죠제프 들로르므』 중에서 가장 자신 있고 당당한 자신의 모습을 보여주는 「세나클르」: 『개관』을 간행하면서 〈친구를 위하여, 첫 작품 출간 전날〉이라고 제목을 부친 「친구를 위하여」: 1827년 『개관』의 2부로 실은 롱사르 선집의 서두에 발표한 「소네, 롱사르에게」 들이 이렇게 탄생하였다. 이 가운데 『죠제프 들

---

20) *Poésies*, pp.29.

로르므』의 시의 전환점을 이루고 생트 - 뵈브로 하여금 「단상」에서 시의 형식과 문체를 다루게 할 「각운에 부쳐」를 살피면서 생트 - 뵈브가 각운에 부여한 의의를 살펴보자.

각운이여, 샹송에 음향을 마련하는 그대여,
각운이여, 시구의 유일한
해조인 너 각운의 떨리는 울림 없이는
천재에게 시는 아무 말도 건넬 수 없으리라.

각운이여, 오보에의 음색과 트럼펫의
작열하는 음을 내는 메아리. 한 친구의 마지막 인사
다른 친구가 멀리서 그 반을 되풀이하는.

각운이여, 예리한 노여,
거품 이는 파도를 가르는 박차여.
황금의 재갈이여,
김을 뿜는 갈기의
준마를 모는 강철 막대여.[21]

1825년 1월 『낭만파 年代記』誌에 처음 실린 이 시는 이미 알고 있는 대로 생트 - 뵈브의 전향의 산물이라는 특별한 의미를 지닌다. 이 시를 읽은 방빌은 프랑스 시에서 각운이 차지하는 의의를 다음과 같이 말하고 있다.

이 시구들을 제대로 읽을 사람은 각운이 어떤 것이며 프랑스 시구는 어떤 것인지를 알게 될 것이다. 왜냐하면 그들이 말하듯이 각운은 시구들의 유일한 해조 l'harmonie des vers[생트 - 뵈브의 시에는 l'harmonie *du vers*]이며, 각운이 시구 전체이기 때문이다. 시구 속에

---

21) *Poésies*, pp.29.

서는 묘사하는 데, 소리를 상기시키는 데, 어떤 인상을 일으키고 고정
시키는 데, 웅대한 장면을 우리 눈앞에 펼치는 데, 어떤 형상에 대리
석과 청동의 윤곽보다 더욱 순수하고 준엄한 윤곽을 부여하는 데, 각
운이 유일한 것이며 각운으로 족하다. 그렇기 때문에 모든 것 가운데
서 각운의 상상력이 시인을 형성하는 자질이다.[22]

생트-뵈브는 이 시에서 신유파의 이론의 근거이기도 한 각운의 이
마쥬들을 플레이야드에서 빌려 온 〈어렵고 섬세한 리듬 rythme
difficile et délicat〉에 실어 나열하고 있다. 벨르소르가 그의 저서에서
"방빌은 이 작품에 의존하여 『프랑스 시법』을 쓰게 된다."[23]라고 할 정
도로 낭만파 시인들의 작시법에 큰 영향을 미친 이 시는, 쁠레이아드파
이후 잊혀졌던 롱사르의 『마리의 애가집』, 벨로의 『4월』과 동일한 형식
의 시절과 풍부운을 사용하여 시의 각운이 지니는 의의를 찬미한다. 고
전주의자들 역시 풍부운을 사용하고 있었지만 낭만파 시인들에 비친
그 풍부운(자음과 모음이 일치하는)은 충분운(모음과 자음이 일치하
는)에 지나지 않았다. 낭만파 시인들은 子音과 모음만의 일치에서 그치
지 않고 여기에 다시 자음이 일치하는 풍부운의 정의를 확립하였다. 그
렇게 해야 자유로운 걸치기와 휴지의 이동이 가능하기 때문이다. 각운
이야말로 프랑스 시에 매력을 부여하는 가장 중요한 요소라고 여기는
생트-뵈브는 이렇게 새로운 각운을 시각적 운을 사용하여, 〈비너스의
벗은 가슴 주위에 두른, 성스러운 스카프를 조르는 죔쇠 Agrafe, autour
des seins nus / De Vénus / Pressant l'écharpe divine〉(제4절), 〈창공으로
솟는 샘이 분출하여 뿜어 오르는 좁다란 목 Col étroit, par où saillit / Et
jaillit / La source au ciel élanc〉, 낮에는 램프를, 밤에는 성모의 손에 향

22) Théodor Banville, *Petit traité de poésie française*, Éditions
d'Aujourd'hui, 1978, pp.41-42.
23) André Bellesort, *Sainte-Beuve et le XIXe siècle*, Perrin et Cie,
1927, pp.70.

128

로를 거는 신성한 〈순수 다이아몬드 반지 *Anneau pur de diamant*〉에
비교한 뒤 다음과 같이 낭만파의 풍부운의 이름으로 굳게 맹세한다.

> 열쇠! 죽어갈 인간의 귀로부터 멀리 떨어져, 제단을 향해
> 기적의 아치의 문을 여는,
> 혹은 성소의 삼나무 속에 유폐된
> 향기로운 화병을 품고 있는 그대여!
>
> 오 각운이여! 그대가 무엇일지라도 나는 감수하네
> 그대의 굴레를: 그리고 오래오래 반항하다가,
> 교화받은 나는 그대에게 이제 약속하네
> 더욱 충실한 귀를.24)

이 짝 잃은 고독한 각운은 흑단 위로 내려앉는 흰 비둘기로 상징되
어 시인에게 감동적인 조화나 부드러운 노래를 요구하는 대신 자신의
잃어버린 반쪽을 요구한다.

> 그러나 내 발자욱 앞에서도 달아나지 마라.
> **뮤즈**가 나의 가슴을 물어뜯더라도,
> 경의를 표하며 시선을 돌려라
> 그대에게 간청하는 시인에게.25)

이어서 후반부에 들어서면 시행 내의 운의 중복을 사용하여(*Donne,
donne par égard*), 시의 억압적 요소로서의 리듬을 상기시키면서 이
엄격한 리듬 때문에 발생하는 단조로운 각운의 폐해가 지적된다. 단조
로운 각운은 그저 단순한 불만의 토로로 여겨질 뿐이기 때문이다.

24) *Ibid.*, pp.30.
25) *Ibid.*, pp.30-31.

엄격한 규칙의 외양에 생기를 잃고 풍
꽃이 이울어 버린 시구 속에서,
결코 내버려두지 마라, 고독한 음절이 투덜대도록,
한숨을 내쉬도록.26)

마지막으로 각운은 짝 잃은 비둘기에 비유되고, 이 외로운 비둘기는
회화적 류트 위로 날아와, 해조를 가능하게 하는 자신의 짝을 찾아줄
것을 시인에게 요구한다. 각운의 고독은 시의 생명에 직결된다. 그만큼
각운과 시의 활기의 관계는 밀접하다.

지난 번, 숲 속에서였지, 나의 리라 위에서
내 손은 조율도 못하고 있었지.
하얀 비둘기 한 마리가 지나가다
흑단의 류트 위에 내려와 앉았지.

그런데 감동적인 화음 대신, 달콤한 노래 대신,
흐느끼는 그 비둘기가
애원하며 내게 간청하는 것은 자신의 절반,
멀리 사라지고 없는 절반.27)

결합된 각운이 없이는 불가능한, 각운만이 창출해 낼 수 있는 조화
의 목소리를 찾아 자연 속으로, 사포의 성스러운 숲 속으로 시인은 달
려간다. 그뿐 아니라 시인은 말의 갈기털을 표현하기 위해 〈cheveu〉
대신 〈crin〉을 사용하여 더욱 롱사르를 상기시킴으로써 그의 플레이야
드파에 대한 취향을 드러낸다.

---

26) *Ibid.*, pp.31.
27) *Ibid.*, pp.31.

130

아! 차라리 어여쁜 새들이여, 진정한 연인들이여,
그 쌍둥이 같은 목소리들을 결합하라.
나의 리라와 그 연주회들을 덮이게 해다오
그대 입맞춤들로, 그대 날개들로.

혹은 가장 가벼운 구름에 재갈이라곤
갈기 하나밖에 없는,
큐프리스가 아끼는 준마들이여 나를 데려가 다오,
성스러운 숲 한복판으로.28)

　사실 낭만주의의 새로움의 본질은 과감한 句걸치기에 따른 시법의 改革 즉 풍부운을 복원한 데 있었다. 그것은 개혁이라기보다 차라리 선조들이 이룩한 전통의 계승이었다. 낭만파 시인들이 스스로에게 부여한 성직의 개념은 롱사르의 시구에서 르네에 이르기까지 그치지 않고 지속되어 왔으며, 환멸의 개념 또한 그 근원은 이미 〈세기병〉을 통해 그 모습을 드러내고 있었다. 낭만파는 이 새로움의 본질을 과감하게 표현하였다. 동일한 주제를 상이한 기법에 담는 시인들은 형식으로부터의 자유를 원했지만 이 자유를 누리기 위해서는 복잡한 규칙을 깨기 위한 또 다른 규칙이 필요했다. 살펴본 바와 같이 자유로운 걸치기 때문에 발생하는 각운의 모호함을 방지하기 위해 종래의 풍부운보다 명확한 자음을 포함하는 새로운 풍부운이 수반되어야 했으며, 이로 인해 자르기와 중간 휴지가 유동성을 갖게 된 것이다. 그러나 생트-뵈브는 시구의 개혁에 머물 수 없었다. 이러한 변화의 요구가 시의 정형성에 변화를 낳게 한다. 롱사르 시대에 즐겨 사용된 오드는 네르발과 함께 〈小오드 odelette〉로 부활할 것이지만, 가장 엄격한 정형시인 소네의 부활은 생트-뵈브에 의한 성과였다.

---

28) *Ibid.*, pp.31.

3. 소네 속의 자유

낭만파 시인들이 시구와 각운의 개혁에 쏟은 열정은 대단한 것이었다. 위고가 오드와 발라드를, 라마르틴느는 스땅스를, 그리고 비니는 서사시를 통해 새로운 시의 기법과 시 정신을 펼쳐 갔다. 당시의 시인들은 이렇게 자신들이 즐겨 사용하는 유형의 정형시에 자신의 종교와 철학과 사상을 표현하고 있었다. 그러나 엄격한 기법을 통해 일상의 현실을 자유롭게 표현하려는 생트-뵈브는 이 정형시들의 심오함과 풍부함이 제공하는 관념성에 이의를 제기하지 않을 수 없었다. 광활한 규모의 자연과 우주를 소재로 한 정형시들, 현실을 표현하긴 하지만 사실성을 결여한 관념의 정형시들은 그 풍부함에도 불구하고 묘사시의 범주에서 크게 벗어나지 못한 인상을 주었다. 생트-뵈브는 관념이 아닌 현실의 의미를 구체적으로 전달하기 위해 불확실성과 모호함이 배제된 엄격한 표현을 추구했다.

> 앙드레 셰니예에게서 애가로 흘러나오거나, 라마르틴느에게서 명상으로 넘쳐 나와 결국 강이나 호수가 되고 말 것인 이 시 사상의 흐름은, 내게 와서 곧바로 얼어붙어 소네로 결정된다. 그것은 하나의 불행이 아닐 수 없고, 나는 그것을 감수한다.
> -소네에 담긴 하나의 생각, 그것은 수정 같은 눈물 속에 담긴 한 방울의 본질이다.[29]

초판 『죠제프 들로르므』에 실린 시 55편 가운데 소네가 12편이고, 그중 10편이 롱사르 시대에 즐겨 사용된 불규칙 소네라는 사실에 비추어, 생트-뵈브가 복원한 소네의 형식 역시 롱사르 시대의 소네로부터 유래하고 있음을 알 수 있다. 생트-뵈브는 규칙 속에서도 자유를 추

---

29) *Pensées* XI, pp.145.

구하는 롱사르의 위대함이 그의 과감한 시법과 내용, 즉 소네를 정형시로 확립하고 친밀성을 시에 담은 새로운 시쓰기에 있다고 여기고, 오랫동안 세인들의 무시 속에 역사에 묻힌 채 잊혀져 있던 롱사르를 주제로 소네를 쓴다. 소네 시인 롱사르에 대한 존경심을 담은 「소네 I」의 경우.

> 그대에게, 오욕의 운명 때문에 두 세기 동안
> 역사의 경멸을 받아 온 그대 롱사르에게,
> 추악한 영어로부터 그대를 정화시킬
> 속죄의 제단을 이 손으로 세우노라.
>
> 옛날 그대가 지배하던 빛나는 옥좌에
> 다시 또 그대의 명성을 되돌리길 원해서가 아니다.
> 그토록 낮은 곳에서는 영광으로 다시 오를 수 없다.
> 불카누스는 무턱대고 하늘에서 떨어지지만은 않았으리라.
>
> 그래도 약간의 동정으로 그대 망혼이 위로되기를.
> 문외한들의 웃음으로 오랫동안 찢겨진,
> 처음에 유명했던 그대 이름이 약간의 행복을 다시 찾기를.
>
> 〈너무 과감했지만, 그 대담함이 아름다웠다〉고 말하여지기를.
> 〈그대는 이기지도 못한 반역의 언어를 남겼으니,
> 그대 이후 더 못난 위인들이 더 많은 행복을 누리게 되었다〉고.
>
> (「롱사르에게」)[30]

어쩌면 낭만파의 새로운 형식들이, 아니면 적어도 생트-뵈브의 모든 것이 롱사르의 소네들 속에 있다고 말할 수 있을 정도로 그가 시도한 거의 모든 것이 롱사르에게서 발견된다. 역설적이게도 생트-뵈브

---

30) *Poésies*, pp.68.

는 새로운 것을 찾아 열심히 과거 속으로 달려갔고 전통을 재확립함으
로써 새로운 문학의 의의를 확립했다. 프랑스 문학의 전통을 존중하는
그는 롱사르에게 바치는 소네들을 썼을 뿐 아니라 소네 자체에 대한
존경심까지 문학의 주제로 삼았다. 그에게 위대한 시인 롱사르는 위대
한 〈소네의 시인〉으로서 재발견된 것이다.

　　오, 빈정대는 비평가여 소네를 우습게 보지 마라!
　　옛날 위대한 셰익스피어는 정성스럽게 소네를 썼다.
　　페트라르카가 한숨짓고, 쇠사슬에 묶인 타소가
　　조금이나마 그 심정의 고통을 던 것도 이 행복한 류트 위에서였다.

　　까모엔스는 그 유형의 형기를 단축시켰다,
　　사랑과 그의 조국을 소네로 노래했기에.
　　단테는 이 미르토 꽃을 사랑하고, 또 그 향내를 맡고,
　　제 의기양양한 얼굴을 감싼 실편백에 그것을 섞는다.

　　스펜서는, 도원경의 섬에서 돌아오면서
　　그가 소중히 여기는 슬픔들을 긴 소네 속에 터뜨린다.
　　밀튼은 제 소네들을 노래하며 그 시선에 생기를 돋우었고.

　　나는 프랑스에서 부드러운 소네를 쇄신하고 싶다.
　　뒤벨레가 처음으로 피렌체에서 소네를 가져 왔다.[31]
　　그리고 우리 노련한 롱사르의 소네야 누구나 한편 이상 알고 있지.
　　　　　　　　　　　　　　　　　　　　　(「소네, 워즈워드 모작)[32]

---

31) 생트-뵈브 이후 막스 자쟁스키(Max Jasinski)나 삐에르 빌레(Pierre
　　Villey) 같은 연구자들의 노력에 의해 프랑스어로 소네를 쓴 최초의 시
　　인은 끌레망 마로임이 밝혀졌다. 모리예의 견해도 이와 같다.(Henri
　　Morier, *Dictionnaire de poétique et de rhétorique*, pp.U.F., 4e
　　édition, 1989, pp.1057)
32) *Poésies*, pp.124.

이러한 착상은 사람들이 그냥 지나쳐 버리는 평범한 사물에 대한 관찰력에서 비롯한다. 소네 역시 아무 의미 없이 존재해 온 시의 한 장르에 지나지 않지만 생트-뵈브에게는 사소한 것의 의미가 절대 사소하지 않다. 존재하는 모든 것은 저마다 나름대로의 아름다움을 지니기 때문이다. 문학의 미를 고상한 것들 속에서만 찾으려는 자들과는 달리 범속하고 추한 것 속에서도 미를 추출하려고 노력하는 그의 자세는 엄격한 형식의 소네를 쓸 때에도 그대로 적용된다. 그가 소네의 가능성을 재발견한 것도 마찬가지이다. 생트-뵈브는 당대 시인들의 눈길을 끌지 못한 소네 형식 자체를 소네의 소재로 삼기까지 한 것이다. 더구나 생트-뵈브는 규칙 소네도 아닌 불규칙 소네를 선호하는데 무제의 소네 「누구나 멋지게 ……」의 경우를 보자.

> 제 마음에 닿는 것이면 누구나 제 나름으로 아름답게 찬양한다.
> 戀人은 남편의 눈에 보이지 않는 데서 매력들을 본다.
> 그런데 얼마나 많은 다른 사람들이 질투 섞인 야유도 아랑곳없이,
> 입술 위의 솜털 하나를 칭찬하는지.
>
> 다른 사람들은 하얀 가슴 위의 한 마리 파리 같은 점 하나를,
> 또 다른 사람들은 온화한 푸른 눈동자의 아주 검은 눈썹을,
> 혹은 우윳빛 흰 목 위에 날리는 적갈색 금발을 좋아하지.
> 내가 좋아하는 것은 아름다운 두 눈에 담긴 약간 애매한 미소.
> 그것은 젖은 햇살, 물에 잠겨 자작나무
> 살랑거리는 바람 따라 물위를 헤엄치는 태양,
> 구름 가에 걸려 빛나는 달의 반사광.
>
> 그것은 바다의 항해사. 어두운 하늘 지나며
> 길을 잃고 어쩔 줄 몰라 자비를 구하고,
> 어떤 신을, 여행의 보호자를 갈망하리.[33]

엄격한 소네의 형식 속에서 생트-뵈브는 가능한 한 자유를 구가하려고 노력하였다. 이렇게 굳이 불규칙 소네를 사용하면서도 시의 정형성 속에 자유를 누리려는 노력은 그의 새로운 시 사상과도 밀접한 관련이 있다. 전통적 문학 형식 속에 새로운 정신을 표현하기 위해 엄격한 정형성을 지닌 소네를 사용하면서도 생트-뵈브는 철저하게 현실의 개인적 삶을 자유롭게 표현한다. 자유로운 내용의 엄격한 정형시 이것이 생트-뵈브가 의도하는 바이다. 불규칙 소네를 사용하면서도 전통을 자유롭게 해석하고 그 속에서 기법의 자유에 버금가는 내용의 자유를 누린 것이다. 그리하여 사소한 현실을 내용으로 하는 생트-뵈브의 개인적 삶을 닮은 소네들은 당시 생활상을 그대로 드러낸다. 내면성을 논하면서 살펴 본 「소네 Ⅰ」에서처럼 이상이 좌절된 사회를 살아가면서 저주받은 시인이 느끼는 환멸을 묘사한 「소네 Ⅱ」를 보자.

가여운 내 아이야, 무슨 짓을 했느냐? 무슨 짓을 했기에 죽었단 말
　이냐?
인생을 즐기기 위해 황금이 필요했더냐?
뭐야! 음 이 같은 회한에 쫓긴 너의 영혼이
자줏빛 천과 비단에 덮여 고통을 덜어보려 했더냐!

－아니에요, 자줏빛 천과 비단이 그 그물로 나의 벅찬 허영심을
앗아가지 않고도 나를 덮을 수 있었을 거예요.
내 청춘은 가장 시원한 산들바람의 보살핌을 받으며,
장엄한 태양을 멀리 벗어나 꽃피고 싶었지요.

이 좁은 한 뼘의 땅 위에 내게 필요한 것이 있었다면
오직 순박한 여유, 고독한 초가,
벗 하나를 옆에 둔 끝없는 연구.

---

33) *Ibid.*, pp.122.

> 그리고 지기 시작하는 그림자 속에 날이 저물어 갈 무렵,
> 떨리는 내 손을 받아줄 손 하나,
> 반쯤 감은 눈으로 기댈 품 하나.[34]

   내용과 아울러 소네만의 형식적 긴장감을 살리려는 의도가 이 소네 전체를 통해서 드러난다. 위의 「소네 Ⅱ」의 제2절의 연결 부호 〈tiret-〉는 장차 보들레르의 소네에서도 자주 발견하게 될 것이다. 「소네, 어렸을 때 나는 ……」[35] 혹은 이것에 상응하는 접속사들, 예를 들면 「소네, 15세 소녀의 얼굴 위로 ……」의 *mais*[36], 「소네, *A Madame****」의 *Mais seulement*[37], 「소네, 롱사르에게」의 *Mais que*[38] 등에서 이러한 사실을 즉각 느낄 수 있다. 그 표현들은 시적 긴장감을 위해 대부분 4행시절에서 3행시절로의 이행 단계에 사용되고 있어 샌트-뵈브가 의도하는 압축된 소네의 형식미를 더해 준다.
   이러한 형식미와 아울러 당시 한창 유행하던 무도회에서 느끼는 달콤한 연애 감정의 묘사(*À Madame****), 그리고 동네에 사는 열다섯 살 소녀의 앳된 얼굴의 묘사에서 보이는 친밀성이 엄격한 형식적 긴장감에 해조를 부여하여 소네 형식의 완성미를 느끼게 한다.

> 열다섯 살의 이마 위로 알린느의 금빛 머리칼이,
> 우리 눈에 그걸 감추는 머리띠 사이로 삐져나와,
> 언덕에서 두 줄기 냇물이 흘러내리듯이,
> 이쪽저쪽으로 그녀의 우아한 관자놀이를 적시고 흘러내린다.[39]

---

34) *Ibid.*, pp.34-35.
35) *Ibid.*, pp.51.
36) *Ibid.*, pp.51.
37) *Ibid.*, pp.60.
38) *Ibid.*, pp.68.
39) *Ibid.*, pp.56.

가장 엄격한 이 정형시의 내용이 롱사르의 소네에서처럼 친밀하고, 소탈하다. 주고받는 대화 속에는 일상적인 삶에 대한 미련과 소망이 서로 얽혀 있어 형식이 주는 압박감을 느끼지 못할 정도이다. 모든 것이 이 평범한 사랑 속에 융화되어 시인의 진실한 심정이 낯설지 않다. 라마르틴느보다 구체적이고 현실적인 사랑이 더욱 간결한 시절 속에 압축되어 있다. 그러나 소네에 담고자 한 자유, 엄격한 예술성과 예술의 영역을 동시에 확대하는 의미 있는 시도는 생트-뵈브의 능력의 한계를 벗어나는 시도처럼 보인다. 보들레르에 와서야 가능하게 될 형식과 내용의 자연스러운 조화는 아직 스탕스나 오드 같은 정형시의 표현 속에서만 누릴 수 있었던 것이다. 실제로 『죠제프 들로르므』의 작품 구성은 선배 시인들의 범주에서 크게 벗어나지 못하며, 시 형식은 새로운 내용을 따라가지 못한다. 「생애」와 「단상」이 이 빈 부분을 보충하는 역할을 하지만 그토록 완전한 것도 아니다. 그럼에도 불구하고 『죠제프 들로르므』의 「시」의 주제와 형식은 많은 가치를 지니고 있으며, 이 가치들은 주로 생트-뵈브의 시의 일상성에 근거하고 있다. 그럼으로써 이 가증스러운 현실이 문학 속에 들어오고, 문학 자체가 문학 속에 다시 들어온다. 소네 자체가 소네의 주제가 되면서, 시가 시를 성찰하는 계기가 마련된다. 이렇게 시인은 변화하는 현실을 직시하고 그 본질을 시에 담음으로써 새로운 사회에서의 시인의 역할에 새로운 의미를 부여해 갔다. 시인만이 그 시대의 본질을 파악할 수 있는 능력을 지니고 있었던 것이다. 이제 생트-뵈브의 시의 주제들을 논하면서 드러나는 낭만파 시인의 사상 속에서 그 사실성의 의미가 다시 한번 확인될 것이다.

제4장
시의 레알리즘으로

1. 시적 성직과 환멸

〈세나클르〉로 전향한 자유주의자는 자신의 계몽주의와 유심론자들의
성직을 결합함으로써 위안을 얻는다. 생트-뵈브가 느끼는 성직자로서
의 시인의 기능은 신유파의 일원이 되면서 누리는 희열이었지만, 오래
지속되지는 않았다. 가톨릭으로 전향한 심정을 노래한 『위안』의 유심
론적 시들이나 정치 활동을 선호하는 라마르틴느를 비판하는 평론에서
도 알 수 있듯이, 생트-뵈브가 문학의 종교적 사명이나 역할에 거는
기대는 고전주의자들이 오만불손하게 여긴 낭만파 시인들의 그것에 비
해 강도가 약할 뿐만 아니라, 〈르네〉[1]의 그것처럼 영웅적이지도 않다.
시로서 종교적 기능을 실천해야 한다고 믿었던 셰니예의 후예들이 감
동적인 시구들로서 혁명 이전의 과거를 마치 이상적 공동체처럼 회상
함과 동시에 희망 가득찬 미래를 제시하지만, 생트-뵈브는 시의 성족
들이 제시하는 미래관에는 별 관심이 없었다. 거룩하고 성스러운 자세
를 보이는 것을 원하지 않는 생트-뵈브는 그들에게 겸손과 진실성을
주문한다. 분별력 있는 시인은 단지 〈빛나는 횃불 하나 손에 들고 달

---

1) Chateaubriand, *René*, Nouveaux classiques larousse, 1984,
pp.39-40.

리면서〉 전락할 자신의 앞날을 미리 내다 보고 있을 뿐이다.

> 호전적 뮤즈들의 생도인
> 내가 고결한 도전을,
> 왕관과 월계수, 리라와 검,
> 누군가 차지하는 먼지투성이의 깃발들,
> 개선문의 아취 아래서 획득하는 키스를 꿈꿀 때,
>
> 어디서나 정복자이며, 애인이며, 시인인
> 나는 생각하였다, 아! 내 햇불이
> 비출 것은 승리와 축제 대신,
> 오직 나의 패배와
> 무덤까지 지속될 나의 권태들뿐이라고.
>
> (「꿈」)2)

시에 드러난 이러한 낭만파 시인의 성직이 생트-뵈브에게 전혀 낯선 것만은 아니다. 〈세나클르〉 시인들의 성직만큼 종교적인 것은 아닐지라도 죠제프 들로르므의 초기 시에는 이미 문인의 고결한 사회적 기능이 보인다. 생트-뵈브가 〈세나클르〉로 전향하기 이전에 써놓았다가, 1827년 2월 13일 위고에게 보낸 글에 동봉한 무제의 시 - 「매혹적인 꿈, 달콤한 기대 ……」 - 를 살펴보자. 이 시에서 시민 시인으로 부활한 위대한 밀튼은 청년 죠제프 들로르므에게 말한다. "소년이여, 나는 밀튼이다! 용기를 내라. 네 청춘을 비탄 속에 소진시켜서는 절대 안되느니라. 인간들에겐 관속으로 들어가기에 앞서, 맡아야 할 보다 고귀한 일이 있다."3) 시민의 존립이 위기에 처해 있는 상황을 염려하는 시

---

2) *Poésies*, pp.40.
3) 1824년의 X …… [Hugo]에게 보내는 편지(*Correspondance générale* I, recueillie, classée et annotée par Jean Bonnerot, Librairie Stock, 1935, pp.56)에서 언급한 이 시구는 「생애」의 pp.23에 실려 있

인은 순진한 활유법을 사용하여 밀튼을 애국심의 설교자로 소개한다.
이러한 소시민적 애국심은 셰니예를 흠모하여 쓴 「헌신」[4]에서도 유감
없이 발휘된다.

> 그때 나는 순교에 바치듯 아주 당당히,
> 롤랑, 샤를로뜨 그리고 시인 앙드레를 따라,
> 이 찬란한 목을 단두대에 바쳤어야 할 것을.
> 오늘도, 시민들의 소요가 다 지나간 뒤
> 황금 이마의 꽁꼬르드가 저 높은 곳에서 우리 도시 위로 미소를 보
> 내며.[5]

   그러나 〈세나클르〉로의 전향이 그에게 시인으로서 성공하리라는 자신
감을 지니게 되면서, 그의 시민 시인관에는 종교성이 첨가된다. 생트-뵈
브에게 시인의 성직은 이처럼 시인들의 장엄한 종교적 기능을 깨우쳤
음을 의미하는 것이기도 하지만, 자신 속에 잊혀져 있던 시성을 다시
일으키는 계기로서도 충분한 의미를 지닌다. 생트-뵈브가 처음 시를
쓰기 시작한 것은 1825년 무렵이었다. 비록 그는 시민 의식에 의해서
만 시를 이해하고 있었지만 밤을 새워가며 시적 영감을 추구해 갔고,

   다. 베니슈는 이 편지의 연도를 1827년으로 기술하였는데(*Le Sacre*,
   pp.409) 이것은 사소한 착각이거나 인쇄상의 오류인 듯하다.
   4) *Gérald Antoine*, pp.94: 앙트완느는 이 시를 〈증오가 가라앉고, 당파들
   이 서로 화합하는 ……〉 시절을 언급하고 있는 「생애」의 문장처럼, 마르띠
   냑끄 내각의 공백기에 즉 빨라도 1828년 초에야 쓰인 것으로 추정한다.
   〈세나클르〉 동료들에게 말한 제21행의 〈오 매우 소중한 나의 벗들 ……〉
   이 이를 뒷받침한다. 마르띠냑끄(1778-1832)는 왕정복고(1828) 시기의
   온건 왕당파로 18개월간 내각의 수상을 역임한 바 있다. 생트-뵈브가 이
   내각에 거는 기대는 매우 커서, 이 내각의 시기를 정치적 이상이 실현된
   시기로 평가할 정도였다. (Cf. Pierre Barbéris, *Signification de
   Joseph Delorme en 1830, Revue des Sciences Humaines*, t. XX
   XIV. - NO 135 - Juillet-Septembre 1969)
   5) *Poésies*, pp. 94.

시쓰기는 작가 지망생으로서의 그에게 유일한 위안이었다. 하지만 그의 눈에 비친 시인들은 새로운 혁명이 요구되는 혼돈스러운 사회 상황을 외면하고 공허한 신을 추구하는 것 같아 보였다. 무기력한 시인들에 대한 분노는 그를 〈이런 격정의 세월에 리라로서 무엇을 하랴? 리라는 부서져 버렸는데〉6)라고 한탄하게 만들고, 과거의 회상에만 사로잡힌 무기력한 〈시신〉과의 결별을 선언하게 한다.

> 작별을 고하노라, 길고 깊은 고통이여.
> 거품과 파도를 응시하고,
> 울부짖는 바람을 명상하고,
> 날아가 버린 행복을 애도하느라
> 흘러가 버린 그 많은 나날들이여!
>
> (「시와의 별리」)7)

그러나 시인은 곧 결별 선언을 번복하고 「시로의 복귀」8)를 표명한다. 낭만주의 시인들에게서 흔히 볼 수 있는 시의 포기 선언과 그 번복은 시민 사회로 전환해 가는 역사의 흐름에 역행하는 시인 유파들의 사회관에 대한 회의에서도 비롯하는 것이지만, 시인 자신의 불안감과 무력감에서 비롯하기도 한다. 모두가 市民이 되어버린 사회에서 공포 정치가 남기고 간 역경만을 내세우고, 종교적 이상을 추구하는 시인들

---

6) *Vie.* pp.5.

7) *Poésies.* pp.48.

8) *Ibid.*, pp.52. 앞의 「시와의 별리」 제2부에 해당하는 이 작품은 앞의 것과 거의 같은 시기에 쓰인 전향 이전의 작품이며, 두 작품 모두 생트-뵈브의 초기 시들에 공통적으로 보이는 라마르틴느의 영향이 농후하다. 특히 후자는 고전적 비유인 신화(Mentor, Phébé, Aphrodite, Delos)와 고대시의 주제들을 결합하고 있어 생트-뵈브 시의 의고전주의적와 신비주의적 면모를 보이기도 한다. 그러나 이러한 의고전주의적 시법에도 불구하고, 햄릿과 오필리아가 연출하는 비극적 상황 속에 묘사된 시인의 운명은 이미 미래 시인들이 노래할 액운을 암시한다.

에 환멸을 느낀 청년 시인의 태도는 충분히 납득이 가는 것이지만, 그
것은 시인 자신의 개인적 상황과도 무관하지 않다. 이 시인의 〈세기
병〉이 귀족들의 그것과는 근본적으로 다르다는 점에서도 이러한 사실
이 잘 드러난다. 〈세나클르〉 시인들처럼 성직을 노래하는 경우에도 그
의 주제는 왕당파적이지 않다. 그는 18세기 계몽주의의 자연 종교를
숭배한 시민의 아들로서 왕정주의를 받아들일 수 없었다. 그러나 철학
의 합리성에서 비롯한 철학적 교만이 그 비인간적인 건조함에 대한 반
감 때문에 수그러들면서 그의 시심은 다시 불붙기 시작한다. 그는 다
시 시의 위력을, 그리고 시인들에게만 가능한 역할을 인정하게 되었다.
시인들과의 교감을 운문으로 노래하려는 들로르므의 심정이 간곡하게
드러난 「생애」의 한 구절을 보자.

> 인간적인 것은 모두 인간의 존경을 요구할 권리가 있으며, 위안을
> 주는 것은 모두 불행한 존재에게 쓸모가 있다는 사실을 그는 깨닫고
> 있었다. 그는 예전에 그 억양 accent를 빈정거리며 읽었던 듣기 좋은
> 시적 한탄들을 순진하고 소박하게 다시 읽어갔다. 이승에서 자신들의
> 고통을 노래하는 선민들과 어울리고, 그들을 본받아 해조 어린 언어로
> 탄식하겠다는 생각이, 그의 비참함의 밑바닥에서 그에게 미소를 지어
> 보이며 그의 원기를 약간 북돋아 주었다.[9]

생트-뵈브에게서 보이는 시인의 종교적 기능은 성직자의 권위를 떠
맡으려는 당시 시인들의 그것을 이미 앞서 간다. 성직의 고통과 환희
를 함께 나눌 동료들을 만난 생트-뵈브는 이 〈세나클르〉의 시인들이
누릴 시인의 성직을 인정하면서도 이미 그 이후의 절망적 상황을 예감
함으로써 저주받은 시인들의 이마쥬를 제공한다. 그럼에도 불구하고
시인은 동료들의 순수한 시혼을 높이 산다. 학대받지만 메시아를 기다

---

9) *Vie*, pp.15.

144

리는 성스러운 사도들은 밤이 되어 〈세나클르〉에 모여 무릎을 꿇고 위대한 기적을 이야기한다. 비록 수는 적어도 그들은 서로 화합하면서, 신의 약속이 이행되기를 기도한다. 시인을 몽상가로만 여기는 속인들이 퍼붓는 저주는 오히려 그들에게 순교의 기회를 마련해 줌으로써 비천한 시인 족속을 영광스럽게 한다.

> 가장 고결한 얼굴들에 비열한 인간이 뱉은,
> 더러운 침을 도끼날이 피로 씻어내고, 아테네의 웅변 선생들과
> 로마의 현인들이, 인간으로 화신한 신의 아들들을
> 오만하게 비웃고, 네로 같은 놈들이 학살을 일삼던 이 순교와 영광
>   의 시절에,

(「세나클르」)10)

시의 형식 면에서는 아직 고전주의를 벗어나지 못하고 있지만, 그의 자유주의 시인관은 낭만파가 지니고 있던 시인의 성직에 새로운 개념을 불러일으킨다. 낭만파 시인들이 고대 그리스 시인들처럼 대중에게 사상과 과학을 가르치려는 의도에서 시를 쓰기 시작한 것은 사실이지만, 그들은 사회 계몽보다는 포교에 주된 관심을 보냈다. 라마르틴느가 억압적 이성을 완화하는 명상을 제시하지만, 그는 여전히 찬송가나 다름없는 종교적인 시를 노래하고 있었다. 위고는 아직 자유주의로 전향하지 않았고, 〈세나클르〉의 시인들 대부분은 새로운 현실을 자유로운 형식으로 표현하려는 낭만주의의 본질을 의식하지 못하고 있다. 이러한 상황에서 그들의 고전주의 비판은 어쩔 수 없이 지나치게 엄격한 그 문학에 대한 것에 머물 수밖에 없었다. 이때 생트-뵈브와 위고와의 만남이 종교성 짙은 낭만파 시인들의 성직 개념을 바꾸어 놓기 시작한다. 그리고 생트-뵈브는 좀더 자유주의적인 성직으로서의 시인의

---

10) *Poésies*, pp.62.

이상을 실현하고, 밀튼 같은 현대 시인이 되려는 의지를 실현할 수 있
으리라는 기대에 휩싸인다. 전향에서 비롯하는 새로운 시인의 탄생이
의미하는 바가 여기에 있다. 〈세나클르〉의 궤도에 진입하면서도 철학
을 포기한 것은 아니었지만, 새로운 시학 정신인 유심론에 관한 관심
은 늘어만 간다. 이 유심론과 다소 거리를 두면서도 생트-뵈브는 그
것을 종교와 연계시켜 갔다. 신학이 아닌 시가 그를 어린 시절의 종교
로 복귀시켰고.[11] 내면 종교에서 유래하는 시의 성직은 그에게 시심을
다시 불러일으켜, 그토록 경원시하던 시의 종교성을 받아들이게 한다.

> 우리 시대는 더 나아졌다. 그렇지만 여기에서도 독성을 저지르고,
> 빈정거리는 자들은 보이지 않는 신에게 아직도 저주를 퍼부어 댄다.
> 신비의 사도인 신성한 시인이,
> 하늘에서 어떤 것을 땅으로 갖고 내려온다면, 〈그는 급히 어디로 뛰
>   어가는가?
>
> 미친 듯이 분노하는 이 가객이 우리에게 바라는 것은 무엇인가?〉
> 아! 경멸은 생각을 감추고 있던 마음에 생각을 되돌려 보내누나,
> 마치 다시 시작되는 겨울이 내달리던 물결과
> 이미 쏟아진 거대한 폭포를 산비탈에 멈추게 하듯이.[12]

  대중은 시인을 이해하지 못한다. 시인은 대중을 경멸한다. 그렇다고
시인은 침묵할 것인가? 그렇지 않다. 그럴 수는 없는 시인은 계속 노
래하고 기도한다. 또 밤이 오면 가끔씩은 무지한 경멸자들로부터 멀리
떨어져서 시인들은 서로 대화하고, 아무리 극소수의 목소리이지만 귀
기울이고, 서로 도와야 한다.

---

11) Lettre du 26-Ⅶ-1829 à l'abbé Eustache Barbe, *Correspondance
   Générale* I, recueillie, classée et annotée par Jean Bonnerot,
   Librairie Stock, 1935, pp.137-138.
12) *Poésies*, pp.62.

모두 모여, 서로 이해하고, 그리고 서로 사랑하며, 서로 말하라.
시인들이여, 결코 리라에 절망하지 말지어니, 세기가 우리의 것이기
   때문.
이 세기는 당신들의 것이니, 노래하라 오 조화로운 목소리들이여,
그러면 곧 선망하는 인간들의 무리가 무릎을 꿇을지니.

(「세나클르」)13)

이러한 거센 모멸의 시기에 외롭게 맞서 싸우는 천재 시인 위고가
〈아직 그 영광이 빛나지 않아도 동료에게 늘 웃음을 보내고〉, 숭고하
고 정결한 비니가 〈이 향연에서 고개 숙여 사색하며 슬프고 온화한 눈
길로 동료들의 목소리를 경청할 때〉, 생트-뵈브는 모든 낭만파 예술
가들의 단결을 외친다.

예술의 우애여! 행복한 결합이여!
여러 해가 지난 뒤에도 그 추억이
늙은이를 매혹시킬 밤들이여!
결국에 이 황홀한 기쁨이 사라지고,
운명이 그토록 소중한 삶들을 덮치면서,

(〈오 비록 대단히 늦었을지라도!〉)14)

1830年, 생트-뵈브는 여전히 〈살롱〉15)으로 남아 있는 〈세나클르〉와
결별을 고한다. 비록 전향의 시기에 느낀 짧은 순간의 기쁨이지만,
생트-뵈브가 받아들인 이 성직의 개념은 낭만주의 논쟁의 진로에서
중요한 위치를 점한다. 자유파의 『글로브』紙에 낭만파 시인들에 관한
평론을 싣는다는 것은 생각하기조차 어려운 시기에, 낭만파 시인들에
관한 생트-뵈브의 평론은 자유주의자들이 파악하지 못한 시인들의 새

---

13) *Ibid.*, pp.63.
14) *Ibid.*, pp.64.
15) Œuvres de Sainte-Beuve Ⅰ, pp.381.

로움을 세인들에게 일깨워 주었다. 비록 종교성이 강한 그들이지만, 여기에는 기존 종교에서 느낄 수 없는 새로운 이상과 새로운 성직자로서의 면모가 존재하고 있었다. 낭만주의를 종교로 하는 시인 성직에 내재하는 현대적 서정성을 정확하게 포착한 그는 "모든 고난과 쇄신의 시기에 정치적 격랑의 증인이 되어 어느 부분에서 그 심오한 의미, 그 숭고한 법칙을 포착할 수 있는 자, 그 눈먼 사건 하나하나에 지적이고 울림 있는 메아리로 답할 수 있는 자는 누구나, 혹은, 이 혁명과 동요의 시기에 자기 자신에 몰입하여, 자신 속에 별도의 세계, 감정과 사상의 시적 세계를 세울 수 있는 자는 누구나 서정적이리라."[16]라고 말한다. 그러나 이 서정성이 희망을 주는 것은 아니다. 〈빛바랜 세계 l'univers décoloré〉에서 시인은 그저 〈처음에 이 세상을 밝히던 황홀한 섬광을 다시 찾으리라는 무모한 바람〉으로 생명을 유지해 갈 뿐이다. 더 정확히 말하자면, 시인은 처음부터 시의 사회적 기능이나 시인의 사회적 역할을 중시하지 않는다. 서정성의 본질이 비극성에서 출발하기 때문이다. 시인은 현실을 직시하려 하지만 용기를 잃고 만다.

> 눈까풀 들어 올리지만 헛일이다,
> 마음의 눈도 없으면서 무엇을 볼 수 있을까?
> 오 하늘이여, 내게서 그대의 빛을 앗아가소서.
> 그러나 내 최초의 불꽃을 돌려주소서.
> 나를 밀튼처럼 눈멀게 하소서![17]

　1827년 2월 13일 위고에게 보낸 편지에도 동봉한 바 있는 이 작품은 생트-뵈브의 가장 오래된 시 가운데 하나로, 어설픈 기교에도 불구하고, 지탱하기 어려운 이승의 삶을 마감하면서 〈학문과 자유의 미래를 드러내 줄 예언자〉[18]를 고대하는 시인의 심정을 묘사하고 있다. 그러

---

16) *Sacre de l'écrivain*, pp.414.
17) *Vie*, pp.23.

나 그 기대가 실현 불가능한 것임을 그는 알고 있다. 시의 〈제1부〉에서 불운한 시인은 잃어버린 〈매혹적인 꿈과 달콤한 기대 …… *Songe charmant, douce espérance* ……〉를 이렇게 회고한다.

> 불행한 자, 나는 아직도 꿈꾸고 있으며,
> **폐적의 시인, 나는**
> 내가 찬양하는 신의 제단에서
> 재에 덮여 번민한다,
> 불꽃이 떠난 아궁이 되어.19)

(강조 필자)

여기에 환멸이 존재한다. 1830년 판(Delangle)과 1861년 판(Poulet-Malassis)에서 〈poète désenchanté〉로 바뀔 이 〈poète déshérité〉는 낭만파 시인들의 애착어가 된다. 라마르틴느의 시에도 현실의 삶에 절망을 느낀 시인의 모습은 존재한다. 그러나 그의 절망은 반쯤만의 절망이며, 나머지 절반은 희망이다. 그러나 〈폐적의 시인〉은 라마르틴느나 유고처럼 유배지를 살아가는 타락한 천사도 아니고, 또 다른 세상에서 진실을 발견하기를 기대하는 시인도 아니다. 신앙을 잃고 미래에 대한 기대감을 상실한 가운데, 현실의 삶에도 독서에도 지친 그의 모습은 이미 환멸을 보이고 있다. 이런 의미에서 1829년 간행된 『죠제프 들로르므』는 1830년의 부르주와지의 승리에서 기인하는 세인들이 느끼게 될 환멸을 누구보다도 일찍 예고하고 있다. 프랑스 낭만주의 시인들에 대해서는 평소 가혹한 비판을 가하던 푸시킨이지만 이러한 현실적 환멸의 시인 생트-뵈브에 관해서는 예외적으로 "아직 어떤 언어에 의해서도 의지가지없는 우울(spleen)이 그토록 냉정하고 정확하게 표현된

---

18) *Les sept Messéniennes nouvelles de Casimir Delavigne* in *Portraits Contemporains* Ⅰ, pp.471.
19) *Poésies*, pp.22.

적은 결코 없었다. 온통 열정에 내맡겨진 비참한 청춘의 방황들이 그
와 같이 환멸적으로 다루어 진 적은 결코 없었다."[20]라고 말하지 않았
던가? 그것들이 우울과 방황의 표현이었다는 사실보다는 오히려 냉정
하고 정확하게 환멸적으로 표현되었다는 것이 중요하다.

조제프 들로르므의 죽음을 연상케 하는 「꿈꾸는 아이」의 근저에도
역시 환멸이 존재한다. 많은 낭만파 시인들이 사용한 〈꿈꾸는 소년〉이
나 〈익사 소년〉의 이마쥬는 테오크리토스의 『목가』 XIII(Hylas)에 그
근원을 두고 있다. 이 「꿈꾸는 아이」에서 분석의 대상은 절망한 시인
이며, 시의 내용은 곧 조제프 들로르므 자신의 이야기임이 드러난다.
아름다운 일라스의 영혼은 시인의 고통을 상징한다. 삶에 환멸을 느낀
소년은 호수 속으로 뛰어들고, 파도가 하얗게 그의 머리를 덮자, 슬픈
파도가 그를 삼켜 버린다. 그러자 모든 자연의 동식물의 면모가 일시
에 변해 버린 호숫가에서 소년의 어머니가 그를 찾아 헤맨다.

> 그리고 기적적으로 탈출하여 네가 돌아온다 해도,
> 한낮의 불볕을 쬐며 너의 젖은 몸을 말려
> 너의 원기가 조금은 되살아남을 느끼고,
> 파선의 장면들에 언제까지나 창백한 모습으로,
> 여전히 순결한 루트를 켜며, 회양목 플룻을 불며,
> 긴긴 밤 그것들을 노래하려 할 때도,
> 아무도 너의 노래 속의 담긴 네 생각을 따라가지 않을 것이며,
> 그리고 멀리서 너의 정신 나간 탄식을 비웃기나 하리라.[21]

시의 전반부에서 느낄 수 있는 산문조나 친밀조의 어휘와 시 기법,

---

20) Cf. G. Morguils, *Autour d'un sonnet de S. -B* in *Revue de la
Littérature Comparée*, t. 14(1934), pp.487, et H. Mongaut,
Pouchikine en France cité in *Gérald Antoine*, pp. C XXXII.
21) *Poésies*, 99.

150

의미나 이마쥬, 언어표현에 새로운 의미를 부여하려는 정교한 노력은 오히려 독자에게 기이함을 자아낼 정도이다. 어리석은 대중들은 자살한 소년의 애환을 분석한 이 구절에서의 시인의 탄식 역시 기이하게 받아들인다. 시인 역시 자신의 〈정신 나간 탄식〉 속에 곧 천박하게 여겨져 외면당할 시인의 운명을 상정하고 있다. 이 기이함과 시인의 전락 역시 미래에 큰 기대를 걸지 않는 회의주의 정신과 밀접한 관련이 있다. 그래도 사람들은 아무 것도 모르면서 〈야생마 같은 시인〉의 이름을 부를 것이고, 한 치 앞의 자신의 운명도 볼 수 없는 몽상의 시인들은 "영원한 경치 위에 꿈꾸며, 여전히 자신의 눈물이 물위로 흘러내리고, 탄식하는 파도 소리 속에 덧없는 요정의 잊혀진 이름을 듣고, 호수의 파도 위에 태양이 물결치는 것을 보며 살게 될 것"[22]이다. 그러나 생트-뵈브의 미래에 대한 몽상은 순수하지만은 않다. 라마르틴느의 꿈과 달리 그의 꿈은 내면으로 파고들수록 파행을 예고한다.

> 그리고 끔찍한 추억이 다시 살아나 거기에 섞이면
> 태양을, 푸른 파도를, 온화한 여인의 이름들을, 이 모두를 망치리라.
> 영혼의 심연을 측정해 본 者에게 불행 있으라![23]

환멸의 비애는 삶의 좌절에서 유래하고, 이 좌절은 깨어진 이상에서 기인한다. 라마르틴느의 경우처럼 이상에 거는 기대가 큰 경우 좌절은 몽상을 낳지만, 회의주의자의 경우처럼 삶의 이상뿐 아니라 절대지에 거는 기대 또한 철저하지 않을 때, 좌절은 비극적 인간관을 낳는다. 회의주의자에게 절대지의 확실성이란 곧 환상을 의미하며 이 환상은 항상 깨지게 마련이기 때문이다. 생트-뵈브라는 〈18世紀의 아들〉은 이 평범한 진실을 깨닫는 아픔을 거치면서 시인이 된다. 훗날 생트-뵈브

---

22) *Ibid.*, pp.99-100.
23) *Ibid.*, pp.99.

가 제2제정하에서 콩도르세를 비롯한 계몽주의자들의 이상론을 신랄하게 비판하여 어용 비평가로 몰리게 되는 것도 이런 절대지에 관한 회의적 태도와 무관하지 않다. 『죠제프 들로르프』를 쓸 무렵의 시인 생트-뵈브는 플라톤 자신도 확신 못한 것으로 여겨지는 이데아의 존재가 제자들에 의해 절대적인 존재로 변질된 것이 아닌가 하는 의문을 제기하고 있었다. 실제로 플라톤의 설교를 듣는 제자를 가정하여 스승도 자신의 사상을 확신하고 있지 못함을 깨닫고 실망한 나머지 자살을 선택하는 과정을 묘사한 「자살」에는, 이데아의 확실성에 의문을 제기하는 제자의 심정이 잘 나타나 있다.

> 그 옛날 플라톤이 신성한 열정에 사로잡혀,
> 수니옴 정상에서, 그리고 광활한 지평선 경계 너머로,
> 그의 설교를 듣고자 둥그렇게 모인 제자들에게,
> 우리 영혼이 펼쳐져야 하는, 그리고 이성이 보는 저 세상을 손가락
>   으로 가리키고 있을 때,
>
> 스승의 말씀에 도취된 그들 가운데 하나가,
> 더 이상 그 끔찍한 아마도의 불안감을 참을 수 없어,
> 매 순간 연장되는 고통을 끝내기 위해,
> 바위 위로 올라가, 거기에서 뛰어 내려 不滅 속으로 잠겨들었다.[24]

이 제자가 다른 세상의 행복을 믿고 자살을 선택하는 것은 결코 아니다. 이승의 삶뿐 아니라 저 세상의 이상을 노래하는 글을 읽는 데도 지쳐 있다. 삶과 학문 양쪽 모두에 지친 시인은 다가올 부르주와의 시대에서 소외될 〈폐적의 시인 poète déshérité〉의 운명을 예고한다.

> 욕망이 그만큼 순진하지 못하고, 헛소리가 그만큼 아름답지 못해,

---

24) *Ibid.*, pp.36-37.

사는 일에 환멸을 느끼고, 이 세상의 책에서 읽는 일에 지쳐,
샤를르는 저 높은 곳에 더 나은 세상을 기대하지도 않으면서,
바람과 파도가 서로 다투어 침식하는 바위를 죽으려고 기어오르고
   있었다.25)

여기에 등장하는 샤를르는 생트-뵈브 자신이라고 보아도 무방하다.
달콤한 꿈의 시절을 다 보냈고 삶에 찌든 의학도 시절의 작품인 이 시
에서 시인은 비록 좌절을 느끼고 있기는 하지만 그 정신만큼은 아직
순결하다. 그의 꿈도 역시 순진하다. 그러나 이제 시인이 되면 그 꿈은
단순한 현실 도피가 아닌 병든 꿈이 되리라. 주위의 연인들이 누리는
〈잔인한 즐거움 une gaité cruelle〉은 순진한 시인을 유혹하여 깊은 상
처를 남긴다. 치유 불가능한 상처 때문에 서서히 죽어 가는 자신을 방
치하는 시인은 이 과정을 자살로 묘사한다. 자살을 결정하고 나면 이
미 꿈은 순수하지 못하다. 〈독성의 꿈 un rêve sacrilège〉은 광기와 병
을 유발시키고 시인의 죽음을 선고한다.

바위 곁으로 지나가던 몇 쌍의 연인들이 그를 부른다,
그리고 밑에서 잔인한 즐거움을 보내며, 그를 행복에 초대한다.
행복을 즐기시오, 하늘의 보호와
사랑을 받는 그대여, 그리고 결코 어떤 독성의 꿈도 침범한 적이 없
   던 그대여.

인류에게는 끔찍한 생각들이 존재한다.
떨어지는 화살들이 상처 입힌 영혼들은 거기에서 회복될 수가 없으
   리라.
삶은 그로 인해 망가졌고, 너무나 더딘 시간들은
흘러가면서 핏자국을 남겨 놓는다. 죽기만 하면 된다.26)

---

25) *Ibid.*, pp.37.
26) *Ibid.*, pp.39.

이렇게 『죠제프 들로르므』가 1830년 이전에 쓰인 작품으로 구성되어 있으며, 어느 역사가나 정치가보다 일찍이 역사의 단절을 인식하고 환멸을 주제로 한 시를 썼다는 점에서 삐예르 바르베리스는 다른 사회과학자들보다 한층 깊이 있는 시인의 통찰력을 높이 산다.[27] 시인의 위대함이 여기에 있다. 그리하여 바르베리스가 보는 역사적 단절의 시기는 1830년이 아니라, 마르띠냐끄가 수상에서 물러난 사실에 대한 실망감을 토로하는 1827-1828 년으로 앞당겨진다. 그러나 환멸의 원년은 그보다 더욱 거슬러 올라가 자신을 〈폐적의 시인〉으로 비유하던 1827년 초 이전으로 앞당겨 보아야 하리라. 즉 환멸의 주제는 이미 생트－뵈브가 고전주의적 시를 쓰던 시절의 시로부터 시작하고 있는 것이다. 계몽주의의 과도한 낙관론을 비난하는 부르주아 출신의 생트－뵈브는 낭만파 시인이 되면서도 시인의 성직에 크게 기대를 걸지 않은 만큼 그 환멸 또한 크지 않았다. 성직과 환멸 같은 거창한 주제는 곧 사라지고 시인은 곧 현실적 주제로 돌아오게 된다. 원수 같은 이상이 환멸로 바뀌면서 비로소 시가 현실을 인식한 것이다.

2. 부르주와지의 시

생트－뵈브의 시는 개인적인 삶에서 출발하여 그 구체적 삶을 노래하는 개인시 속에 누구나 공감할 수 있도록 사회의 현실을 객관화했다. 감수성과 영혼의 시인 라마르틴느가 건조한 시에 부여한 생생한 감동은 그 시대 귀족들의 염원이었다. 이 시에는 사실성이 결여되어 있었는데 그것을 위고가 메우기 시작했다. 그러나 위고의 시의 사실성은 관념 속에만 존재한다. 그가 다루는 역사와 여기에 등장하는 인물

---

27) Pierre Barbéris, *Signification de* Joseph Delorme *en 1830* in *Lectures du réel*, Éditios sociales, 1973.

은 현실이 아닌 상상력의 산물에 지나지 않는다. 그리고 위고는 사물의 내면성 탐구에 충실한 나머지 은유의 추구에 과도하게 몰입했다. 당연히 기법이 중시되는 이러한 은유는 전체적 조화보다는 어휘나 수사법을 강조하게 한다. 스승 위고의 가르침을 벗어난 생트-뵈브의 시에는 내용과 형식이 비교적 조화를 이루며 재현된다. 그의 시는 개인적 삶을 보이는 그대로 비추는 거울이다. 거울 같은 생트-뵈브의 시는 건조함을 드러낼 수밖에 없지만, 거울은 편파적이지 않아 대상을 성역 없이 고루 비춘다. 시인은 이 거울에 비친 일상적 삶을 살아가는 자신과 주변의 이야기를 쓰고, 이 삶의 이야기가 다시 거울에 비친다. 생트-뵈브가 위고보다 더욱 과감한 낭만파 시인이 되는 것도 바로 이 평민성 때문이다. 생트-뵈브 시의 중요한 소재라 할 수 있는 이 평민성이 사유로운 시 형식과 조화하여 〈죠제프 들로르므〉의 레알리즘을 탄생시킨다.

생트-뵈브의 평민적 면모는 시집의 제목 『죠제프 들로르므』에도 잘 드러난다. 독자들은 이 시집의 기이한 내용과 제목에 당황하지 않을 수 없었다. 재판(1830)을 간행하던 시인조차 천박하게 여길 정도로 부르주와적인 이름과 성은 당시의 상식을 벗어날 정도로 획기적인 것이었다. 당시만 해도 고상한 이마쥬를 연상시키는 것으로만 여겨지던 시집의 제목을 일상생활에서 흔히 만나는 소시민 모 씨의 이름인 〈죠제프 들로르므〉으로 삼은 시집. 이웃처럼 느껴지는 이 주인공의 개인적 삶과 유물론적 사상을 담은 시집에 대해 사회주의자들은 열렬한 지지를 보냈다. 그것은 귀족 출신의 샤토브리앙, 라마르틴느, 비니와 장군의 아들 위고, 문인 가문의 뮈세와는 달리 부르주와 출신인 〈죠제프 들로르므〉의 진보성에 보내는 갈채였다. 세기병에 걸려 의도적 죽음을 택한 시인에게 사회주의자들이 보낸 갈채는 무엇을 의미하는가. 생트-뵈브에게도 〈르네〉가 주는 감동은 무시할 수 없는 것이었다. 그러나 이 감동은 보수적인 귀족 출신임에도 불구하고 혁명에 대한 열정을 지니고 있던 청년 시절의 〈르네〉가 느끼던 신분적 갈등에서 비롯한다. "감히 내 생각 전체를 요약할 수 있는 이름을 댈 수 있다면, 이 초기의 샤토 브리앙 속에는 〈죠제프 들로르므〉의 요소가 있다고 말하리라. 〈죠제프 들로르므〉 속에서 진정 내가 하고자 했던 것은 고통받고 괴로워하는 순박함의 예를 프랑스 시에 도입하는 일이었다."28) 샤토브리앙이 『혁명시론』에서 자신을 〈변두리 동네의 베르테르와 르네 Werther et René des faubourgs〉처럼 여기고 있었다는 사실을 상기시키는 생트-뵈브는 무엇보다 르네의 소시민적 면모를 중시한다. 그래서 그는 이렇게 말한다. "그는 우리에게 자신의 비참한 삶 가운데에서 가장 비천한 위안을 깨우쳐 준다. 마치 인민의 아들인, 변두리 동네의 베르테르와 르네가 그럴 수 있듯이."29) 그래서 〈쟈코뱅派이자 의학도인 베르테르 Werther jacobin et carabin〉, 〈제3신분의 베르테르 Werther du tiers état〉30)인 들로르므는 〈변두리 동네의 르네〉가 될 것을 결심하게 된다. 그러나 생트-뵈브의 〈세기병〉은 르네처럼 절망적이기보다는 〈진정한 르네 le vrai René〉, 〈영광 없는 르네 le René sans gloire〉인 〈오베르만 Oberman〉처럼 현실적이다.31)

부르주와 시인 생트-뵈브는 같은 계층의 형제들이 겪는 서민의 고통을 치유할 수 있으리라는 기대 속에 시를 써 갔다. 그러나 고통의 진실과 마주하면서 그의 영혼은 〈기괴한 상상력, 생생한 레미니선스, 사악한 팡떼지, 사산된 대사상, 광적인 행위로 이어지는 현명한 선견지명, 신성 모독 뒤에 오는 경건한 열정들이 절망의 바닥에서 혼란스럽

---

28) *Causeries du Lundi* X, Garnier, pp.82 note.
29) *Ibid.*, pp.82.
30) Guy Michaut, *Sainte-Beuve avant les Lundis*, Freibourg et Paris, 1903, pp.173.
31) *Chateaubriand et son groupe littéraire sous l'Empire* I, Nouvelle Édition Annotée par Maurice Allem, Classiques Garnier, 1948, pp.290.

156

게 뛰놀고 소란을 피우는 알 수 없는 혼돈〉[32]들로만 넘쳤다. 그러나 이러한 불확실한 내용은 시인을 좌절시키지 않고 오히려 새로운 시의 영역을 구축해 나가게 했다. 셰니예를 모범으로 삼아 기법을 심화시키는 것 못지않게, 이 기법 위에 그가 미처 예견하지 못한 새로운 시대의 사상을 표현하는 것 또한 무척 중요했다. 프랑스 애가의 전통을 자랑스럽게 복원한 라마르틴느의 전통을 계승하려 하면서도 생트-뵈브는 그 고상함과는 다른 그 어떤 것이 결여된 데서 오는 아쉬움을 느낄 수밖에 없었다.

여기에서 부르주와 시인만이 느끼는 고민을 표현하고, 부르주와 시인이기에 선택할 수밖에 없었던 평범한 현실을 숭고한 애가 형식에 담으려는 놀랄 만한 새로운 시도가 유래한다. 「단상」에서 생트-뵈브는 바로와 롱사르의 애가를 서부하고, 파르니의 우아하고 생동감 넘지며, 심오한 감정을 담은 애가를 〈단가 épigramme〉나 〈마드리갈 madrigal〉에 지나지 않는 것으로 평가하면서 이와 대조적으로 라마르틴느의 단순하면서도 위대한 애가를 다음과 같이 높이 평가한다.

그래서 우리들 가운데 애가의 창작가로 남은 것은 앙드레 셰니예와 라마르틴느이다. 자연을 간추려 총체적으로 묘사하고, 특히 광활한 바람들, 키 높은 풀들, 널따란 잎사귀들에 애착을 갖고, 이 한계를 모르는 광경 한가운데에, 이 거대한 시야에 가장 진실하고, 민감하고, 종교적인 모든 것을 투사함으로써, 라마르틴느는 단번에 장엄한 단순성의 효과를 획득하였으며, 오직 한 번만 가능하던 것을 한 번에 영원히 표현하였던 것이다. 라마르틴느가 창조한 애가 장르는 그에 의하여 종료되었고, 오직 그만이 그 애가의 위험을 무릅쓸 권리와 능력이 있는바, 누구든 이 장르를 시도하고자 하는 자는 그 스승을 모방하는 데에 그치게 될 것이다.[33]

---

32) *Vie*, pp.17.
33) *Pensées* XVII, pp.149.

라마르틴느가 점해버린 애가의 성역에서 빠져나오려는 생트-뵈브의 노력은 이제 마지막으로 애가에서 다루어지지 않은 〈덜 고상하고 더욱 제한적인 것 quelque chose de moins haut et de plus circonscrit, 더욱 세밀한 본성 속에 놓인 덜 보편적인 감정들 des sentiments moins généreux encadrés dans une nature plus détaillée〉의 표현으로 이어졌다. 생트-뵈브의 회화성의 시학의 진정한 시원이기도 한 이 영역들은 늦게 온 뮤즈만이 느낄 수 있는 저 구석진 모퉁이의 세밀함들이었다. 그런데 세밀함이 부족하긴 해도 앙드레 셰니예의 애가는 〈심리학에 빠지는 법이 없이 sans tomber dans la psychologie〉[34], 다시 말해서 관념에 빠지지는 법이 없이, 그리스·로마의 영웅이나 역사적 인물이 아닌 현실의 평범한 여성들을 철저히 계산된 유연한 시법으로 묘사하여 완벽한 분석적 애가의 모델을 제공함으로써 - 〈따랑뜨의 아가씨〉와 〈젊은 여수인〉의 경우가 그렇다 - 그가 묘사하는 영혼에 어느 정도 사실적으로 다가갔다. 그러나 애석하게도 앙드레 셰니예 이후 이러한 애가들은 많이 쓰여지지 않았다. 그래서 생트-뵈브는 샤를르 노디예, 쥘르 르페브르, 따쉬 부인, 베랑제, 귀뗑게 같은 작가의 몇몇 작품들 속에 살아 숨쉬는 애가의 정신과 기품을 계승하려 한다. 이러한 노력은 전통을 뛰어넘은 생트-뵈브만의 독특한 애가를 낳는다.

나 역시 이 장르의 시를 시도했고, 나의 선배들 이후 겸손하고 평민적으로, 본성과 영혼을 세밀히 관찰하고, 그러나 현미경을 사용함이 없이, 사생활의 내용을 그 본래 이름으로 지칭하고(nommant les choses de la vie par leur nom), 그러나 규방보다는 초가를 택하면서, 어느 경우에나 인간의 감정과 자연물(les objets naturels)의 묘사를 통해 이 가정적 세부 사항들의 산문조를 부각시킴으로써, 내 방식대로 독창적으로 되려 노력하였다.[35]

---

34) *Ibid.*, pp.149.
35) *Ibid.*, pp.150.

『죠제프 들로르므의 생애와 시와 단상』의 핵심과도 같은 이 「단상」
의 구절 속에 생트-뵈브의 시를 이해하는 데 필요한 대부분의 개념이
나열되어 있다. 즉 근본 형식으로서의 라마르틴느와 셰니예의 〈애가〉,
소재로서의 〈사생활의 가정적 세부 사항 les détails domestiques〉, 표현
기법으로서의 회화를 의미하는 〈그 본래 이름으로 지칭하는〉 직의어,
시어로서의 산문조(le prosaïsme) 등이 바로 그것이다. 그러나 무엇보
다 이러한 요소들을 이끄는 〈겸손하고 평민적으로 humblement et
bourgeoisement〉 노력하는 자세야말로 생트-뵈브의 독창성을 이루는
가장 중요한 요소로 여겨진다. 이러한 시법이 현실을 구체적으로 표현
하면서도 시 형식과 산문 형식의 경계를 벗어나지 않고 자유로운 표현
을 가능하게 한다. 시 형식의 엄격함을 내세우기만 할 것이 아니라 산
문 형식의 자연스러움을 포용해야 할 필요가 있다. 그것은 시가 표현
하는 것이 어차피 현실일 수밖에 없기 때문이다. 복잡한 현실의 미묘
함을 어찌 시의 형식 속에 다 가둘 수 있을 것인가. 평민의 시를 지향
하는 시인은 과감히 저속함까지도 수용할 것을 선언한다.

　　시에는 두 가지 형식이 존재한다. 1. 산문과 공통으로 시에 존재하
는 것, 즉 문법적, 유추적, 문학적 형식. 2. 시에 고유하고, 앞의 형식보
다 더욱 내면적인 것, 즉 음률적(rythmique), 운율적(métrique), 음악
적(musicale) 형식. 시의 지고한 형식은 이 불완전한 두 형식을 양립
시키고, 두 형식이 서로에게 효력을 유지하도록 하는 것이다. 그러나
이 결합이 쉬운 것은 아니며, 한쪽을 위해 다른 쪽을 희생시킬 수밖에
없다고 여겨질 때, 시인은 당연히 엄밀한 의미에서의 시 형식을 선호
하는 쪽으로 기울게 된다. 어느 정도까지는, 특히 초기에는 그렇게 해
도 무방하다. 그러나 시인이 자신의 주형에 전적으로 확신을 갖고, 내
면적이고 본질적인 형식을 소유하면서부터, 이따금 불확실한 경우 그
형식을 일탈할 줄도 알아야 하고, 더구나 저속한 형식이 다른 쪽 형식
보다 자연스러움과 간결성의 이점을 지닐 때는, 비록 엄밀함이 부족하

다 하더라도, 그 형식을 선택하는 쪽으로 기울어질 줄도 알아야 한다
고 감히 충고하고 싶다.[36]

  이 형식을 선택한 의도는 명백하다. 〈라마르틴느의 천상, 위고의 대
지, 라프라드의 숲, 뮈세의 열정과 찬란한 향연, 나머지 사람들의 가정
과 전원의 삶, 고티예의 스페인과 강렬한 색조〉[37] 등 모든 시의 영역
이 각 시인에게 배분된 때에 그에게 남아 있는 시의 영역은 없었다.
문학적 분위기에서 성장한 귀족들이 시의 모든 영역을 차지하고 난 뒤
부르주와 시인에게는 아무 것도 남아 있지 않았다. 보들레르에 대해
단 한 편의 평론도 쓰지 않은 생트-뵈브지만 1857年 7月 20日 이 시
인에게 보낸 편지에서 그는 이러한 늦게 온 뮤즈의 상황을 토로한다.
즉 "당신이야말로 예술파(l'école de l'art)의 시인이오. 당신 역시 어디
에서나 시를 추구하는 사람이지요. 그리고 사람들이 당신에게 남겨 둔
공간은 거의 없고 …… - 그토록 늦게 아니 마지막으로 와서, 내 생각
에 당신은 이렇게 생각했겠지 '그래, 그래도 시를 찾아내고야 말리라.
아무도 따 내려서 표현하려고 꿈도 꾸지 못한 곳에서 시를 찾아내리라.'
"[38]라고. 그것은 곧 젊은 시절의 생트-뵈브 자신의 상황이기도 했다.

    벌써 저마다 자기 자리를 차지한 뒤에, 늦게 왔으니.
    무엇을 해야 하나? 어디에 발을 디딜 것인가? 어느 좁은 공간에?
    그 모든 정신 분야를 노련한 선배들이 점하고 있었다.
    내게까지 오기도 전에, 유산은 분배되어 버렸다.

                                                    (「빌맹 씨에게」)[39]

36) *Pensées*, pp.148-149.
37) Charles Baudelaire, *Les Fleurs du mal*, Edition critique de
    Crépet et Blin, José Corti, 1968, *Petits Moyens de défense
    tels que je les conçois*, pp.438-439.
38) *Causeries du Lundis* IX, pp.535.
39) *Poésies complètes de Sainte-Beuve*, pp.374.

여기에 이르러 그의 탄식은 극히 절망적이다. 드디어 그는 비평적 재능에 힘입어 하늘에 깔려 있는 공상들을 끌어내리기 시작한다. 그것은 바로 자신의 근원을 파내는 고행이었다. 그는 오히려 후배 시인들에게 물려 줄 유산을 만들기로 한다. 그리하여 상승만을 추구하던 선배 시인들과는 반대로, 오히려 자신 속으로, 시민들 속으로, 그 터전인 도시 변두리로, 다시 말해서 현실의 바닥으로 내려갔다. 고전주의에서는 상상하기조차 어렵고, 낭만주의의 선배들도 의식은 하고 있지만 과감히 다룰 수 없었던 그곳에서 그의 시는 시작된다. 그 누구의 관심을 끌지 못하던 이 비천한 현실이 그의 시에 독창성을 제공한다. 때늦게 시를 시작한 불로뉴-쉬르-메르 出身의 부르주와지 시인에게 자연의 웅장함이나 이국정서 같은 것은 시야에 잡히지 않는다. 타락 천사도 아니고 추락할 공간도 없는 들로르므가 발견한 것은 소박하고 보잘것없는 자신의 상황뿐이었다.

> …… 나의 슬픈 벽 아래,
> 그 惡이 나를 괴롭히는 고상한 물건들로부터 멀리 떨어져,
> 내가 본 것은 꽃 한 송이뿐, 반쯤 파다 만 우물 하나뿐.
> 그리하여 내가 감행한 보잘 것 없는 것을 위해 나는 거기서 출발
> 했다.40)

이렇게 출발한 시는 〈몽상에 대한 극복할 수 없는 취향과 대개 생존의 고통스런 순응 때문에 조화롭게 애도된 마음의 고통에 관심을 갖는, 제한된 독자 계층〉41)에게, 〈시인의 노래가 된 실망어린 한숨, 고뇌의 외침, 뮤즈와 시인 간에 고독하게 오고간 눈물 가득찬 위안〉42)만을 제공한다. 그러나 플라토닉한 사랑에 실패하고 삶에 지쳐버린, 슬픔을

---

40) *Ibid.*, pp.374.
41) *Poésies*, pp.3.
42) *Ibid.*, pp.2.

함께 할 아내나 둘러앉아 담소를 나눌 벗들조차 없는 시인 자신은 시로부터 위안을 받지도 못한다. 다만 위안에 대한 기대감이 그의 존재의 이유였는데, 그것조차 매우 비정한 감정을 유발할 정도로 졸렬하다.

> 혹 내가 눈을 치켜들어, 생울타리 모퉁이로 사라지며
> 문득 내 마음속에 긴 연애 소설을 낳게 하는
> 하얀 발을 보았다 치기만 해도,
> 그것은 충분한 행복, 하루의 행복으로 충분한 것.
>
> (「산책」)43)

〈하얀 발〉을 보며 떠올리는 〈연애소설〉이 천박하게 여겨지지 않는 것은 무슨 이유에서일까. 이 질문은 일상적 삶의 현실을 시로까지 승화시키는 생트-뵈브의 시법의 본질과 연관된 것이기도 하다. 그는 라마르틴느처럼 인류의 문제에 마음을 쓸 겨를이 없다. 그의 시는 개인적 삶에서 유래하는 자신만의 고통을 노래한다. 시인은 자신이 위안받지 못함을 알고 있으며, 이 사실이 시인을 고통스럽게 한다. 그러나 여기에 시의 진실성이 있다.

> 밤은 차갑고, 내 방에 홀로 남아,
> 불 꺼진 냄비 옆에서 씽씽 바람 소리를 들으며,
> 이 12월 밤에 夫婦들이 나누고 있을
> 긴 입맞춤을 생각할 때면, 내 마음은 아프고, 자주,
> 아주 자주, 한숨을 내쉬며, 눈물을 흘리며, 나는 듣는다.
>
> (「스탕스, 커르크 화이트 모작」)44)

진실성과 함께 시인은 이승의 고통을 노래하며 〈빗장 사이로 비치는

---

43) *Ibid.*, pp.79.
44) *Ibid.*, pp.126.

햇살〉인 시로서 병든 동족들을 위로한다. 평민 시인에게는 아름다움보다 진실이 더욱 가치를 지닌다. 이처럼 일상성의 시인 생트-뵈브에게 가장 중요한 시의 요소는 진실성이다. 그리고 〈가장 보잘것없는 시라고 할지라도, 그것이 진실한 것이라면 매우 매혹적인 어떤 것이 들어있다〉고[45] 믿은 그에게 이 진실성은 자신과 같은 삶을 사는 평민의 삶 속에 존재한다.

> 나는 반대로 그들의 기원으로 올라가, 내가 한 지점을 지나왔을 뿐인 그 삶을 캐묻고, 그들의 출생, 골짜기와 어두운 숲에 끼어서, 농가의 지붕 아래서 시작된 그들의 첫 물결, 주변 사물들과 맺는 그들의 특별한 교섭을 알아보는 것이 항상 그렇게도 즐거웠다. 그 운명들이 소박하고, 자연스럽고, 가정적일수록, 나는 더욱 그들을 좋아하고, 흥미를 느끼고, 종종 내 자신 속으로부터 매료되기도 한다. 즉 들판의 데이지를 볼 때와 마찬가지로, 나는 신 앞에서 더욱 눈시울이 뜨거워지는 것이다.[46]

현실의 가혹함에도 시인은 고통의 근원인 현실을 포기하지 않는다. 야비하고 천박하게 보일 수도 있는 이 현실이 그의 시에서는 결코 이러한 인상을 줄 수 없다. 이러한 사실은 그가 〈우울하고 암울하며 거의 쟝세니스트적 감정을 타고난 화가〉라고 지칭한 아망 고티예에 관한 글에도 잘 나타나 있다. 시인 고티예의 글을 통해 이 화가의 미술 세계를 접하게 된 생트-뵈브는 그를 죠제프 들로르므의 짝으로 여길 만큼 많은 공통점을 발견하고, 다음과 같이 자신에 비교한다. "이탈리아나 스페인 수도원의 美나 웅장함은 없지만, 현대의 일상적 단조로움을 통해, 외딴 동네의 어떤 황량한 막다른 골목 끝에 있는, 오늘날 모습

---

45) *Vie*, 15-16.
46) *Volupté* Ⅱ, par Pierre Poux, édition des presses françaises et Société d'édition ≪Les Belles-Lettres≫, 1927. pp.132.

그대로의 수도원 경내의 냉랭한 권태를 재현할 줄 안다. 아망 고티예 씨는 죠제프 들로르므가 시를 쓰듯 그림을 그린다."[47]라고. 쟝세니스트 시인의 내적인 기독교는 그가 신비주의에 빠지도록 내버려두지 않는다. 내면성을 중시하여 현실을 떠나지 않는 그는 다른 무엇보다 그 현실 속에 진실을 추구하며 유심론적인 절충주의자들에게 이렇게 충고한다. 즉 "미·진·선은 보기 좋은, 특히 허울만 멀쩡한 명구다. 이것은 [……] 쿠쟁이 자신의 유명한 저서에서 사용한 명구지, 내 자신의 것이 아님을 털어놓을 필요가 있을까? 내게 명구가 있다면, 오직 「진실」, 「진실」 자체뿐이리라. 그리고 미와 선은 당연히 진실로부터 추출되어야 한다."[48]라고. 시인 생트-뵈브에게 가해진 모함과 오명에도 불구하고 그가 문학사적 관점에서 중요한 시인으로 평가되어야 하는 것은, 그의 진실성 때문이다. 이 진실성은 시에 있어 특별한 것은 아니지만, 그러나 일상성 속에 존재하는 이 진실성을 정교한 시법에 담기 시작한 시인은 정녕 생트-뵈브였다.

3. 도시의 시인

시인들이 앞을 다투어 동방을 찬미하고 그리스의 독립을 외치고, 〈선량한 야만인 bon sauvage〉을 미화할 때, 생트-뵈브는 결코 이러한 시류에 가담하지 않았다. 이러한 태도가 시사에 대한 무관심에서 비롯한 것이 아님을 부언할 필요는 없다. 정치적 관점에서라면 그 누구보다 철저한 자유주의자였던 생트-뵈브이지만, 정치적 구호를 담아 시를 쓰는 것을 선뜻 용납할 수는 없었다. 국가의 존립이 걸린 위태로운 상황이 아니라면, 시인은 묵묵히 자신의 시적 몽상에 전념하기 위해

---

47) Lettre du 1859-Ⅶ-20, cité in *Gérald Antoine*, pp. LⅠ.
48) Lettre à Dury du 1838-Ⅶ-20, cité in *Gérald Antoine*, pp. LⅠ.

은둔처를 찾는다. 그리스의 독립과 민중의 자유를 위해 노래하는 것이 현실적으로 개인의 상황에 영향을 미칠 수도 있다. 그런데 생트-뵈브는 늘 자신의 연애 실패담, 고모의 죽음, 우연히 재회한 창녀와의 사랑 이야기, 주정뱅이들의 흥얼거림으로 시집을 메워간다. 게다가 이 이야기들은 모두 파리에서, 그것도 오스만 대로가 아니라, 몽-루쥬 같은 파리의 변두리에서 일어난다. 생트-뵈브가 이와 같은 파리 서민들의 개인 잡사를 시의 소재로 선택한 것은 오랫동안 잊혀져 있던 시의 친밀감을 프랑스 시에 복원하기 위함이었다.

생트-뵈브는 호반 시인들의 시에서 자연과 가정의 친밀감을 발견하고 이것을 시에 표현하고자 했었다. 그러나 영국 시인들에 관한 충분한 지식이나 기존의 신앙을 결여한 생트-뵈브는 곧 이 친밀감이 초월적 종교에서 유래하는 것이라 여기게 되면서 그 매혹을 상실하고 만다. 이때까지 프랑스 시가 가정적 친밀감을 결여하고 있음을 안타까워하던 생트-뵈브가 다시 한번 롱사르의 시에서 느낀 이웃의 다정함을 현대시에 복원한 까닭이 여기에 있다. 늘 가까이 대하는 대상을 시에 옮김으로써 시와 독자 사이의 친화력을 창조해 내는 이 친밀한 소재들은 그러나 롱사르의 그것들처럼 밝지 못하고 늘 우울하다.

아! 무엇이 부족했을까, 이 위대한 영혼이
삶에 생기를 회복하고 그 불꽃을 되살리기에?
젊은이가 어쩌면 저렇게 늙었을까! 어쩌면 저렇게 홀로 얼쩡대나!
심하게 굽은 곱사등을 보면, 꼭 할배 같아!
쭈글쭈글하고 누렇게 떴어. 무덤을 굽어보고 있구만.
머리에서는 아침마다 털이 빠지고.
틀림없이 오래전부터 실컷 얻어맞아 상처를 입었겠지.
그의 운명은, 그렇게 시작했던 것처럼, 권태와 눈물 속에
끝나겠지. 그는 인생을 너무 많이 알고 있지.
인간들이 부러워하는 모든 것이 얼마나 헛된지도!

필경 치료가 아무 소용이 없다는 것도 너무 잘 알고 있어
명예, 행복, - 환상이야! - 그러나, 적어도
이승의 어떤 것이 아직도 그에게 위안을 주는가!
날마다, 불타는 그의 재능이, 밤만 되면
지하실에 버려진 등불처럼 번민하네,
새 기름을 부어주는 처녀 하나도 없건만.

(「어느 여름 밤 9시 반경 돌아오는 길에」)[49]

 단지 불행한 청년이 처녀를 못 알아보았을 뿐, 처녀는 이미 지나갔
는지도 모른다. 단지 얼굴만 비쳤어도 그에게는 큰 행운이었을 것이다.
아무것도 모르는 그녀를 탓할 수도 없이, 모든 사람들은 서로 그렇게
무관심하게 살아간다. 그들의 가난한 이웃에게는 귀족들처럼 거처를
떠나 외로움을 달래러 갈 東方도 존재하지 않는다. 이미 위고의 화사
함을 느끼게 하는 가족의 개념도 사라지고 없다. 다정한 가족은 어차
피 피할 수 없는 죽음과 냉혹한 현실의 여건 때문에 갈라져 있고, 구
성원 개인 개인은 자기에게 어울리는 희망으로 살아갈 뿐이다. 차라리
도시에서 같은 운명을 살아가는 자들에게서 시인은 친밀함을 느낀다.
모두 다 비참한 운명을 감수하고 살아가야 하고, 운명은 결코 길을 제
시하지 않는다.

 내 청원에는 묵묵부답인, 시샘하는 운명은,
 호두나무 그늘진 순결한 지붕 하나와,
 우리가 사랑하고 눈물 흘리는 몇몇 사람을, 아내 하나를,
 그리고 저녁이면, 내 보금자리에 둘러앉을 벗들을 내게 허락지 않기
   에.

(「스탕스, 커르크 화이트 모작」)[50]

---

49) *Poésies*, pp.105.
50) *Ibid.*, pp.126.

166

가족의 유대감이 단절되고 희망을 느끼지 못할 때 시인은 어떠한 부류의 사람을 만날까. 플라토닉한 사랑이 주는 행복감과는 거리가 먼 거리의 여인들도 그중 하나이다. 익명의 군중의 일부에 지나지 않는 그들, 시인과 마찬가지로 실패한 삶을 살아가며 도시를 헤매는 사람들의 삶은 대부분 거리에서 서성대는 여인들의 운명을 닮았다. 도시의 평민치고 이 여인들의 행로를 벗어났던 자 얼마일까. 타인에게서 친밀감을 받을 수 없는 시인은 차라리 자신이 만나는 여인들에게 친밀감을 부여한다. 파리의 모든 여성이 이러한 여인들이다. 직업여성이건, 배우이건, 가수이건, 고상한 척하는 살롱의 백작 부인이건 모두 그렇다. 그 어느 여인이 이 운명을 벗어나고, 그 어느 남자가 이것을 거부할 것인가. 사랑을 이룰 수 없고, 그토록 염원하는 사랑 자체가 존재하지 않는 실패한 운명의 공간에서 그들은 서로 만나는 것이다.

> 그런데 바로 곁에 앉아, 밤색 눈동자와
> 비단결 목을 덮는 머리칼,
> 너도밤나무 밑의 목녀보다 훨씬 하얀,
> 콧수건을 손에 든, 그녀를 알아볼 것 같았다.
> 로즈였다. "여, 잘 있었나, 로즈. - 아! 당신을 만나다니,
> 나쁜 사람, 그렇게 한 달 내내 찾아오지도 않고!"
>
> (「로즈」)51)

창녀와 시인 사이에 오가는 대화는 비록 형식적이지만 그 안에는 오히려 사람다운 삶을 느끼게 하는 온화함이 존재한다. 기대치 않은 만남이지만 여인에게 안부를 묻고 대화를 진행시키는 시인 속의 본원적 측은지심이 발동한다. 병든 몸을 이끌고 산책하면서 만나는 어느 누구와 이렇게 속내 이야기를 나눌 수 있으랴. 서로의 아픔을 이해하는 두 사람 사이에 교감이 싹트기 시작한다.

---

51) *Ibid.*, pp.116.

그럼에도 불구하고 지껄이고, 무언가 서로 이야기해야 한다.
그래서 슬픈 네 모습 보며 묻는다. 오 로즈여,
네 고향, 네 가족, 그리고 은밀한 네 권태,
또 너의 낮 동안의 일을, 그대 밤은 내 너무 잘 알기에.[52]

　　그런데 로즈도 들로르므처럼 병들어 있다. 생트-뵈브의 뮤즈는 고전적 개념의 시신(les muses)처럼 동정녀도 눈물에 젖은 과부도 아니다. 「나의 뮤즈 *Ma muse*」에서도 보듯이 그녀는 어엿한 가문에도 불구하고 이제는 몰락한 몸을 파는 뮤즈, 〈고통스런 기침 une toux déchirante〉을 콜록이며, 병든 폐에서 쏟아지는 결석에도 불구하고 빨래터에 옷을 갖고 나와 허덕이는 병든 뮤즈이다.[53] 이 빈곤과 혐오스러움 그리고 추함에 대한 그의 애정과 거기서 느껴지는 병적인 아름다움, 퇴폐적인 관능성이 생트-뵈브가 보여주는 뮤즈의 본질이다. 그리고 뮤즈는 단순히 누구의 소유물도 아니다. 두 사람은 이웃처럼 근황을 묻고 담소를 나누다 자리를 옮기기 시작한다.

그리도 가뿐하게 테라스로 내려가는 우리 모습을 두고,
숄 밑을 더듬거리며 허리를 찾아 껴안는 나,
이어서 중이층의 빗장을 걸어 채우고는,
또다시 나누는 우리의 키스, 그토록 부드러운 우리의 전투,
불타는 목에 감겼다가 벗겨지는 그 네커치프,
물어뜯는 입술 아래로 풀려 내린 그 머리칼,
반빛에 가려진 채 헐떡이는 그 소파,
규방의 그 거친 숨소리를 듣고, 사랑이 아니라 누가 말하리.[54]

　〈물어뜯는 입술〉, 〈헐떡이는 그 소파〉, 〈규방의 그 거친 숨소리〉 심

---

52) *Ibid.*, pp.116.
53) *Ibid.*, pp.87.
54) *Ibid.*, pp.116.

지어 〈삐꺽거리는 소파 sofa gémissant〉 등의 노골적인 정사 장면의
표현이 선뜻 이 시를 〈갈보집 시 la poésie de mauvais lieu〉로 보이게
할 수도 있다. 실제로 그렇다고 해도 시의 가치는 변함없다. 두 사람의
행위는 엄연히 현실이며, 현실을 선악으로 판단할 수 없을 뿐 아니라
그 이름으로 고발할 수도 없기 때문이다. 오히려 다음과 같이 충고하
는 시인의 배려 덕분에 시의 장면은 정겹기까지 하다.

> 나이는 피할 수 없고 신선함은 시들고 만다. 그리고 이 모든 법석
> 뒤에 오는 것은 버림받은 신세 …… 용서하라, 로즈여, 용서하라 ……
> 그대 눈시울에 눈물이 빛나는구나 ……
> 그래도 나를 탓하지 마라. 내내 착한 소녀이거라.55)

　친밀감은 다정함에서만 오는 것이 아니다. 일상성 속에서 늘 느끼는
혐오감도 친밀감을 제공한다. 이 감정은 대부분 타인으로부터 유래하지
만 결국 시인 자신에 대한 감정으로 귀착된다. 생트-뵈브는 현실 생활
에서 누구나 느낄 수 있는 이 혐오감으로부터 진실을 추출하여 시화한
다. 추함과 아름다움, 선함과 악함의 구분은 그의 시에 존재하지 않는다.
그는 모든 대상이 지닌 저마다의 현실을 있는 그대로 묘사할 뿐이다. 그
래서 도시의 타락한 인간 역시 그에게는 훌륭한 시의 소재가 된다.

> 삯마차 안에서 나는 살핀다
> 나를 태우고 가는, 기계에 불과한 사나이를
> 흉칙한 얼굴, 너절한 수염, 달라붙은 긴 머리칼.
> 악덕과 술과 졸음이 그의 취한 눈을 내리 누른다.
> 사람이 어쩌면 이렇게 타락할 수 있을까? 나는 생각했다.
> 그리고 나는 구석 자리로 물러앉았다.
>
> 　　　　　　　　　　　　　　　(「8월의 명상」)56)

---

55) *Ibid.*, pp.117.

"빅토르 위고가 파리의 외관과 그 추모제들, 그 시민들에 스며들고 그 역사를 주도한 경향의 시인이고, 생트-뵈브가 빈곤한 교외의 풍경과 서민의 파리의 시인이라면, 보들레르는 이로부터 영혼, 정제되고 타락한 어떤 영혼을 추출하였다."[57]라는 띠보데의 평가에도 드러나듯 비록 조야하기는 하지만 파리의 현대적 주제가 생트-뵈브의 시집에 이미 존재하고 있다. 암울한 일상생활의 서정성을 미의 근원으로 삼아, 열악함과 고독 속에 번민하며 단조로운 자연의 면모를 묘사하는 영혼은 19세기 유럽의 수도였던 파리가 아닌 다른 곳에서는 거의 찾아보기 불가능한 것이었다. 일찌감치 이러한 파리의 모습을 노래하기 시작한 생트-뵈브에 관해 벤야민은 "파리의 일상생활에서 끌어낸 주제들은 이미 생트-뵈브의 작품에서 발견된다. 이 주제들은 그가 서정시를 쟁취했음을 말하는 것"이라고 평하면서도 "그것이 아직은 직관과 지성의 쟁취는 아님"[58]을 밝힌다. 벤야민의 지적대로 생트-뵈브의 시가 비록 직관과 지성에 이르지 못한 것은 사실이지만 생트-뵈브는 확실히 현대적 의미에서의 시의 서정성의 토대를 마련하였는데, 그것은 그가 자연에 얽매여 있던 낭만주의 시를 도시로 이주시킴으로써 인간의 일상생활에 근거한 감수성을 확립하였음을 말한다. 죠제프 들로르므의 이 도시적 현실로서의 파리는 라마르틴느의 유토피아적 자연과 대립된다.

불로뉴-쉬르-메르에서 고등학교를 졸업하고 그리스어를 배우기 위해 파리에 유학 온 생트-뵈브가 마주한 도시의 현실은 고립 그 자체였다. 비정한 도시와의 유대감을 상실한 죠제프 들로르므는, 미래의 구원에 대한 희망을 잃지 않고 기독교적 공동체의 복원에 의한 개인의 구원을 꿈꾸며 시인의 성직을 전하는 낭만파 시인들과는 달리, 물화된

---

56) *Poésies Complètes de Sainte-Beuve*, pp.341.
57) Albert Thibaudet, *Histoire de la lirrérature française*, Hachette, pp.325.
58) Walter Benjamin, *Charles Baudelaire*, Payot, 1979, pp.35-36.

도시 속에서 이 도시가 유폐시킨 자아 속으로 침잠해 갔다. 외부 현실에 거는 어떠한 기대도 없이 더욱 내면으로 파고든 자아는 그토록 자신을 억압한 일상의 현실과 내면의 경계에서 결코 적대적인 것만은 아닌 친밀한 현실을 자각하였다. 이 친밀성은 자아와, 자아를 포함한 현실과의 경계를 무너뜨린 내면성의 산물이었다. 이 점에서 생트 – 뵈브의 시가 라마르틴느 시, 다시 말해서 묘사적 낭만주의 시의 범주를 벗어나 시의 사실성을 획득한다. 생트 – 뵈브에게 있어서 사실성의 획득은 또 다른 시의 가능성을 뜻한다. 생트 – 뵈브의 새로운 시와 낭만파의 시를 실패작으로 평가하는 바라의 비난은 여기에서 유래한다. 온건한 사실성은 용납할 수 있어도 생트 – 뵈브의 노골적인 사실성은 시의 범주를 벗어난 것이기 때문이다. 오히려 그는 새로운 시를 낭만파 시인들의 묘사시에 대한 무지에서 비롯하는 잘못된 시로 파악함으로써, 스스로 시의 실패를 자초했다고 평가한다. 낭만주의 시에 대한 바라의 평가는 많은 부분 정확하고 옳다. 문제는 이 고전주의자가 낭만파의 새로운 문체와 내용을 시대에 어울리지 않는 비속함으로 평가하고, 낭만파의 새로운 문체를 수사법의 무지라고 인식하는 데 있다.[59] 그러나 묘사시가 극복의 대상이건 보완의 대상이건 간에 묘사시는 개선의 여지가 많았던 것이 사실이다. 생트 – 뵈브 역시 이러한 사실을 절감하고 선배들의 가르침에 만족하지 못해 과감한 시를 썼다. 그러나 바라 입장에서 이러한 생트 – 뵈브의 과감한 시도는 모든 낭만파 시인들의 그것처럼 고전 시법의 무지로만 보인다. 특히 가장 기이한 시로 소개 된, 바라 자신마저 『죠제프 들로르므』 가운데 가장 중요한 작품이자 〈기이한〉 작품, 〈보석상자의 진주 la perle d'écrin〉[60]라고 평한 「누런 햇살」을 논하는 그의 관점은 더욱 그렇다. 그러나 한 걸음 물러나서 보면 이 시에는 새로운 시의 사상과 기법의 묘미, 그리고 시어의 진수가 담겨 있다.

---

59) *Style poétique*, pp.227-232.
60) *Ibid.*, pp.229.

4. 「누런 햇살」

시적 산문이자 자서전적 소설의 인상을 주는 「누런 햇살」은 온통 〈누런〉 기운으로 덮여 있다. 눈에 비치는 우울한 햇살, 이것을 바라보는 시인의 마음, 시에 묘사된 이웃 사람들의 심정, 동네 분위기, 신부의 얼굴과 기도서, 누런 담집, 미래의 무덤에 피어날 누런 금잔화 등 모든 것이 암울한 누런색으로 묘사된다. 정치와 종교, 시인과 사회가 누렇게 변색되어 있다. 라마르틴느가 자신의 정신 상태를 자연에 투영하는 것과는 대조적으로 생트 – 뵈브는 현실을 자신에 투영시킨다. 심오하고 투명한 호수가 라마르틴느의 거울이라면 생트 – 뵈브의 거울은 현실의 삶 그 자체이다. 여기에는 신비한 자연은 없다. 있는 그대로의 현실만 존재하며, 더구나 이 현실은 시인의 심정을 표현하는 것도 아니다. 시인은 현실이라는 거울에 비친 삶의 모습을 분해하고 재조립하여 이 삶에 친밀성을 부여한다. 그리하여 호수도, 계곡도 아닌 힘든 노동으로 지겨운 일주일을 보내고 즐겁게 토요일을 맞이한 동네의 이웃들이 시의 공간이 된다. 「생애」에는 관념의 현실이 아닌, 자신이 그렇고 그런 서민들과 함께 살아가는 이 사실적 공간이 〈기다란 검은 벽들〉, 〈거대한 도시라 부르는 공동묘지의 음산한 울타리〉, 〈구멍들 틈으로 채소밭의 푸름을 드러내는 어설피 닫힌 울타리들〉, 〈단조로운 슬픈 길〉, 〈먼지에 절어 회색빛이 도는 느릅나무〉, 〈그 밑으로 아이들과 함께 도랑 가에 쭈그리고 앉은 어떤 노파〉, 〈휘청거리는 다리로 병사를 찾아가는 낙오한 상이군인〉, 〈가끔 길 저쪽 직공들의 결혼식에서 울려오는 흥겨운 웃음소리〉 등으로 묘사 되어 있다. 비록 『악의 꽃』의 「파리 정경」에 보이는 도시의 풍경만큼 세련된 것은 아니지만 이러한 변두리의 사실적 묘사가 시의 레알리즘의 문을 연다. 마치 「풍경」[61])의

---

61) Charles Baudelaire, *Les Fleurs du Mal*, pp.161.

172

주인공을 연상시키듯 홀로 자기 방에 남아 밖을 내다보는 시인은 문득 시야에 들어온 저녁 햇살과 이 햇살이 비추는 공간을 바라보며 과거로의 여행을 준비한다.

여름날의 일요일, 저녁, 6시가 되어 갈 무렵이면,
사람들이 서둘러 자기 집을 비워두고 들판으로 몰려들 때,
덧문을 내리고 창가에 앉아,
나는 지나가고 사라지는 그들을 내려다본다. 흥겨운 시민들, 장사꾼들.

나들이옷으로 차려입고, 푸근한 마음으로 들뜬 노동자들.
내 곁, 걸상 위에는, 책 한 권이 반쯤 펼쳐져 있다. 나는 책을 읽는
    다, 아니 읽는 척한다.
그리고 석양이 데려오는 누런 햇살은
이날 저녁엔 유난히도 평일의 어느 저녁보다 더 누렇게 내 방 흰
    커튼을 물들인다.62)

당시까지만 해도 이 오드 형식은 위고의 『오드와 발라드집』에서처럼 주로 장엄한 성서와 역사 그리고 정치를 표현하는 데 사용되고 있었다. 그러나 생트-뵈브는 종교나 역사적 인물을 소재로 하는 형식의 정형시에 소박한 시민들의 모습을 담으면서 새로운 오드의 유형을 제시한다. 대부분 직의어로 이루어진 시구들은 그 문장을 차례대로 읽어도 쉽게 그 의미가 파악될 정도로 산문적이며, 〈시민〉, 〈장사꾼〉, 〈노동자〉 등의 산문조 어휘가 시어의 영역을 넓힌다. 물론 당시의 민중시에도 이러한 용어들이 보일 뿐 아니라, 드릴르 이전 아니 롱사르 이후부터 꾸준히 그 모습을 드러내 온 산문조이지만, 시의 총체성을 염두에 둔 산문조 어휘의 사용은 생트-뵈브에서 시작된다고 볼 수 있다. 그러나 공간에 대한 사실적 어휘의 묘사만으로 그가 원하는 레알리즘

62) *Poésies*, pp.68-69.

이 완성되는 것은 아니다. 이렇게 평화스럽게 시작되는 시절들 속에서 주말 저녁을 공부방에서 홀로 보내는 독신의 청년 시인의 내면은 그저 무겁기만 하여, 나들이 가는 행인의 기분과 시인의 기분, 시절의 태평스러움과 의욕을 상실한 시인의 내면이 대조를 이룬다. 글을 읽을 수 없어 창밖의 공간을 바라보고 있는 시인에게 저물어 가는 석양의 햇살은 시인의 닫힌 내면을 자극하기 시작한다.

> 나는 햇살들이 유리창과 덧문을 뚫고 들어오는 것을 보며 즐겁다.
> 비스듬한 빛 고랑들이 저마다 내 공상에 따라 황금 원자들의 물결
>   을 그린다.
> 그리고 눈동자를 통과하여 내 영혼에 이르러서는,
> 그 속의 일천 가지 생각을 다시 도금한다, 그 또한 일천 개의 원자들.
>
> 그것은 얽히고설켜 되살아나는 몽롱한 날들,
> 미래의 꿈만큼 우리의 마음에 다정한 어린 시절의 추억들.
> 바로 이런 시간이었지(아! 기억이 나는구나)
> 저녁 기도 후 교회의 성가대로 어린 우리가 가게 된 것은.[63]

기억과 몽상만으로 자신의 공간을 채우는 시인은 홀로 방에 틀어 박혀 천진난만한 어린 시절을 떠올린다. 일천 개의 원자가 빚어내는 햇살은 시인을 잃어버린 종교적 신앙이 살아 있던 행복한 교회로 가던 지난 과거의 6시 무렵으로 인도한다. 마치 플래시백을 연상시키듯 과거의 신앙 시절을 떠올린 시인은 언뜻 당시의 모든 것이 지금 이 순간 자신을 비추는 햇살의 황색과 결부되어 있음을 발견한다. 그러면서 이제까지 암울하던 분위기는, 흥겨운 햇살에서 느껴지듯이 온화함을 띠기 시작한다. 시인의 자아는 이제 잠시 의지를 잃고 모든 것을 빛줄기의 흐름에 떠맡긴다. 〈나〉는 소멸하고 감각이 내 영혼을 지배한다. 이

---

63) *Ibid.*, pp.69.

감각의 햇살은 내 생각뿐 아니라 많은 원자들도 누렇게 만들어 버린다. 모든 누런 것이 〈누렁〉으로 연결될 때 개체의 구별은 사라진다. 시인 자신은 이러한 비정상적인 시인의 몽상적 사유를 변명하기 위하여 작품 하단에 디드로의 한 구절을 인용한 주석을 첨가한다.

> 단 하나의 물리적 성질이라도 거기 몰두하는 정신을 무한히 다양한 사물로 인도할 수 있습니다. 노란색이라는 한 색을 예로 들어봅시다. 금이 노랗습니다. 비단이 노랗습니다. 금잔화가 노랗습니다. 담즙이 노랗습니다. 광선이 노랗습니다. 짚이 노랗습니다. 이 끈이 수많은 다른 끈들과 일치하는 것이 아닐까요? …… 광인은 이 변화를 모릅니다. 그는 황색으로 빛나는 한 가닥 짚을 손에 쥐고, 태양 광선을 쥐고 있다고 외치니까요.[64]

狂人은 다름 아닌 시인 자신이다. 구시대의 종말이 새로운 세상을 의미하지 못함을 깨달은 시인이 희망을 상실하면서 일상적 정신 상태를 이탈해 버린 것이다. 이것이 광기이다. 그리하여 생트-뵈브는 "자신의 사유를 떠돌아다니게 내버려두는 몽상가는 가끔 디드로가 말하는 광인처럼 처신한다."라면서, "그 시절 죠제프 들로르므는 그러한 사람이었다."[65]라고 술회한다. 그런데 이 환자의 광기가 의미하는 것은 무엇인가? 이것은 당시의 정치적 상황에 대해 시인이 느낀 환멸이기도 하다. 「누런 햇살」의 작품 연대는 1828년 2월 이후의 무렵으로 추정되는데, 복고왕정인 이 시기에는 온건 왕당파 마르띠냐끄가 수반을 역임하고 있었다. 앞에서 살핀 바와 같이, 생트-뵈브는 이 시기를 그런대로 자신의 정치적 이상이 실현되어 가던 시절로 여기고 있었다. 그러

---

64) Denis Diderot, *Œuvres Complètes de Diderot*, ed. Garnier(1876) XVIII, 514: Lettre à mademoiselle Voland du Grandval le 20 octobre, 1760, cité in *Gérald Antoine*, pp.68-69.
65) *Ibid.*, pp.69.

나 비교적 자유주의 성향의 마르띠냑끄가 샤를르 X세의 강압에 의해
1829년말 뽈리냑끄에게 권력을 이양하면서 정치적 반동이 시작되어
1830년 7월의 혁명이 발발하게 된다. 이 반동적 음모가 되살아나던 시
대에 시인은 차라리 광기를 선택한다. "만약 화가가 황달에 걸려 모든
것을 노랗게 본다면, 자신의 왜곡된 조직 기관이 자연의 사물들 위에
펼쳐놓은 바로 이 장막을, 또 자신의 눈앞에 있는 노란 나무와 상상
속의 푸른 나무를 비교하게 되었을 때 그를 우울하게 만드는 이 노란
장막을, 그가 어떻게 그의 작품에 펼치지 않을 것인가?"[66]라고 묻는
디드로에 동의를 표명하듯 시인은 〈누런 햇살〉로 답하고 있다.

　내면성과 더불어, 생트-뵈브의 시의 사실성을 이루는 더욱 중요한
요소는 사물의 본성을 파악하는 시인의 통찰력이다. 누런 햇살은 시인
을 과거의 신앙의 세계로 돌려보내고, 시인이 교회로 달려가던 과거의
6시를 묘사하면서 누런색은 이제 순수함을 띠기 시작한다. 우울은 현
재에 속하는 것이지, 원래부터 우울이 존재하는 것은 아니다. 우울은
상실을 깨달음으로써 발생한다. 비록 현재의 우울은 광기에 쌓인 환자
의 우울이겠지만, 미래에 거는 기대가 남아 있던 시절의 광선은 순수
한 황색 즉 관념의 샛노랑이었으리라. 잃어버린 것들에 대한 추억은
현재의 우울함을 밀어내고, 타락한 현재에 몸담지 않은 순수한 소년
시절에 느끼던 신성한 황색을 제공한다.

　　램프가 노랗게 타오르고, 양초들도 역시 노랗게 타고,
　　처녀들의 베일 덮인 이마에 광선이 스며들어 그 흰빛을 노랗게 물
　　　들이고 있었지.
　　그리고 하얀 스톨라를 걸친 사제가
　　누레진 이마를 숙이고 있었지, 수확하는 농부의 긴 낫 아래 고개 숙

66) Denis Diderot, *Essais sur la peinture*, Ch. Ⅱ. *Mes petites idées sur la couleur* in Œuvres, édition établie et annotée par André Billy, Bibliohèque de Pléiade, 1951, pp.1120.

> 이고 있는 이삭마냥.

> 아! 교회에서 돌 위에 무릎을 꿇고
> 저녁이면 자주 기도를 바치지 않은 자 누가 있었나? 순수한 소금
>   맹이처럼.
> 십자가의 노란 상아에 입 맞추지 않은 자 누구였던가?
> 인간-神의 거룩한 이야기를 읽지 않은 자 누구였던가? 노란 기도
>   서 속에서.67)

 신앙의 과거에서 현재로 돌아온 시인은 변색된 〈누렁〉에 당황한다. 그러나 이 시인의 당혹함은 색의 변화가 아니라 그것을 보는 사람의 심정의 변화에서 비롯한다. 동일한 원자가 빚어내는 것은 광선 자체이지 색의 이름은 아닐진대 색상의 변화의 본질을 모르는 사람들은 그 이름에만 집착한다. 그들은 빛의 실체를 파악하기보다 그 원소가 만들어 내는 현상을 색의 이름으로 명명하고 표현하는 데 집착한다. 그러나 시인의 통찰력은 이 단계를 넘어서 있다. 노란색을 누런색으로 변화시키는 능력, 즉 보이는 것을 새롭게 다른 시각에서 더욱 풍부하고 감동적으로 보이게 하는 이 개인적 회화성이 시의 레알리즘의 밑거름이다. 순간순간의 심리 상태에서 바라보고 느끼는 그 순간의 대상들을 생기 있게 감동적으로 묘사할 수 있는 능력은, 위의 색깔에 대한 설명처럼 통찰력을 지닌 창조적 시인에 속한다. 이 시인은 작품에 개인적 서정을 부여함으로써, 노랗게 타오르는 것이 아닌 것들을 모두 누렇게 꿈꿀 수 있게 감동적으로 재창조한다. 그가 표현하는 하나의 시대와 장소에 국한된 대상이 독자에 전달될 때는 시대와 장소의 구분을 초월하여 보편적 사유가 되고, 묘사된 것과 전달된 것이 조화를 이루어 독자 역시 훌륭한 시인으로 만든다. 이것은 시각에만 한정된 것이 아니다. 소리와 냄새 그 밖의 감각과 관련된 시인의 통찰력이 대부분 그렇

---

67) *Ibid.*, pp.69-70.

다. 앞에서 살핀 「밤샘」의 적막한 분위기를 깨고 울려 퍼지는 개 짖는 소리는 얼마나 감동적인가. 통찰력은 모두에게 공통된 관심사를 유도하여 시를 읽는 독자는 마치 자신이 경험한 듯한 사실을 느끼게 한다.

> 그러나 잃어버린 지금, 어디에서 다시 찾을 것인가.
> 우리들의 요람에 한 천사가 상으로 걸어 준 이 겸허한 마음의 신앙을,
> 한 어머니가 비상한 열정으로 우리들 안에 키우신 이 신앙을,
> 매일 한 신부가 성스러운 시냇가에서 그 싹에 물을 준 신앙을?
>
> 신앙은 다시 피어날 수 있을까, 폭풍이 불고 지나가면,
> 우리들 마음속에 긍지가 들고일어나 그 노여움으로 제단에 발을 디디면?
> 불행이 닥치면, 그러면 사람은 정말 약한 법,
> 그래서 죽음이 …… 죽음에 대한 생각이 영생에의 기원보다 더 오래 남을 수밖에 없는 것일까![68]

　신앙 상실에 기인하는 정신적 혼란은 죽음에 대한 불안감을 낳는데, 이 불안은 만인에게 공평하다. 누구나 피할 수 없는 이 불안감에도 불구하고 시인은 신앙으로 복귀할 수 없다. 라마르틴느는 기도와 찬양의 시를 쓰며 저승에서의 영원을 갈구하고, 위고가 딸의 죽음으로 인한 슬픔을 기독교적 위안으로 달래지만, 생트－뵈브는 죽음 이후의 세계에서 〈永生〉을 구하는 법이 없다. 어머니의 사망으로 유일한 친족 관계가 종료되어 시인을 위해 현실에 남아있는 것이라곤 아무 것도 없는 고아가 되었을 때를 연상하면서도 시인은 신을 노래하지 않는다. 과거의 삶을 그렇게 살아 왔듯이 시인은 그가 살아온 대로 날마다 죽음의 관념 속에 서서히 죽어간다. 태어날 때부터 죽음은 시작된 것이다. 그러나 누구나 겪을 수 있는 이 감정을 시인은 냉정하고 구체적으로 표

---

68) *Ibid.*, pp.70.

현한다. 이 감정의 여러 부분들을 연속적으로 교차시키면서 시인은 독
자의 내부에서 꿈틀대는 사상과 느낌, 그리고 꿈들과 연결시켜 표현한
다. 이 감정들을 독자에게 생생하게 전달하기 위해 시인은 특히 형용
사의 선택에 신중을 기한다. 시의 제목에도 사용된, 평범하게 보이는
색형용사의 사용도 이렇게 시의 회화적 효과를 창조하는 데 중요한 역
할을 한다. 〈황금 원자〉나 〈노랗게 타고 있었다〉에서처럼 상황 보어로
쓰인 jaune나, 〈누런 이마〉, 〈노란 상아〉, 〈황색 기도서〉 그리고 다음의
〈노란 수의〉의 노란색이 비유적이지 않고 직설적으로 느껴지는 것도
이러한 이유에서이다.

> 나는 죽는 것을 보았다. 슬프다! 내 착한 늙은 고모가
> 작년에, 침상에 누워 아무 말 없이 가쁜 숨을 쉬며, 그렇게 사흘을
>   버티다,
> 임종을 맞았다. 나는 침대 방에서 고모 곁에 있었다.
> 벗겨진 고모의 머리 위로 수의를 세 번 감을 때에도, 나는 여전히
>   그 곁에 머물러 있었다.
>
> 관이 도착하자 사람들은 잣대로 치수를 쟀다.
> 나는 거기에 있었다 ……. 주위로는 양초들이 노랗게 타고, 사제들
>   이 기도문을 낮게 읊고 있었다.
> 그러나 나는 마지막 찬송가를 부르고 싶었지만 허사였다.
> 내 눈에는 눈물이 없고, 내 목소리에는 기도가 없었다. 나는 믿음이
>   없었던 때문이다.
>
> 하지만 고모는 날 사랑했었다 ……. 그리고 어머니도 나를 사랑한다.
> 이젠 어머니도 세상을 뜨시겠지, 그리곤 내 손으로 직접 노란 수의로
> 어머니를 감싸 드리겠지, 시들어버린, 그러나
> 소중한 그 몸을, 내 마음의 유해를 관에 넣고 못을 박겠지. 그리고
>   나는 혼자가 되겠지.[69]

색형용사뿐 아니라 산문조 어휘 역시 사실성을 이루는 중요한 요소이다. 「누런 햇살」에 보이는 〈벗겨진 머리〉, 〈굳어 버린 시신〉, 〈선술집〉, 〈카바레〉, 〈얼큰하게 취한 상이군인〉, 〈아우성〉과 〈주정꾼의 싸움〉, 〈대로에서의 사랑〉, 〈파렴치한 키스들〉 그리고 〈매춘의 추파〉 등의 과감한 표현이 그것들이다. 산문조 어휘의 사용은 시어가 시의 의미에서 차지하는 비중을 잘 나타낸다. 「누런 햇살」 이외의 시들에 등장하는 「로즈」의 〈손수건 mouchoir〉, 「골짜기의 바다」의 동네 사람들이 공동묘지로 실어 나르는 〈그 모래 덮인 뼈다귀들 les os chargés de sable〉(「시」의 104, 19), 「소네 워즈워드 모작」의 〈농한기를 수군대는 농부들 des fermiers causant jachères〉(123, 19), 「들판」의 수레를 삐꺽거리게 하는 〈쾌쾌한 퇴비 fumier infect〉(126, 5) 등의 산문조 표현들이 생트-뵈브 시의 현실감을 더해 준다.

관이 도착하고 주위 사제들이 기도를 수군거리지만 그의 눈에는 눈물이 없다. 고모의 죽음에만 눈물이 마르는 것도 아니다. 그에게는 죽음도 현실의 일부이며 그가 현실을 바라보는 생각 자체가 이와 같이 냉담하다. 위고에게 헌정한 시 「나의 벗 빅토르 위고에게」와는 대조적으로 위고에 대한 풍자로 넘치는 「밤샘」의 후반부에서 보듯 생트-뵈브는 같은 이웃에 살면서도 면식도 없던 가난한 노인의 장례식에 참석하고 시신을 지키며 밤을 새는 룸펜 시인일 뿐이다. 낯선 시신 곁에서 오래 머물러야 하는 그의 심정은 착잡하고 권태롭다. 일상적인 교제조차 없던 고인의 죽음에 슬픔보다 권태가 앞서는 심정은 「누런 햇살」에서의 고모의 죽음의 경우와 크게 다르지 않다.

갑자기 어느 집의 먼 지붕 쪽에서,
그러나 동녘이 아닌 쪽에서, 지평선이 붉게 물든다,
그리고 멜로디라고는 화재 속에 짖어 대는 개들의

69) *Ibid.*, pp.70.

울부짖음이 들릴 뿐이다.

(「밤샘」)70)

「누런 햇살」의 마지막 절에 나오는 취객의 고성방가를 연상시키는 구슬픈 개 울음소리만큼 생트-뵈브의 심정을 잘 표현하는 시구도 없다. 〈심연 l'abyme〉으로부터 고도를 향해 비상하는 〈둥지 속의 비둘기보다 더 구슬픈 독수리 l'aigle plus gémissant que la colombe au nid〉에게는 들리지 않는 이 소리, 생트-뵈브가 이것을 들을 수 있는 까닭은 그의 정신이 있는 그대로의 현실을 절대 진실로 받아들이기 때문이다. 개 짖는 소리를 듣지 못하는 자는 아마 없겠지만, 개의 울음이 무턱대고 시에 허용되지는 않는다. 시의 회화적 요소가 천박한 현실의 음향을 시어로 만든 것이다. 결국 사실성이란 개 소리같이 황당하면서도 진실한 현실을 포용하는 열린 마음의 자세에서 오는 것이 아닌가. 그러나 생트-뵈브의 포용성에도 불구하고 미래를 비출 황색은 점점 강도를 잃어간다. 이 비극이 현실인 것이다.

어머니도, 누이도, 형제와 아내도 없이 홀몸이겠지.
그 누가 날 사랑할 것이며, 어느 갈망의 손이 내 손과 맺어지길 원
　　할까?
그런데 이미 태양은 어둠 앞에 물러가고
더 어두워진 내 커튼에 태양이 던지던 햇살들은 길에서 꺼져가고
　　있다.

아니야, 내 젊은 약혼녀가 내 이름을 듣고
사랑으로 얼굴 붉히며, 만나지 못하는 젊은 신랑을 마음속에 꿈꾸는
　　일은 결코 없으리.
천진한 두 아이가, 미래를 약속하는 두 천사가,

---

70) *Ibid.*, pp.93.

미사를 올리는 동안, 노랗게 빛나는 휘장을 내 위로 들고 있는 일은
없으리라.

아니야, 결코 없으리라. 죽음이 나를 침대 위에 눕힐 때,
내 이마가 어느 한 입의 입맞춤을 느끼는 일도, 내 어두워진 눈이
반쯤 열린 입술의 고별을 어렴풋이 알아보는 일도!
내 무덤에 노랗게 빛나는 일은 결코 없으리, 장미도, 노란 금잔화도![71]

노란색이 점점 빛을 잃어 밤이 오면 생트-뵈브도 거리로 나선다.
군중들을 긍휼히 여기고, 영원히 고결할 수도 없으면서 고결한 체하는
족속인 시인은 밤새 방관자로서 거리를 기웃거린다. 자유분방하고 일
견 파렴치한 대중에게 시인 따위는 안중에도 없다. 시인은 거추장스러
운 존재일 뿐이다. 군중과 함께 뒤섞여 지내고, 마시는 동안 시인의 번
뇌는 사라진다. 비속한 현실을 묘사하고, 천박한 산문조 어휘와 직의어
를 사용하는 시인이 속되 보이지 않는 것은, 마치 「태양」에서의 〈시인
처럼 저잣거리로 내려와, 더없이 천박한 것들의 운명을 고상하게 만드
는 태양〉[72]과 마찬가지로 그가 군중과 융화하여 그들에게 시인의 감수
성을 투여해 놓고 있기 때문이다. 그만큼 앞에서 살펴본 〈noyer〉 동사
가 주는 유동적이고 포용적인 감수성은 시의 천박함을 순화하는 의미
있는 역할을 한다. 철저하게 현실의 비극성과 회의성을 파고들지만 그
자체가 시의 목적은 아니기 때문이다. 시의 목적은 현실의 탐구, 인간
의 탐구에 있는 것이다. 이 경우 가장 중요한 것은 대상을 이해하는
일이다. 그는 인간들 속으로 파고들려는 자신의 심정을 자신만의 독특
한 유동적 어휘로 표현한다. 앞에서 언급한 「열다섯 살의 ……」의
〈baigner〉와 함께, 「첫사랑」의 〈arroger〉와 〈nager〉 동사의 예.

---

71) *Ibid.*, pp.71.
72) Charles Baudelaire, *op. cit.*, pp.163.

오 얼마나 그녀를 사랑했던가! 그런데 말은 없었지!
수줍음이 젖어 든 그녀의 순결한 얼굴과,
행복한 무관심이 그토록 많이 잠겨 있는 입술의,
눈부신 순박함을 내 숨결이 흐려 놓았나 보구나.[73]

이 외에도 〈젖은 광선 un rayon mouillé〉(122, 19), 〈젖은 기쁨 le plaisir abrégé〉(123, 1), 그리고 생트-뵈브가 특히 애호하는 〈noyer〉 동사의 예.

내 고통 삭이고 나의 슬픔 달래리라. 그녀의 지복 속에서[74]

현재에서 과거로, 과거에서 미래로 갔던 시인의 사유는 원점인 자신의 거처로 회귀한다. 자신의 자취방으로 발걸음을 돌리는 시간에 찬란한 태양 광선도 생기를 잃은 지 오래고 「누런 햇살」마저 그 희미한 빛을 다할 때, 남은 것은 그저 어두운 현실처럼 일상적 삶에 지친 암울한 마음뿐이다. 지친 시인을 맞이하는 것은 취객들의 노랫가락과 술렁거림뿐이다.

−이렇게 내 생각이 흘러간다. 그리고 밤이 왔다.
나는 내려간다. 이윽고 미지의 군중 속에 내 슬픔을 묻어버렸다.
많은 팔꿈치에 채어, 선술집으로 들어가고,
카바레에서 나오고. 얼큰하게 취한 상이군인이 유쾌한 곡조를 흥얼
    댄다.

노래와 아우성과 주정꾼의 싸움뿐,
혹은 대로에서의 사랑, 파렴치한 키스들뿐, 그리고 매춘의 추파뿐.

---

73) *Ibid.*, pp.27.
74) *Ibid.*, pp.45.

나는 돌아온다. 나의 길에서 사람들은 서로 밀치며 몰려간다.
밤새 나의 길에서 술꾼들의 어슬렁거리고 울부짖는 소리를 듣는다.[75]

훗날 시의 레알리즘의 의미를 더욱 깊이 포착한 보들레르는 이 시의 속편 같은 인상을 주는 시구를 쓰면서 이러한 시인의 심정을 보다 감동적으로 표현하게 된다. 여기에서의 시인의 심정은 강한 햇살만큼 더 밝게 표현되고 있지만, 「태양」의 시구에서 알 수 있듯이 개선된 시인의 상황에서 비롯하기보다는 시인의 소명에 관한 시인 자신의 깨달음에서 비롯한 듯하다. 행인에 떠밀려 집으로 돌아오는 생트-뵈브와 달리 보들레르는 한층 더 시 자체에 몰입하여 산문조의 시에 더욱 서정성을 부여함으로써 현대 시인의 다른 면모에 성큼 다가갔다. 그럼에도 불구하고 다음 시구들에 보이는 보들레르의 모습은 역시 〈죠제프 들로르므〉의 분위기를 연상시킨다.

시내와 들판 위로, 지붕과 밀밭 위로
잔인한 태양이 더욱 강렬하게 내리쬘 때,
은밀한 음란을 가려주는 겉창들이
누추한 집마다 달려 있는 낡은 변두리를 따라,
나는 홀로 기이한 펜싱을 연마하러 간다,
거리의 구석마다 각운의 우연성을 눈치 채며,
포도 위에 채이듯 말들에 채이며,
이따금 오래전부터 꿈꾸었던 시구들과 부대끼며.[76]

시와 산문의 경계선을 오가는 대담한 산문조와 직의어, 시의 서정성의 한계를 넘은 듯한 비속한 소재, 이것을 분석하고 종합하는 풍부한 통찰력, 장엄한 의식을 묘사하는 진솔하고 친밀한 어조들이 〈죠제프

---

75) *Ibid.*, pp.71.
76) Charles Baudelaire, *op. cit.*, pp.163.

들로르브〉의 독창성을 이룬다. 이러한 생생한 개인의 감정을 회화적으로 세세하게 묘사한 개인시는 고전주의자들의 비난의 표적이 되기에 충분하다. 누구보다 생트−뵈브를 비난하는 데 앞장섰던, 그럼에도 불구하고 누구보다 생트−뵈브 시의 본질을 정확히 파악하고 있던 비평가 바라는 다음과 같이 말한다. "*Odi profanum vulgus*을 좌우명으로 한 쁠레이야드파 시인들은 대중에게 그들의 속내 이야기를 털어놓으면서도 자신들이 그들에게 아직도 지나친 영예를 베푼다고 믿었을 수 있다. 게다가 고대인들의 예는 이러한 무례를 용서하고 있었으며, 이 용법은 바브와 부인에 이르고, 몇몇 오드의 위고에 이르기까지 시인에게서 시인으로 이어졌지만, 이것을 나쁘게 보는 사람은 아무도 없었다. 생트−뵈브에 오면 그 지나침이 대번에 드러난다. 책 전체를 죠제프 들로르브의 시시껄렁한 이야기로 채우고, 거기에 수적으로 증가하여 심각한 정치적 이해관계에 몰두한 대중의 관심을 끌려고 한다는 것은 무리한 일이었다 …… [낭만주의의] 오류의 상당한 부분을 가짜 낭만주의자 죠제프 들로르브의 탓으로 돌려야 한다. 라마르틴느가 자기 자신의 정서에 인류의 관심사를 부여했던 것만큼이나 자연스럽게, 생트−뵈브는 가장 보편적인 감정에 기이하게 꾸며진 자기중심주의적 성격을 부여한다. 매우 인간적이며, 특히 당시에는 보편적이었던 삶의 권태 자체가, 그의 경우는, 그에게만 해당되는 개인적 고뇌로 되는 것이다. 어휘에서마다 느껴지는 것은, 그가 견디고 있는 불행이 빅토르 위고, 라마르틴느, 샤토브리앙처럼 인간으로 살고 있다는 불행이 아니라, 생트−뵈브로 살고 있다는 불행이라는 점이다. 그리고 이 불행은 오직 그 자신의 관심사일 뿐이다."[77]라고. 이어서 시에는 모든 사람이 느끼는 감정이 이입되어 있어야 하며, 시인 자신의 일화나 속내 이야기들은 산문에 담아야 하며, 신문이 없던 시절에나 가능한 이 개인시는 처음부터

---

77) *Style poétique*, pp.241.

실패를 예고하고 있다고 바라는 덧붙인다. 그러나 생트-뵈브를 낭만파 시인들과 차별화시키는 것은 역시 개인적 삶에서 출발한 그의 시의 사실성이다. 그가 누구보다 시의 성직의 현대성을 먼저 인식하고, 시의 이상주의에 회의를 품고, 롱사르를 복원하고, 새로운 기법의 시를 쓸 수 있었던 것도 역시 그의 시가 생트-뵈브 개인의 상황에서 출발하고 있다는 사실에 기인한다. 고전주의 시를 쓰면서도 그 규칙 속에 자신의 모든 감정을 담지 못하는 괴로움 때문에 새로운 시를 쓸 수밖에 없었던 라마르틴느는 자신이 천상에서 지상으로 시를 끌어내렸다고 주장했지만 그가 끌어내린 시는 계속 천상을 꿈꾸고 있었다. 보편성과 종교에서 벗어날 수 없었던 라마르틴느는 그럼에도 불구하고 인간의 감정을 토로하면서 의고전주의 시를 벗어나 낭만주의 시대를 열어가고 있었다. 생트-뵈브는 이러한 라마르틴느의 상황을 정확하게 파악하고 있었다. 그는 자신의 감정을 토로하는 사실적 개인시를 쓰면서 라마르틴느가 파악하고는 있었지만 그것이 무엇인지 정확하게 인식하지 못하여 괴로워하던 무엇을 찾아낸 것이다. 그렇게 함으로써 생트-뵈브는 진정 라마르틴느의 시를 땅으로 끌어내렸다.

결 론

　『죠제프 들로르므의 생애와 시와 단상』의 의의는 1810년대의 시대 감정을 보편화한 『명상시집』의 관념적 자연과 1820년대의 역사적 현실을 보편화한 『동방시집』의 회화적 자연의 주제를 개인의 현실과 접목시킨 새로운 시 의식에 있다. 이상에 몰입한 나머지 천부적 예술 감정으로 몽상의 시인이 되어 그토록 세상을 떠들썩하게 한 낭만주의 논쟁의 시기를 방관자로서 살았던 라마르틴느, 이와는 대조적으로 〈에르나니 전투〉를 승리로 이끌고 죽어서는 민중의 수레에 실려 빵떼옹으로 들어간 미래의 희망의 시인 위고, 두 시인의 관념적 자연과 이상이라는 틈바구니에서 벗어난 생트-뵈브는 이미 저주받은 시인의 운명을 예견하고 있었다. 반면 낭만파 시인들은 1830년까지 과거의 종교처럼 이상 사회를 실현하려는 희망만을 안은 채 미래를 행해 달려갔다. 의고전주의에 맞서 문학의 자유를 실현하려는 숭고한 투쟁은 시인들을 단결시키기에 충분한 것이었고, 대부분이 시인들인 낭만주의자들은 이 싸움의 승리에 모든 것을 걸었다. 소원대로 시인들은 자신들이 원하는 승리를 얻었다. 그러나 〈에르나니〉의 승리로 기뻐하는 시인들을 기다리고 있던 것은 그들이 부르주와 사회에 대해 느끼는 환멸의 비애뿐이었다. 〈죠제프 들로르므〉가 예고한 비극이 실현되고 있었다.

　〈7월 혁명〉의 성공과 함께 부르주와지는 그들이 주도해 가는 산업혁명 속에서 서서히 시인들을 불필요한 존재로 전락시켜 갔다. 시인들은 비니처럼 상아탑으로 숨거나, 네르발처럼 광인이 되거나, 아니면 고티예처럼 원고료에 생계를 의존하는 저널리스트가 되었다. 1820년대 초만 해도 아무도 자신을 낭만파로 내세우지 않았지만, 1830년이 되어 의고전주의를 고수하는 보수주의자들을 제외하면 자신을 낭만파라고 주장하는 시인은 아무도 없었다. 낭만파라는 신유파에 소속된 시인이 아닌 오직 개인으로서의 시인만 남게 되었던 것이다. 부르주와지의 제도에 이의를 제기하고 계몽주의적인 미래관에 대한 회의를 품은 시인들은 점점 제도에서 소외되어 갔다. 오직 자신들만이 서로의 가치를 이해하고 위로하던 시인들은 〈예술을 위한 예술〉이나 모호한 상징체계 속으로 빠져들어 갈 수밖에 없었다. 부르주와지뿐 아니라 그들의 현실을 옹호하기 위해 문학 교육을 제도화하는 데 기여한 문인들 역시 이들을 세상 밖으로 내모는 데 앞장섰다. 플라톤의 예언대로 영혼에 해로운 시인이 〈이상 세계〉도 아닌 〈현실 세계〉에서 추방된 것이다.

　시인은 현실로 복귀하고 싶었다. 시를 관념의 세계로부터 현실로 끌어들이는 것 외에 생트-뵈브가 시인으로 존재할 수 있는 방법은 없었다. 사변 철학이 위로할 수 없는 시인의 현실, 관념의 시가 소외시킨 시인의 현실을 끌어안은 시인 생트-뵈브는 모든 것을 자신의 개인적 일상에서 출발시켰다. 당시의 유물론 역시 그에게는 구체성이 결여된 사상, 미래의 희망에 불과하였기에, 시의 경우에도 이 소박한 유물론은 여전히 그의 경계의 대상이었다. 생트-뵈브가 현실로 시를 끌어내는 작업은 곧 시에 힘을 부여하는 작업이었다. 관념적 어휘로 세계를 설명하며 사물의 본질의 주위를 맴도는 철학자들과는 달리, 시인은 구체적 언어로 세계를 설명하고 인간이 사물의 감정에 이르는 길을 깨닫게 함으로써 시야말로 가장 구체적으로 현실을 투시하고 암시할 수 있는 예술 장르임을 보여주었다. 이러한 시를 쓰는 작업은 그의 생애가 그러하듯이 고행의 과정이었다. 새로운 시의 이론과 기법을 발견하고, 새로운 주제를 발견하려는 노력도 쉽지 않았지만, 현존하는 것의 의미를 파악하고 그 내부 요소들의 관계를 분석·종합하여 시와 현실의 거리를 좁히는 데 더 큰 어려움이 따랐다. 그러나 시에 사실성을 부여하고 예술에 의거하여 현실을 인정함으로써 〈세나클르〉의 시인들보다 훨씬 멀리 나아갔다. 생트-뵈브는 자신이 살아가는 범속한 도시의 초라한 뮤즈의 모습 그리고 배은망덕한 사회 환경과 싸우는 시인의 모습을 낭만파 시에 담고, 현존하는 것의 의미를 배반하는 사회를 파헤치는 시인의 이마쥬를 창출함으로써 낭만주의 시의 경계를 벗어났다.

『죠제프 들로르므』에 거창한 내용은 존재하지 않는다. 자유로우면서 엄격한 시 기법, 당시까지 무시되어 온 회화적이고 가정적인 세밀함, 시대에 뒤진 어휘, 시어에서 추방당한 천한 부르주와지의 낱말들, 솔직한 음조에 실은 노골적인 고백, 회의론이 짙게 배어 있는 미래관이 이 시집을 지배한다. 더구나 이 주제들을 둘러싸고는 희망보다도 환멸이 맴돈다. 협착한 시의 지평에 갇혀 이 지상의 어둠 속에 눈물로 쓰인 이 시집은 그럼에도 불구하고 사실주의 문학으로 이행하는 중요한 전기를 마련하였다. 자서전적 심리 소설로 분류할 수 있는 「죠제프 들로르므의 생애」는 도시 변두리의 공간을 사실적으로 그리고 주인공 개인의 심리를 세세하게 분석함으로써 이미 사실주의 소설의 가능성을 제시한다. 이 「생애」의 사실성에서 출발하여 「시」에 제시되는 개인적 서정의 회화성은 초월의 상징을 마감하고 현실의 상징을 준비한다. 「단상」은 다소 산만하긴 하지만 이러한 사실성과 상징의 이론적 배경을 설명하는 새로운 낭만주의를 선언한다. 그런데 흥미로운 것은 생트-뵈브의 시의 새로움이 그가 새롭게 만들어 낸 것이라기보다는 전통을 복원해 낸 것이라는 점이다. 롱사르의 소네와 셰니예의 애가, 자유로운 걸치기와 풍부한 각운, 유동적 休止 같은 시법 모두가 옛 프랑스 시의 전통을 복원한 것에 지나지 않는다. 이 전통의 복원 속에 역설적으로 생트-뵈브의 새로움이 있다. 그는 새로운 시대의 서정을 표현하기 위해 과거로 거슬러 올라갔다. 거기서 그가 찾아낸, 고전주의자들로부터 버림받은 선조들의 시법 속에 살아 숨쉬는 자유가 생트-뵈브의 시의 나아갈 방향을 제시해 주었다. 그러나 생트-뵈브가 단순히 전통을 복원하는 데 그쳤다면 그 가치에 대한 평가는 오래 지속되지 않았을 것이다. 생트-뵈브는 선조들이 물려준 전통적 시법에 19세기 낭만주의의 광채를 입혔다. 낭만주의 시대의 현실과 플레이아드파의 조화를 시도하면서 생트-뵈브는 고전주의의 비현실적 상상력과 초기 낭만파의 신비주의적 환상을 걷어냈다.

생트-뵈브에게 고유한 이러한 현실 취향은 시인들의 보편적인 취향도 아니었고 또 특별한 재능의 표현도 아니었다. 더구나 초자연주의에 머무는 그의 상징 이론의 불확실성 그리고 직관의 서정성에는 미치지 못한 그의 분석적 시법의 투박함은 그를 잊혀진 시인으로 평가하기에 충분하다. 그러나 여기에 생트-뵈브의 시인으로서의 현대성이 존재한다. 사물의 본질을 모두 이해하려는 것을 포기한 시인, 그 본질을 그저 〈알 수 없는 어떤 것〉으로밖에 묘사할 수 없는 시인은 자신이 마주하는 대상을 통해서만 진실을 느낄 수밖에 없다. 복잡 미묘한 현실의 세계를 마주한 시인은 포용적이고 유동적인 자세로 현실을 바라본다. 이 현실을 통해 시 창작이 가능하며 이러한 시를 통해서만 현실을 이해할 수 있다. 그 구석구석의 현실을 바라보고 확인하지 않고서는 여기에 존재하는 것들의 감정과 의미에 다가갈 수 없다. 생트-뵈브가 시인에게는 기대는 바로 이러한 실증주의 정신에 입각한 시인의 분석적 자세가 제시하는 가능성에 있다. 이렇게 세부에 관한 관심을 잊지 않는 시인의 예술 감정에 의해 19세기 정신사는 한 걸음 더 앞으로 나아갈 수 있었으며, 이것이 시의 레알리즘의 의의이기도 하다.

좌절의 쓰라림과 환멸의 비애를 극복하는 방법을 추구하는 것은 아무 의미가 없다. 그러한 노력이 아무 효력이 없음을 생트-뵈브가 알고 있기 때문이다. 희망이 시인을 버렸기로 그 희망을 탓하지 않으며 단지 시를 창작하면서 현실을 껴안고 그 현실이 창작 욕구를 불러일으키고 있음을 깨달을 뿐이다. 부르주와 지식인의 시인으로서 출발은 화려했지만 현실은 끝내 그가 시인으로 성공하는 것을 용납하지 않았다. 시집에 등장하는 보잘것없는 인물들의 운명처럼 그의 시인으로서의 운명 역시 초라한 것이었다. 더구나 그의 가난은 점차 그를 시인이 아닌 직업 비평가로 몰아가는 데 큰 몫을 담당하기도 하였다. 그럼에도 불구하고 말년에 이르러서조차 생트-뵈브가 갖는 시에 대한 애착은 대단했다. 이러한 사실은 그가 자신의 청년 시절의 시의 진정한 가치를 상기시켜 준 젊은 후배 시인 보들레르의 교류를 큰 즐거움으로 받아들였다는 데서도 드러난다. 비록 그에 관한 한 편의 평론도 남긴 것이 없던 비평가 생트-뵈브는 자신보다 훨씬 더 시인이었던 후배 보들레르의 죽음 속에 〈죠제프 들로르므〉의 진정한 죽음을 보았는지도 모른다.

「죠제프 들로르므의 생애」는 먼 훗날 이 시인의 이름이 다시 언급될 것이라는 생트-뵈브의 예언으로 끝나는데, 그의 예언대로 시문학사에는 낭만주의 시에 관한 연구와 관련하여 생트-뵈브의 이름이 다시 거론되고 있다. 연구의 수준은 아직 그 문학사적 의의를 밝히는 데 머물고 있지만, 낭만주의 시문학사를 더욱 깊이 이해하기 위해 생트-뵈브의 시에 관한 연구가 필요하다는 사실을 인식한 것만으로도 그 의의는 밝혀진 셈이다. 생트-뵈브의 시에 관한 연구 없이, 그의 비평은 물론이거니와 그의 시집을 탐독하고 모방하기까지 한 그 이후의 시인들의 시와 시론을 어떻게 이해할 수 있을 것인가? 그의 시작에 스며 있는 분석적 시법과 비평 정신 때문에 그는 비평가로 거듭 태어날 수밖에 없었다. 더욱이 이 비평 정신은, 시인 스스로 강조하고 있듯이, 시의 건축물을 대상으로 삼고 있다. 인상 비평과 실증주의 비평을 결합하려 한 생트-뵈브의 노력이 근대 비평을 낳았고, 이 노력의 기원에 생트-뵈브의 시가 있는 것이다. 생트-뵈브의 비평을 이해하려는 작업이 『죠제프 들로르므』에 관한 탐구로부터 시작해야 하는 근거가 여기에 있다.

생트-뵈브는 비평가로 문단에 입문하면서 낭만파의 시법의 정통성을 입증하기 위해 열심히 과거로 달려가 롱사르를 발굴해 냈다. 이 위대한 시인의 발견에 힘입어 생트-뵈브는 물론 다른 낭만파 시인들도 자신들의 시법의 근거를 확신할 수 있게 되었다. 오늘날, 잊혀졌다 발굴되는 시인 생트-뵈브의 운명은 그가 재발견한 롱사르의 그것에 비유될 만하다. 그러나 보들레르 이후 현대 시인에 이르기까지 많은 시인들이 자신들의 현대성을 그에게 빚지고 있으면서도 그의 시에 관한 연구는 이렇다 할 진전을 보이지 않고 있다. 낭만주의 시를 이해하기 위해 롱사르의 시를 검토하지 않을 수 없듯이, 고답파 시인들이나 상징주의 시인들을 이해하기 위해 생트-뵈브의 시에 대한 연구가 선행되어야 할 것이다. 그때야 비로소 레알리즘을 통해 서로 화합하는 시의식과 비평 의식, 그리고 거기서 싹튼 근대 비평에 대한 올바른 이해가 가능하리라. 따라서 그토록 복잡한 낭만주의의 한 구성 요소인 이 레알리즘에 관한 연구는 생트-뵈브 최초의 평론집인 『16세기 프랑스의 시가와 연극에 대한 역사적·비평적 개관』과 『죠제프 들로르므』 이후 자신의 시론을 시로 담은 『위안』과 『8월의 명상』에 관한 연구로 이어질 것이다. 특히 프랑스 소네의 도입 과정과 형성 과정에 관한 연구 및 서정시의 확립 과정을 살피게 될 이 연구는 현대 프랑스 시의 자유 시법의 연구에 대한 이론적·역사적 근거를 마련하는 데 도움이 될 것이다. 이들 연구와 관련하여 생트-뵈브가 스스로 모범을 보인 전통 계승의 연구 자세는 그대로 그의 시와 비평을 연구하는 비평 정신의 근본으로 삼을 수 있을 것이며, 이때 비로소 시가 내포하는 정신의 성실성과 그에 대한 자각의 가치를 보다 더 넓은 각도에서 문제시할 수 있을 것이다.

보들레르의 〈현대성〉

– '내가 아닌 존재'로의 길

'나'는 곧 남입니다. 구리가 나팔이 된다 해서 구리에게 잘못이 있는 것은 아닙니다 ……. 내 이야기는 투시자가 되어야 한다는 것입니다 ……. '시인'은 '모든 감각'의 길고 엄청나고 이치에 맞는 '착란'을 통해 '투시자'가 되는 것입니다. 온갖 형식의 사랑, 고통, 광기, 그는 스스로를 찾아, 자기 자신 속의 모든 毒을 다 써서 그 정수만을 간직합니다 ……. 시인은 미지에 도달하는 것입니다.

– 랭보(A. Rimbaud), 폴 드므니(Paul Demeny)에게 보낸 편지, 1871.

Ⅰ. <현대성>과 삶[1])

하나의 문예 사조로서의 낭만주의가 삶의 낭만성과 분리될 수 없듯이, 하나의 문예 경향으로서의 서정주의 역시 삶의 서정성과 분리될 수 없을 것이다. 만일 삶의 성격이 지적 문예 활동의 흐름 그 자체를 인도한다면, 문학 연구에 있어서도 낭만주의니 혹은 서정주의니 등으로 일컬어지는 이 흐름의 이름에 연연하기보다는, 이러한 삶의 성격이 드러나게 하는 지적 자세에 대한 고찰이 우선되어야 할 것이다. 마찬가지로 <현대성> 역시 삶의 성격을 지칭하는 말이다.

<현대성>은 서정성이나 낭만성과 마찬가지로 일시적인 예술적 조류가 아니다. 예술은 <현대성>을 지향하며 이러한 예술적 지향은 곧 예술가의 삶과 직결된다. 예술가는 예술의 당위성을 찾기 위해 지금을 향한 물음을 던지면서, 동시대인으로서 금욕적 자세로 인간의 항구적인 삶의 성격을 새로이 반복 제시하려고 노력한다. 철학의 바탕이 시대의 부정성을 향한 눈길에 있듯이 예술가의 시선 역시 역사성을 전제로 한다. 물론 예술가는 역사가처럼 과거사에 몰두하거나 혹은 문명사가처럼 미래를 예견하지 않는다. 단지 예술가는 사가의 기록에 실리지 않는 사소한 지금의 모습으로부터 출발하여 예술의 역사적 근거를 마련하고, 이 사소한 지금의 모습 속에서 그 너머로 영원히 존재할 수 있는 보편적 삶의 성격을 묻는다. 다시 말해서, 사소한 지금의 순간성

---

1) <modernity>, <modernité>는 역사·정치·경제적 의미에서는, 즉 통상적인 시대 구분의 의미에서는 근대성 혹은 현대성으로 번역할 수도 있지만, 여기서 시와 미학의 견지에서 미의 근본 개념과 관련하여 보들레르가 사용한 <modernité>는 <현대성>으로 번역한다. 나아가 철학적 태도를 지칭하는 의미에서 사용되는 <modernité> 또한 <현대성>으로 번역하도록 한다. 이러한 번역의 근거는 바로 <현대성>이 이렇듯 예술과 철학의 공통된 특성을 지칭하기 때문이며, 그러기에 이 근거를 밝히는 작업이 이 논문의 요지이기도 하다.

과 인간에게 보편적인 실재 - 아름다움, 진실, 순수함, 성스러움 등 - 영원성을 이원론적으로 구분하기보다는 이 순간성과 영원성을 맺어줄 수 있는 가능성을 묻는다. 이러한 물음들을 통해 형성되어 가는, 즉 결코 일회적으로 완성될 수 없는 삶의 성격을 우리는 현대성이라 부른다.

　때문에 참여문학의 경우에서처럼 현재를 소재로 하여 이를 고발하고 풍자하는 작가가 모두 〈현대적〉인 것은 아니다. 현재에 관심을 기울이면서 그 부정성을 드러내는 작가일지라도 그 접근 태도에 따라 전근대적 작가로 자리매김될 수 있으며, 반면 고대를 다루더라도 그 사유의 태도에 따라 〈현대적〉일 수 있는 것이다. 사유의 태도를 문제시하는 것은 예술의 토대, 즉 예술의 당위성을 묻는 것과 같다. 예술의 〈현대성〉을 예술의 당위성과 결부시키는 이러한 문제 제기는 순간성과 영원성 간의 관계를 구태의연한 형이상학적 잔재로 간주하는 해체주의 비평가나 포스트모더니즘 비평가들에게는 지극히 복고주의적인 자세로 비칠지 모르겠다. 하지만 철학·예술의 당위성에 관한 물음을, 인간에게 보편적인 실재에 관한 물음을 포기한 서구의 일부 예술유파와 철학유파가 정치와 경제와 윤리의 시녀로 전락해 가는 경향이 있음을 부정하기는 어려울 것이다. 정체성 문제를 부정하면서 분산 속의 다양성을 추구하고 또 이루어짐을 부정하면서 해체를 추구하는 세기말적 병과 같은 오늘날의 정신 현상을 대할 때마다, 우리는 19세기 중반 프랑스 사회를 수도승처럼 금욕적으로 살아간 한 시인이 왜 그토록 〈현대성〉이라는 이 단순한 한마디에 집착하면서 지금이라는 일상의 시간의 의미를 파헤치려 노력하였으며, 또 그 이후 서구의 시인들이나 철학가들이 왜 그토록 이 시인의 정신을 사유 노력의 근거로 삼고자 했는지 되묻지 않을 수 없게 된다. 마치 〈현대성〉의 문제가 한 시대에 국한되지 않고 매 시대에 새로이 제기되는 문제이듯이.

　이 〈현대성〉의 시인이란 다름 아닌 샤를르 보들레르 Charles Baudelaire 이다. 동시대의 회화를 〈현대 회화 peinture moderne〉라고 부르

196

던가 동시대의 삶을 〈현대 생활 vie moderne〉이라 칭하는 그의 언어 표현에서 드러나듯, 한편으로 보들레르는 〈현대〉를 동시대의 의미로 사용한다. 그러나 동시대의 모든 작품이 〈현대성〉을 지니는 것은 결코 아니다. 이 용어 이외의 다른 적절한 표현을 찾아낼 수 없었던 보들레르는 어쩔 수 없이 제안한 이 〈현대성〉이라는 용어를 이탤릭체로 표기하고 있을 뿐만 아니라 이 용어의 의미 자체에 대해서도 어떤 사전적 정의를 내리고 혹은 개념을 설정하기보다는 독자로 하여금 스스로 그 의미를 묻게 한다. 아마 보들레르 자신 역시 그 의미를 삶의 현장에서 찾고자 했을 이 〈현대성〉이 내포하는 시적 요구를 독자가 짐작한다면, 이러한 요구는 바로 과거와 미래 사이에 놓인 역사 흐름 가운데의 한 특정 시기로서의 현재에 고유한 새로움에 대한 요구는 아니며, 또 시간의 연장 속에서 시속되는 선통에 따른 반복에 대한 단순한 부정을 담고 있는 요구도 아니며, 오히려 하나의 새로움이자 동시에 역사의 고리로서의 지금에 대한 성찰에서 비롯하는 요구일 것이다. 이미 보들레르 이전 17세기 이래 현대성이라는 용어는 빈번히 사용되어 왔지만, 그 의미가 단순히 시간적 개념에 국한되지 않고, 예술의 가능성 그 자체에 직결되는 의미로 제시되는 것은 보들레르에 의해서이다. 즉 삶의 태도로서의 〈현대성〉은 예술의 조건이기도 하다.

II. <현대성>의 사전적 의미

영어권이나 불어권의 각 사전들은 일종의 속성을 지시하는 〈modernity〉 항목을 이 표현에 대한 작가들의 예에 비추어 주로 시간적 개념으로 다루고 있다. 이 표현에 대한 작가들의 입장을 반영하는 이러한 사전적 서술은 곧 시대의 분위기에 대한 작가의 입장 그 자체를 시사한다. 대개의 경우 이 표현은 경멸적 의미로 사용되고 있다. 우선 『옥

스퍼드 사전』은 〈modernity〉를 중세 라틴어 〈modernitatem〉에서 유래
한 〈품질 명사 noun of quality〉로 소개하는 반면 그 의미에 관해서는
직접 정의를 내리기를 피하면서 프랑스어 『리트레 사전』의 〈modernus〉,
〈moderne〉 항목을 참조하라고 권유한다. 이 사전은 연이어 이 표현에
대한 풀이말로 〈modern한 것의 특성이나 조건, moderness of cha-
racter〉과 〈modern한 어떤 것〉을 제시한 후, 1635년의 한 출간물에서
발췌한 예문을 싣는다. 이 예문은 〈modernity〉의 표현이 나타나는 영
어 사전에 실린 모든 예문 중 가장 오래된 예문이다.

> 그렇소이다. 내가 이 시대를 비난하곤 있긴 하지만, 그러면서도 한
> 편으로는 앞으로 도래할 좀더 나은 **상황**을 기대하기도 합니다. 그렇다
> 해도, 당신이 생각하는 것처럼 모더니티를 비난하는 것은 아니오.
> Yea but I vilifie the present times, you say, whiles I expect a
> more flourishing State to succeed: bee it so, yet this is not to vilifie
> modernity, as you pretend.(1627 Hakewill Apol.v., 1635)[2]

예문 속의 〈modernity〉가 부정적 의미를 드러내는 것은 아니지만,
모멸의 의미로 사용되는 대부분의 경우에 있어 〈modernity〉는 형용사
〈modern〉의 시간적 개념에 근거한다. 『옥스퍼드 사전』은 6세기 중반의
통속 라틴어 〈modernus〉 그리고 고전 라틴어 〈modo〉(just now, 오늘
에 속한다는 의미의 hodiernus, hodie 즉 today)의 개념에 근거하여 이
형용사에 대한 풀이를 다음 세 가지로 제시한다. 첫째, 〈지금 있는, 현
존하는〉 혹은 〈먼 과거와 구분되는〉 것과 대립되는 〈현재나 최근에 속
하는〉에 대한 의미로서. 둘째, 〈현 시기나 현 시대에 속하는 혹은 거기
로부터 유래하는〉 것에 대한 의미로서. 예를 들자면 〈modern Bab-
ylon〉(London을 의미함)과 〈modern greats〉(옥스퍼드 대학교의 the

---

2) *The Oxford English Dictionary*, Second Edition, vol IX, 1989, Claranden Press, Oxford, 1989.

school of Philosophy, Politics, and Economics를 의미함)의 경우에서처럼, 역사적 용법을 제시하는 이 경우는 일반적으로 중세(middle ages) 이후의 시기를 지칭하는 시대적 구분에 따른 사용을 보여준다. 셋째, 이 시기에 속한 인물이나 작가 등의 특성을 지칭하는 의미로서.

챨스 디킨스와 데이빗 커퍼필드 같은 작가들은 실제로 런던과의 작별을 고하며 〈bidding adieu to the modern Babylon〉 같은 표현을 즐겨 썼다고 이 사전은 덧붙이고 있다. 뿐만 아니라 〈modern〉의 표현에 대한 백과사전적 소개에 있어서도 이 사전은 지리학, 동물학, 지구의 역사, 언어학, 교육사, 인쇄술에 관한 시대적 구분을 동일한 개념에 의거하여 제시한다. 그러나 예술이나 건축 분야에 있어서는 상이한 의미를 도입한다. 즉 〈인정받는 혹은 전통적인 스타일이나 가치들로부터의 이탈이나 그것을 거부하려는 운동〉의 의미로서. 이 경우는 미학적 현대성과 역사적 현대성의 의미를 차별화하는 듯한 인상을 주기도 한다. 반면 서적의 경우, 이 형용사 표현은 1900년 무렵 이전의 간행본들과 차별하여 그 이후의 초판본들을 지칭할 때 사용되고 있다. 또한 〈modern house에 쓰이는 시설, 설비, 설치(일반적으로 복수)〉를 의미하는 〈new fashionned; not antiquated or obsolete; modern convenience〉에서처럼 최근의 의미로서 사용되기도 하며, 나아가 패션의 경우에 있어서는 1960년대 보헤미안적 옷차림을 즐기던 10대나 시대의 첨단을 가는 사람을 지칭하는 의미로서, 〈modern dance〉는 고전발레와 대립되는 의미로서, 〈modern jazz〉는 1939-1945년 무렵이나 이후에 발생한 재즈 유형의 의미로서 사용된다. 이러한 설명은 예술의 경우를 포함한 거의 대부분의 경우에 있어서 현재에 토대를 두는 여러 장르의 새로운 경향을 제시하는 말로서 현대성을 풀이하며, 이때 현재는 경멸적이며 부정적인 의미를 내포한다. 이 부정적 의미는 〈modernity〉 항목의 여성과 관련된 풀이에서 더욱 두드러지게 나타난다.

당신은 …… 현대 여성이 못 되는군. 어깨에 날개도 안 달리고, 헤어스타일도 유혹적이지 않고. 그저 가정적인 여자군.

You …… are not a modern woman; have neither wings to your shoulders, nor gadfly in your cap; you love home.

이 경우 형용사 〈modern〉은 유행을 뜻한다. 그리고 유행의 뜻으로 곧 〈프랑스식으로 바꿈〉을 제시하는 데서 알 수 있듯이, 이 형용사의 의미 역시 은밀하게도 부정적이다. 더불어 〈modern〉을 〈every day, ordinary, commonplace〉와 동일한 의미에서 사용한 셰익스피어의의 문장의 경우 그리고 많은 합성어들의 경우 - 예를 들어 modernbred, mo-dernbuilt, modernlooking, modernmade, modernminded, modernprac-ticed, modernsounding, modernday, moderndress, modernstyle 등 - 에서 볼 수 있듯이, 이 형용사는 주로 경박한 취향의 인간을 의미하는 경우에서처럼 진지함이 결여된 대상을 지칭할 때 사용된다. 따라서 긍정적 의미보다는 경멸과 비난과 조소의 부정적 의미가 이 말을 지배하고 있는 것이다.[3]

다만 사전이 지니는 사적 자료로서의 기능에도 불구하고 편찬자들의 성향이 완전히 배제될 수 없음을 고려한다면, 그 사료의 선택과 활용에 대한 의문은 항상 제기될 수 있을 것이다. 17세기의 〈신구논쟁〉에서 드러나듯이 그리고 특히 20세기의 현대 회화를 둘러싼 논쟁에서도 계속되듯이, 작가와 예술가 모두가 〈modern〉과 〈modernity〉의 의미를 경멸적으로 다루었는지는 확실치 않다. 그러나 동시대를 폄하하는 경향은, 그 정도에 있어서는 다소 차이가 있겠지만, 영국어 사전 못지않게 프랑스어 사전에 있어서도 두드러지게 나타난다. 『리트레 사전』은 〈modernité〉를 신조어로서 〈moderne한 것의 특성〉이라고 소개한다. 이

---

3) Samuel Johnson의 *A Dictionary of the English language*, vol Ⅱ, 1975에 의하면, 셰익스피어는 〈modern〉을 주로 vulgar, mean, common 등의 의미로 사용하였음을 알 수 있다.

소개의 근거는 1867년 7월 8일 고티예(Gautier)가 『모니퇴르 위니베르셀지 *Moniteur Universel*』에 기고한 평론 속의 한 문장이다. 즉 〈한편으로는 가장 극적인 modernité, 다른 한편으로는 오래된 것에 관한 근엄한 사랑〉.[4] 여기에서의 〈modernité〉의 의미는 시대적 구분에 근거하고 있다는 점에서 앞서 살펴본 〈modernity〉의 의미와 큰 차이가 없다.

그러나 『라루스 사전』은 약간의 차이를 보여주고 있다. 이 사전 역시 형용사 〈moderne〉의 어원을 통속 라틴어 〈modernus; 최근의, 현재의〉와 고전 라틴어 〈modo; 단지, 최근, 곧〉에 두고서 16세기 무렵에는 주로 〈고대인들에 대립하는 의미로서의 근대인들〉을 의미하는 용어로 사용되었다고 소개하는 점에서 다른 사전들과 별 다를 바 없다. 그리고 시대 구분에 따른 사용은 이 사전에 실린 예문에서도 분명하게 드러난다. 〈모든 것을 진복시킨 현대 과학 science moderne일지라도 바이올린을 변형시킬 수는 없었다.〉 또 〈고대와 다른 시기에 속하는 것, 근세사, 근대 건축, 고대 건축과 구별되는 건축 전체. 근대 교육, 고대 언어를 가르치지 않는 중등교육〉 등의 예에서 역시 앞서 언급한 사전과의 차이를 보여주고 있지 않다. 그러나 흥미로운 점은 〈moderne〉의 예로 〈현대 문명, 현대 기술〉, 〈현대 취향〉, 〈현대 여인〉, 〈현대파〉(현존하는 화가들의 유파와 그 직전에 살았던 화가들의 유파) 같은 어휘 사용을 예로 제시하고 있다는 점이다. 따라서 이 사전은 〈moderne〉의 동의어로서 1. actuel, contemporain, présent, 2. dernier, inédit(fam), nouveau, récent, révolutionnaire, 3. à la page(f), in(f), up to date(f), ultramoderne(f) 등을 제시하고 있다. 즉 이 사전은 〈moderne〉의 시대적 개념과는 별도로 미적 개념을 도입하고 있는 것이다.[5]

---

4) Emil Littré, *Dictionnaire de la langue française*, t. 5, Galli-mard / Hachette, 1965.
5) *Grand Larousse de la Langue française*, t. 4, Librairie Larou-sse, 1975.

최근의 『프랑스어 역사 사전』은 〈modernité〉에 관한 가히 획기적이라 할 만큼 새롭고 생생한 풀이를 제시한다. 이 사전의 설명에 의하면 이 용어는 〈문학과 예술에 있어서 현대적인 것을 지칭하기 위하여 1823년 발작에 의해 처음 사용되었으며, 보들레르(「현대 삶의 화가」)로부터 벤야민에 이르기까지 그 개념의 미학적 숭배를 예고한다.〉6) 이 풀이가 관심을 끄는 것은 〈현대적〉의 의미가 시대적 혹은 정치·경제적인 의미에서 확연히 분리되고 있다는 점이다. 오늘날 우리 사회에서 그토록 뜨겁게 달아올랐던 현대성에 관한 논쟁에서 거의 무시되었던 미학적 측면에서의 현대성·근대성과 시대적 측면에서의 현대성·근대성 간의 구분을 이 사전은 명확히 제시하고 있다. 그리고 〈문학과 예술에 있어서 현대적인 것〉에 대한 미학적 시도의 출발점을 보들레르에 두고 있다는 점은 단순히 자의적 해석에 의한 것만은 아닌 듯하다. 〈현대성〉은 보들레르 미학의 기본 문제로서 무엇보다도 아름다움이 관념적 유일성과 영원성의 개념에서 남용되는 것을 지양하는 동시대에 대한 충실한 태도에 관계되는 문제로서 제기된다.

Ⅲ. <현대성>과 윤리

벤야민에 의하면, 보들레르는 마르크스가 정치적 측면에서 파악한 현재를 예술적 측면에서 파악한 혁명적 시인이다. 벤야민은 보들레르를 정치적 측면에서 직업적 음모가인 보헤미안의 범주에, 경제적 측면에서는 상품 소비자인 만보객(flaneur)의 범주에 포함시킨다. 그러면서도 벤야민은 생산 활동 측면에 있어서는 만보객인 보들레르가 결코 룸펜-프롤레타리아만은 아님을 강조하려 한다. 마치 벤야민 자신이 룸

---

6) le Robert, Dictionnaire historique de la langue française, t. Ⅱ, 1992.

펜 - 프롤레타리아가 아님을 암시하려는 듯. 바로 이 점에 즉 벤야민이 보들레르를 정신적으로 구원하고자 하는 곳에 벤야민이 보들레르를 예속시키는 또 다른 그의 시각이 있다. 유태인으로서 겪어야 했던 사회적 냉대, 인종 차별, 생존 수단의 강구 이 모든 것 때문에, 벤야민이 일종의 동류의식 속에서 자신의 눈에 고뇌의 시인으로 비친 보들레르를 자연스럽게 연구 대상으로 택하게 되었으리라고 짐작하는 것은 결코 지나친 가정이 아닐 것이다. 그러나 보들레르에 대한 벤야민의 시각은 『보들레르』에 대한 사르트르의 시각과 유사하다. 다시 말해서 벤야민은 보들레르의 글이 궁극적으로 추구하는 바를 묻기보다는 소재의 표현상 드러나는 외양적인 글의 동기에 지나친 관심을 보이는 것은 아닌지. 벤야민은 『보들레르의 작품에 나타난 제2 제정기의 파리』의 마지막 부분에서, 나폴레옹 3세의 음모를 정확히 간파한 블랑키를 그것을 눈치 못 챈 보들레르보다 높이 평가하면서 "보들레르는 한편으로 기회가 닿을 때마다 음모가에게서 현대 영웅의 이미지를 재발견하려 했다."[7]라고 보들레르에게 동정 어린 눈길을 보낸다. 이 인용문은 텍스트와 해석의 관계에서처럼 가해자와 피해자의 관계로 인간의 관계를 설정하는 벤야민이 마치 영웅을 통해 자신이 입은 피해에 대한 대리 보상을 추구하는 식으로 보들레르를 이해하고 있는 듯한 인상을 준다. 뿐만 아니라 벤야민은 동일한 시각에서 보들레르의 익명 애호를 음모가 보헤미안의 경우에서처럼 군중 속으로의 자기 은폐를 위한 전략적 삶의 태도로 해석한다. 하지만 군중 속의 사람 보들레르는 은폐 속에서 자아를 모색하려는 전략에서가 아니라, 마치 예기치 못한 자아를 만나려는 듯 탈자아를 찾아 그 속으로 스며들어가는 것이다. 보들레르가 「현대 삶의 화가」인 콩스탕탱 기스(Constantin Guys)를 높이 사는

---

7) Walter Benjamin, *la Modernité* in *Charles Baudelaire, Un poète lyrique à l'appogée du capitalisme*, préface er traduction par Jean Lacoste, Payot, 1974, pp.144.

것도 군중을 자신의 세계로 삼고 있는 예술가로서의 태도 때문이다.

　　하늘이 새의 영역이고, 물이 물고기의 영역이듯, 그의 영역은 군중
　이다. 그의 열정, 그의 직무는 군중과 한 몸이 되는 것이다. 완벽한 만
　보자에게 있어서, 열정적 관찰자에게 있어서, 다수 속에, 물결침 속에,
　움직임 속에, 순간적인 것과 무한한 것 속에 거처를 택하는 것은 커다
　란 즐거움이다. 자기 집 밖에 머무는 것, 그럼에도 어디에서나 자기
　집처럼 느끼는 것, 그리고 세상을 바라보는 것, 세상 한가운데 머무는
　것, 세상에 은둔하는 것, 이 모두가 말로써는 어설프게 규정할 수밖에
　없는, 독자적이고 정열적이고 공평무사한 정신의 소유자들이 갖는 몇
　몇 최소한의 즐거움이다. 관찰자는 어디에서나 자신의 익명을 누리는
　왕자이다.8)

　보들레르는 군중 속으로 도피하는 음모가가 아니다. 위고의 성직자
적 태도에 반하여 예술과 매춘을 동일시하는 보들레르에게 있어서 군
중은 곧 다수이며, 다수의 거주지인 대도시는 곧 종교적 환희의 원천
이다. 벤야민이 군중의 거리를 직업적 음모가나 범인들의 은거지로 여
기는 반면, 보들레르는 이 거리를 함께 함의 보금자리로 여긴다. 〈독자
적이고 정열적이고 공평무사한〉 정신의 소유자, 다시 말해서 그는 군
중과 섞일 줄 아는 〈익명의 왕자〉는 군중을 수단으로 대하지 않고 현
대적 삶의 현장으로 받아들이면서, 특유한 그 시대만의 도시 풍경 속
에서 정치적 모습과 시적 모습이 하나의 조화를 보이는 계기를 찾아내
려 한다.

---

8) Charles Baudelaire, *le Peintre de la vie moderne* in *Critique
　 d'art*, Œuvres complètes I, texte établi, présenté et annoté par
　 Claude Pichois, Gallimard, ≪Bibliothèque de la Pléiade≫,
　 1975, pp.691.

> 그는 생명의 강물이 그토록 도도하고 찬란히 흐르는 것을 본다. 그
> 는 영원한 아름다움을, 도심 속 삶의 놀라운 조화를, 인간의 자유로
> 인한 혼잡 속에서 진정 하늘의 뜻인 양 지탱된 그 조화를 찬미한다.9)

도시 속에서, 다수와의 연루 속에서 성직자의 윤리를 거부하면서도 종교적 환희를 향유하려는 보들레르의 자세는, 그의 미학의 전반적 흐름을 주도한다고 하겠다. 정치는 오직 만인의 평등을 통해서만 정치적 아름다움을 지닐 수 있다고 생각한 보들레르에게 있어서 만인이 아무런 차별 없이 각자의 감수성을 드러내는 거리는 곧 미학의 공간이다. 만인이 한데 익명으로 뒤섞여 서로가 서로에게 즐거움을 주는 그러한 무도회와 거리의 축제에서 경험하듯, 수많은 정신이 부유하는 거리는 또한 역사의 한 공간이기도 하다. 보들레르의 미학은 역사적 관찰과 구별되지 않는다. 다수가 익명으로 쓰고 있는 역사는, 이를테면 "아름다운 마차 행렬, 늠름한 말들, 어린 마부들의 화사한 말쑥함, 하인들의 능란함, 물결치는 여인들의 거동, 행복에 겨운 잘 차려입은 예쁜 아이들, 군대 행진" 등 사가의 기록에 남지 않는 역사는 곧 시대의 연대기 그 자체이다. 거리의 관찰을 토대로 하는 미학은 고대 미술에 부여한 이상화된 관념성에 의탁하지 않는다. 이 미학은 아름다움에 대한 정신적 추구 이전에 무엇보다 우선 시대에 충실하려는 태도 그 자체이다. 그러므로 이 미학은 사소한 시대의 연대기 속에 담긴 윤리적이며 종교적 성격을 포착한다.

따라서 〈군중 속의 사람〉으로서의 예술가에게 군중이란, 만보객의 경우와는 달리 무료함을 달래는 방편이 아니다. 벤야민이 언급하듯 본의 아니게 관찰자가 되어 자신의 의지와는 무관하게 세태를 파악하고 급기야는 일종의 탐정이 되어버리고 마는 만보객과는 달리, 시대의 특성을 이해하고자 하는 예술가는 자신의 자아를 포함하는 하나의 일체

---

9) *Ibid.*, pp.692.

로서 다수의 삶을 관찰한다. 이러한 관찰자의 태도를 지닌 예술가를
회복기 환자나 혹은 아이에 비유한다. 아마도 바로 이 점에서 우리는
보들레르에게 있어서의 〈현대성〉이 근본적으로 뜻하는 바를 좀더 구체
적으로 물을 수 있을 것이다.

　예술가 – 관찰자는 현대적 삶을 관찰한다. 그러나 현대적 삶을 현대
의 시각으로 관찰한다는 것은 곧 새로운 시각을 요구함을 뜻한다. 보
들레르가 아름다움에 대한 관념적 접근이나 고대를 고대로만 고찰하는
자세에 대해 부정적 시각을 갖는 것도 바로 예술가 – 관찰자는 고대를
현대적 시각으로 고찰할 뿐만 아니라 동시에 순간의 삶이 지니는 아름
다움 역시 포착해야 하기 때문이다. 마치 회복기 환자와도 같이. 회복
기 환자란 육체의 건강을 되찾는 것 못지않게 곧 정신 위생을 되찾아
가는 과정에 있는 자이다. 즉 인간을 본연적으로 타락한 동물로 여기
는 보들레르에게 회복기 환자란 이처럼 타락으로부터 벗어나려는 극기
적인 노력을 기울이는 수행자이다. 그가 영어 당디즘(dandysm)을 빌
어 표현하는 이 극기적인 노력은 곧 정신 위생의 문제이기에 궁극적으
로 윤리적인 문제로 귀착된다. 보들레르에 있어서 〈현대성〉은 무엇보
다도 윤리적 요구를 담고 있다. 어쩌면 이러한 윤리적인 요구에 자신
도 모르게 응하는 자는 단순하지만 그 단순함 때문에 새로운 시각을
지니고 있는 아이이기도 하다.

　아이는 겉보기에 가장 하찮은 것들에까지 생생한 관심을 기울이며
자신만의 독특한 감수성을 마음껏 발산한다. "각 개인의 감수성은 곧
각 개인의 천재성이다."[10] 아이가 바라보는 것은 모두 새로움으로 가
득하다. 아이는 언제나 새로움에 도취되어 주위의 형체와 색깔을 흡수
하는 기쁨으로 넘쳐 있다. 아이는 자아를 떠나 자아 밖에 열려 있는
것을 쫓아, 대상의 정신적 가치나 숨은 의미 혹은 그것에 대한 윤리적

---

10) Charles Baudelaire, *Fusées* in *Œuvres complètes* Ⅰ, pp.661.

판단에 구속되지 않은 자유로운 시선을 던진다. 편파적이지 않으면서도 독특한 이 자유로운 시선으로 세상을 관찰하는 예술가의 시선이 가닿는 것은, 매 시대마다의 고유한 〈현대성〉을 지닌 유행인 것이다. 기존 윤리와 관습에 사로잡힌 사람에게 유행은 퇴폐적(décadent)이고 비규범적인 일시적 현상에 지나지 않는다. 그러나 유행은 바로 그 까닭에 미학적 고찰의 대상이 된다. 다시 말해서 퇴폐와 비규범성의 기준은 양식이며 또 양식은 변화를 거부한다. 양식은 변화를 거부하면서 현재를 과거에 구속시키려 하는 까닭에 현대성을 지닐 수 없다. 하지만 변화를 모색하지 않는 예술이란 없으니 결과적으로 새로운 예술적 시도는 양식의 측면에서는 항상 퇴폐적이며 비규범적으로 보일 수밖에 없는 것이다.

따라서 유행과 예술적 시도는 본질적으로 동일한 성격을 지닌다. 유행도 변화이며 예술적 시도 또한 변화이다. 보들레르가 유행 역시 한 시대가 지니는 윤리적이며 영적 추구를 내포한다고 생각하는 것은, 곧 그의 미학에 대한 성찰과 일맥상통한다. 유행에는 곧 시대의 정신과 시대의 미학이 있다. 그리하여 각 시대의 유행은 그 시대가 가장 요구하는 바를 또 그 시대의 새로운 국시를 또 그 시대가 가장 빈번히 제기하는 철학적 물음을 담고 있다. 유행은 외양이지만 동시에 시대정신의 내면이다. 아마도 그 까닭에 정신적 요구가 결여된 시대에서는 과거의 유행을 마치 잃어버린 정신의 요구에 대한 향수인 양 그리워하는 것이다.

따라서 유행은 자연적 삶이 인간의 두뇌 속에 축적한 거칠고, 속되고, 더러운 모든 것 위로 떠다니는 이상 취향의 징후로서, 자연에 대한 숭고한 변조로서, 아니면 차라리 자연에 대해 항구적이며 연속적인 개조의 시도로서 간주되어야 한다. 그러기에(이유는 밝히지 않았지만) 적절하게 지적된바, 각각의 유행은 미를 향한 다소 만족스러운 새 노

력인 까닭에, 충족되지 못한 인간 정신을 살살 긁는 욕망을 불러일으
키는 이상에 대한 모종의 근사치인 까닭에, 모든 유행은 매혹적이다.
다시 말해서 비교적 매혹적이다.11)

보들레르에 있어서의 예술적 시도는 불가피하게 기존 윤리에 있어
부정의 대상일 뿐인, 바로 있는 그대로의 자연이 지니는 〈거칠고, 속되
고, 더러운〉 성격에서 비롯된다. 왜냐하면 그 기본적 성격에 있어서 동
일한 예술적 시도와 유행은 이러한 자연을 아름답게 하려는 윤리적 노
력으로서 인간을 아름다움의 이상에 근접시켜 가는 현대적 자세이기
때문이다. 〈현대성〉의 시인은 "유행으로부터 유행이 역사 속에 담을
수 있는 시적인 것을 추출하고, 변해 가는 것으로부터 영원한 것"을
묻는다. 유행은 자연에 가해지는 인위적인 노력이다. 그리고 이 인위적
인 노력은 지금, 그리고 여기에서, 함께, 행해지는 다수의 노력이다. 현
재의 삶은 과거의 삶을 그대로 답습하지는 않는 까닭에 아름다움 역시
고대의 이상화된 아름다움을 반복·모방하는 것만은 아니다. 만일 고
대 삶의 아름다움이 고대의 유행으로 표출되었다면 현대 삶의 아름다
움 역시 현대의 유행으로 표출되는 것이다. 그러기에 "유행을 제대로
음미하려면 그것을 죽은 것으로 간주해서는 안 된다. 그럴 바에 헌 옷
가게 옷장 속의 성-바르텔레미의 가죽인 양 걸려 있는 축 늘어진 헌
옷을 찬미하는 것이 나으리라."12)라고 보들레르는 덧붙인다.

거리의 역사는 군중의 모습에 담긴 유행의 역사이다. 예술가가 유행
에 자신의 기호나 윤리적 판단에 따라 비판적 시각을 던지기보다는 아
이의 시각으로 바라보는 것은 곧 시대 의식의 발로라 할 수 있다. 여
기에서 동시대인이 살아가는 〈지금〉이라는 시간과 〈여기〉라는 공간이

---

11) Charles Baudelaire, *Le Peintre de la vie moderne* pp.716.
12) 신교도인 쁠-바르텔레미는 구교도들에 의해 가죽이 벗겨지는 고통 속에
　　죽어 갔다.

유행 속에서 새롭게 고찰되어야 할 문제로 제기된다. 예술의 근거는 과거에 있지 않고 현재에 있으며, 신에 있지 않고 인간에게 있으며, 이 원론적 윤리에 있지 않고 당디즘으로 표현되는 각 개인의 윤리적 요구에 있다. 따라서 이러한 근거에 부응하는 예술가의 태도는 고대극의 단순한 재현에서처럼 과거의 예술적 유행의 복원이나 모방에 있지 않고 시대의 독특하고 새로운 아름다움에서 예술의 동기를 찾으려는 노력이며, 이상화된 자연을 관조하는 데 있지 않고 현대 삶의 풍경을 관찰하는 데 있으며, 기존 양식에 다른 판단에 있지 않고 오히려 기존 양식에 정면충돌하기를 두려워하지 않는 과감한 용기에 있는 것이다. 이러한 예술가의 태도는 이미 윤리의 개념을 전혀 모르면서도 가장 윤리적으로 행동하는 벌거벗은 어린아이의 모습을 닮고 있다.

> 반짝거리는 것, 울긋불긋한 깃털, 영롱한 옷감, 인위적 형체의 지고한 위풍을 향한 미개인과 베이비(baby)의 순진한 동경은 실재하는 것에 대한 혐오감을 드러내며, 이처럼 자신도 모르게 그들 영혼의 비물질성을 입증한다.[13)]

보들레르는 이렇게 덧없이 스쳐 지나가는 유행의 의미를 통해 〈현대성〉에 대한 물음을 제기한다. 매 순간 변화하며 사라지는 일시적인 〈지금〉에 대한 인식은 유행이 내포하는 〈항구적이며 연속적인 개조의 시도〉의 요구로 이어진다. 이러한 요구는 역사에 대한 윤리적 자세를 전제하는, 이를테면 현재 속의 예술에 대한 요구이다. 보들레르의 이러한 예술적 요구는 흔히 계몽주의 시대라고 불리는 시대에 있어 철학의 근거를 현재로 삼은 칸트의 철학적 요구와 유사하다.

이성을 통한 비판은 칸트의 철학적 요구의 동인이다. 순수 오성의 텅 빈 공간을 관념의 날개로 탐색하는 플라톤의 철학이 인간의 지성을

---

13) Charles Baudelaire, *op. cit.*, pp.716.

협소한 한계 속에 가두는 감각의 영역을 떠나려는 데서 비롯한다고 간
주하는 칸트에 있어서, 현재는 곧 이성이 작용할 수 있는 유일한 공간
이다. 이성을 통한 비판은 현재를 그 대상으로 한다. 물론 예전에도 철
학은 그 성찰의 계기를 현재를 보는 시각에 두었겠지만, 푸코의 견해
를 빌리자면 철학자가 자신의 철학의 시점을 현재에 두고 있음을 밝힌
것은 칸트의 경우가 처음인 것 같다.14) 칸트에게 있어서 현재는 비단
정치·경제적 측면에 국한되는 것이 아니라 무엇보다도 각 개인의 성
숙에 관계하며, 그리고 개인의 현재상은 곧 시대의 현재상이다. 시대가
인식의 편견에 갇혀 있는 것은 곧 개인이 인식의 편견에 갇혀 있기 때
문이다. 따라서 *Sapere Aude!* 즉 '과감히 알려고 하는 용기를 지니라!'
고 권유하는 칸트는 각자의 현재를 이성을 통한 비판의 대상으로 제시
한다. 그는 계몽15)에 대한 견해에서 곧 계몽을 각 개인이 미성년 상태
로부터 성년 상태로 나가는 출구이며 동시에 이행과정으로 제시한다.
각 개인은 이렇듯 철학적 이행 과정 속에 있으며, 이 과정 속에서 중
요한 것은 각자가 각자의 〈지금〉과 맺는 책임 관계이다.

  실제로 칸트의 경우 시간은 이성 작용의 동기이며, 동시에 그 목표
이다. 칸트는 시간을 하나의 경험론적 개념이나 어떤 단편적인 체험으
로 규정될 수 없는 이른바 선험적 총체로서 주어질 수밖에 없는 실체
로 생각한다. 선험적 총체로서 주어지는 시간의 무한함은 어떤 규정될
수 없는 그 광막함으로 표상되기 위해서가 아니라 오히려, 순간이 영
원의 토대가 되듯이, 그 무한성의 바탕이 되는 하나의 시작으로서의

---

14) Michel Foucault, *Qu'est-ce que les Lumières?* in *Dits et
    Ecrits*, Gallimard, 1984, pp.568.
15) 〈die Aufklarung〉, 〈the enlightenment〉, 〈les Lumières〉는 흔히 계
    몽으로 번역되지만, 그것이 진실의 빛으로 어둠과 무지의 상태를 밝게 비
    추어 광명과 성숙의 상태를 이끈다는 점에서 〈밝힘〉이라는 번역을 제안해
    본다.

시간으로 한정되어 고찰되기 위한 사유 조건이다. 따라서 시간에 대한 고찰은 항상 하나의 유일한 시간 단위로 한정되며 이 한정된 시간으로서의 시작이 곧 현재이다. 현재는 이렇듯 시작하는 시간으로서 과거와의 차이이며 또 그러기에 이성의 동기를 부여한다. 이러한 맥락에서 푸코는 칸트의 시간에 대한 성찰을 〈역사 속의 차이로서 그리고 각별한 철학적 과제의 계기로서〉16) 받아들이면서 결국 현재에 대한 관심으로 이끈다.

현재는 우리가 우리 자신에 대해 갖는 또 우리가 자신의 내면에 대해 갖는 직관 형식이다. 인간을 초월적 동물로 생각한 칸트가 각 개인에 부여한 철학적 제안 역시 이렇듯 초월적 시간과 현재와의 관계에 근거한다. 초월성은 존재 문제에 있어서나, 시간문제에 있어서나 인간의 한계를 설정하지만, 또 한편으로 이 한계 속에서의 인간의 의무를 묻게 해준다. 인간은 우주 속의 극히 미미한 존재이다. 그럼에도 불구하고 인식 문제 곧 앎의 대상을 인간으로 하는 칸트의 인식적 접근은, 인간의 본능에 관한 생리학적이며 심리학적인 측면이 아니라 각 개인으로서의 인간 자신이 해야 하고, 또 해야 할 바를 아는 데 있다. 즉 인간으로서의 의무에 대한 인식을 통해 인간 개개인은 세계 시민으로 나아간다. 시간의 무한성이 현재에 국한되어 고찰되어야 하는 까닭은 이렇듯 존재의 초월성이 세계 시민으로 나아가는 각 개인 간의 상호주체성과 동일선상에 놓여 있기 때문이다.

보들레르의 경우에 있어서 현재 문제는 궁극적으로 당디즘으로 표현되는 개인 윤리의 요구로 귀결되듯이 칸트의 경우 각 개인이 자기 스스로에 대해 해야 할 바를 물으면서 스스로를 변화시키는 이성의 실용적 측면에 귀결된다. 따라서 현재 문제는 시대 구분의 차원에서 접근될 수 있는 것이 아니다. 푸코가 정확히 지적했듯이, 〈현대성〉은 역사에 있어

---

16) Michel Foucault, *op. cit.*, pp.568.

서의 프레모더니티(pré-modernité)와 포스트모더니티(post-modernité)의
중간에 놓인 시간 개념으로 해석되어서는 안 된다. 이러한 구분은 도리어
반현대성(contre-modernité)의 태도임을 경고하는 푸코는 칸트와 보들
레르에 관한 그의 고찰에서 〈현대성〉 문제를 무엇보다도 확고한 개인적
결단에 관여된 문제로 제시한다. 이 결단의 자세는 현재에 속한 한 일
원으로서의 각자가 동시대와 맺는 자발성이자 자율적 선택이다. 〈현대
성〉의 자세는 동시대에 대한 단순한 부정적 시각 속에서 스스로를 이탈
하는 자세가 아니며 오히려 자유 의지로 스스로를 그 속에 연루시키는
자세이다. 보들레르가 군중 속으로 스며드는 예술가의 태도를 통해 제
시하듯이, 동시대에 대한 소속감은 〈현대성〉의 우선 조건이다.

　푸코는 이 소속감과 각 개인의 자유 의지를 기본으로 하는 〈현대성〉
의 태도를 그리스인들이 에토스라 부르던 것에 비교한다. 우리가 말하
고 느끼고 행동하는 방식인 이 에토스를 통해 푸코가 문제시하는 것은
자율적 주체로서의 〈우리 자신〉의 형성이다. 이 문제에 관한 푸코의
입장이 전적으로 보들레르적이거나 혹은 전적으로 칸트적인 것만은 아
니다. 한편으로 자율적 주체로서의 개인의 이성 활동을 정치 문제로
연관시킨 칸트의 경우, 이성의 공적 사용은 추궁이 배제된 자유로운
정치 토양에서만 가능한 까닭에 일종의 정치적 계약을 제안하고 있다
면, 다른 한편 극기를 통해 자율적 존재로서의 자기 형성을 꾀한 보들
레르는 정치 사회 영역에서는 이러한 자기 변화는 불가능하며 오직 아
름다움을 묻는 예술의 영역에서만 가능하다고 본다. 칸트와 보들레르
못지않게 현재 우리의 모습을 묻고 있다. 즉 현재의 우리 모습 속에서
철학의 가능성을 모색한 칸트와 현재의 우리 모습 속에서 예술의 가능
성을 모색한 보들레르처럼 푸코는 현재란 단지 역사의 우연일 뿐임을
강조한다. 현재 우리의 모습은 결코 필연성이 아닌바 이 우연이 지니
는 부정적 측면으로부터 벗어나야 할 것이다. 더 이상 지금 우리가 속
해 있는 존재 양식과 행동 양식과 사유 양식이 아닐 수 있는 가능성을

푸코는 철학적 에토스가 제시하는 과제로 삼는다. 푸코는 현재에서 비롯하는 이 과제의 실천이야말로 곧 역사의 오류에도 불구하고 서서히 이루어진 자유가 떠맡아야 할 일로서 제시하고 있다.

칸트에게 있어서나, 보들레르에게 있어서나, 푸코에 있어서나 이렇듯 〈현대성〉은 정치적 측면에서든, 예술적 측면에서든, 철학적 측면에서든 각 개인의 태도에 관한 문제로서 제기된다. 그러기에 현대성은 일회적인 문제가 아니고 항구적으로 제기되는 지속적인 과제이다. 또 그러기에 〈현대성〉의 문제는 매 시대에 제기되는 문제이다. 〈현대성〉의 문제는 역사 속에서 아직 끝나지 않은 문제로 제기되는 까닭에 보편 이성 혹은 자기완성 혹은 자유의 소임을 지향하든 결국 인간의 한계에 대한 끊임없는 고찰이다. 그런데 우리는 현재의 주어진 상황을, 전통 형이상학에서 신을 기점으로 인간의 한계를 미리 설정했듯이, 마치 필연적 한계인 양 간주하고서, 진정 우리의 한계가 어디에 있는가를 묻지 않고 있다. 예술과 철학에서 이러한 물음을 주도하는 이성과 자유와 아름다움이 정신적 과제로서 끊임없이 작용하는 까닭은, 바로 인간의 유한성이 결코 현재의 부정적 측면에 갇혀 고려될 수 있는 성질의 것이 아님을 보여주고 있으며, 나아가 오히려 이러한 부정적 측면이 거기에 대한 질문을 포기하게 하는 것으로서 되물어야 함을 우리에게 시사한다.

IV. <현대성>: 아름다움의 계기

보편 이성 혹은 자기완성 혹은 자유의 소임을 향한 노력으로서의 〈현대성〉의 태도는 불합리한 주장과 정신의 예속을 낳는 자기중심적 태도에서 벗어나려는 탈자아의 노력을 요구한다. 세계 시민으로 나아가는 각 개인의 존재를 아직 도래하지 않은 존재로 제안하는 칸트의 경우와 역사 비판에 따른 자유의 구체적 실천이 인내를 필요로 함을 역설하는 푸코의 경우에서처럼 보들레르 역시 〈정신 위생과 묵도와 노동〉이라는 인위적인, 즉 윤리적·종교적 태도에서 예술적 실천이 비롯함을 보여준다. 예술적 실천은 자기로부터의 이탈을 전제로 하는 사랑에서처럼, 다수와의 관계를 맺어 가는 매춘에서처럼 탈자아의 실천이다. 자신이 군중 속의 예술가로 지칭한 콩스땅뗑 기스에 대한 언급에서 보들레르는 이러한 예술의 흐름을 주도하는 힘의 근거로서 〈내가 아닌 존재 non-moi에 대해 늘 목말라하는 나〉를 제시한다.[17]

보들레르에게 있어서 자기완성은 〈내가 아닌 존재〉에 대한 추구를 통해 나아간다. 탈자아의 요구가 지향하는 〈내가 아닌 존재〉는 오늘날 철학과 문학 비평에서 핵심어로 떠오르는 단순히 나와 다른 타인을 지칭하지 않는다. 더욱이 이 표현은 부정적 양상으로 드러나는 시대의 삶과 변증법적 관계를 맺고 있는 긍정적인 내 자신이 이 관계를 극복하기 위해 설정하는 존재를 지칭하는 것도 아니다. 사실 보들레르에 있어서 〈내가 아닌 존재〉는 부정적 시대의 삶 속에 있다. 그가 아름다움에 대한 미적 접근의 출발점을 무엇보다도 현재에 진행 중인 다수의 삶에 두는 까닭은 아마도 탈자아의 목표로 열리는 이 존재가 바로 이 삶 속에서만 물음의 지평으로 제시되고 또 찾아질 수 있기 때문일 것이다. 그러기에 보들레르는 이 존재에 대한 정의를 내리려고 하지는 않는다. 이 존재는 단지 물음만을 낳게 할 따름이다. 시대의 삶은 그 부정적 성격에 의해 이 존재에 대한 물음을 가능케 한다. 이 존재가 마치 한 시대가 이른바 현실이라 부르는 그 드러나는 모습 속에 숨어 있다면, 그럼에도 시대가 그 모습을 찾아내려는 노력을 기울이지 않는다면, 이 존재는 시대의 또 다른 가능성으로만 묻혀 있다.

눈에 드러나는 삶은 우리가 안다고 생각하는 현실이다. 자연주의 문학과 이른바 비판적 사실주의 문학이 이 현실만을 대상으로 삼으면서

---

17) Charles Baudelaire, *op. cit.*, pp.692.

214

시대에 충실한 시각을 던지고 있다고 자처하는 것에 반해, 부정적 시대에서도 무엇인가 공통적으로 모든 인간을 연루시키는 곳을 묻고 찾아내야 하는 것은 아마 예술가에게, 특히 군중 속의 예술가가 되고자 하는 예술가에게는 저버릴 수 없는 과제로 제기될 것이다. 보들레르에게 있어서 〈내가 아닌 존재〉는 이렇듯 부정적 시대의 삶 속에서 모든 인간을 연루시키는 하나의 계기로서 제기되고 있다. 시는 시대의 단순한 묘사가 아니며 삶 그 자체보다도 더욱 생생한 삶의 모습을 표현하고자 한다. 시인은 나의 관점에서 삶을 보는 것이 아니라 〈내가 아닌 존재〉의 관점에서 삶을 투시하는 것이다. 〈내가 아닌 존재〉는 이렇듯 시인의 자아가 지향하여야 할 목표이며 곧 탈자아의 길이다. 다시 말해서 탈자아의 길에서 마주치는 〈내가 아닌 존재〉는 미지의 존재이다. 군중 속의 예술가가 군중 속으로 스며드는 것은 미지의 존재를 만나기 위함이다. 바따이유가 시에 대해 "시는 알고 있는 것을 미지의 것으로 이끈다 la poésie mène du connu à l'inconnu."[18]라고 말한 것처럼, 보들레르는 "우리는 여인들이 우리에게 더욱 낯선 정도에 따라 그녀들을 좋아한다."[19]라고 말하면서 현실에 대해 안다고 생각하는 태도 그 자체가 비예술적인 태도임을 전하고 있다.

따라서 미지의 존재로서의 〈내가 아닌 존재〉는 보들레르에 있어서 신비로움의 추구로 나아가게 한다. 그렇다고 이러한 추구가 시대의 삶을 떠난 秘敎主義의 입장을 취하는 것은 아니다. 그의 종교적 접근이 앞서 언급한 것처럼 한편으로 윤리적 요구를 담고 있는 당디즘과 또 한편으로 대도시를 종교적 도취의 공간으로 설정하고 있음을 고려한다면, 그에게 있어 신비로움은 이러한 그의 종교관을 반영하는 말이면서

18) Georges Bataille, *L'expérience intérieure* in Œuvres complètes V, Gallimard, 1973, p.157
19) Charles Baudelaire, *le Peintre de la vie moderne*, pp. 652.(강조 필자)

도 동시에 현대성에 근거를 두고 있는 말로 고찰되어야 할 것이다. 따라서 이 신비로움은 불가지론적 입장을 반영하는 것이 아니라, 시대의 삶 속에 담겨 있는 사소한 것에서부터 우러난다. **"아무 것도 아닌 것이 있는 것을 아름답게 한다."**[20] 이러한 보들레르의 미학적 접근은 곧 아름다움에 대한 통상적 개념과 전적으로 상충한다. 〈아무 것도 아닌 것〉이 우리 모두를 연루시키는 〈내가 아닌 존재〉, 미지의 존재를 열어 보인다라는 새로운 인식은 보들레르 미학의 토대를 이룬다. 〈아무 것도 아닌 것〉은 이렇듯 신비로움의 계기이며 나아가 아이의 시선으로 표현되는 경이로움의 계기이다. 그러기에 보들레르는 비록 아름다움의 성격을 끊임없이 되물으면서 〈신비로움〉과 "비규칙성, 다시 말해 예기치 못한 것, 뜻밖의 것, 놀라움"[21]을 아름다움의 성격으로 제시하고 있다.

　이렇듯 보들레르에게 있어서 아름다움의 문제는 아마도 우선적으로 자아 상실에 관계되는 문제로서 고찰되어야 할 것 같다. 그에게 있어서 자기완성은 〈내가 아닌 존재〉로서의 완성을 뜻하며, 아름다움은 마치 이 존재의 성격과도 같다. 그러기에 아름다움은 관조나 단순한 느낌의 측면에 국한되는 것이 아니라, 자아 상실을 요구하는 때로는 잔인할 수도 있는 악의 힘의 측면에서 고찰되어야 할 것이다. 여기서 우리는 이 문제를 다시금 물어보아야 할 문제로 남겨 놓겠지만, 보들레르에 있어서의 악의 문제는 이렇듯 아름다움의 성격에 대한 새로운 이해에 따른 극기 정신과 극기를 강요하는 감당할 수 없는 힘, 즉 인간의 한계에 대한 미적 차원에서 탐구되어야 할 것으로 생각된다. 이 힘이 초자연적 힘이든 사탄의 힘이든 그에 관한 어떤 형태의 정의를 내린다 할지라도 그러한 여러 갈래의 정의가 시사하는 바는, 아마도 아름다움은 그 규정될 수 없는 성격에 의해 하나의 광막함으로의 열림을 뜻할 것이다.

　마치 인간은 자신의 힘으로는 해결 불가능한 문제를 안고 있듯이,

---

20) *Ibid.*, pp.715.
21) *Ibid.*, pp.656.

그리고 마치 인간으로서는 해결 불가능한 영역을 끊임없이 인간에게
알리고 있는 것이 종교이며 예술이듯이.

참고문헌

1. 생트-뵈브의 作品

Tableau historique et critique de la poésie française et du théâtre français au seizième siècle, 2 vols., Sautelet, 1828.

Tableau historique et critique de la poésie française et du théâtre français au seizième siècle, nouvelle édition, Charpentier, s.d..

Vie, Poésies et Pensées de Joseph Delorme, édition avec introduction, notes et lexique par Gérald Antoine, Nouvelles Éditions Latines, 1957.

Portraits de femmes, Garnier Frères, 1845.

Chateaubriand et son groupe littéraire sous l'Empire, cours professé en 1848-1849, nouvelle édition, par Maurice Allem, Classiques Garnier, 2 vols., 1861(1948).

Portraits littéraires, Ⅱ(Garnier), Ⅲ(Charpentier), 1862.

Poésies complètes de Sainte-Beuve, Joseph Delorme, Les Conso-lations, Pensées d'août, Notes et Sonnets, Romances, Charpentier, 1869.

Portraits contemporains Ⅰ, Ⅱ, Michel-Lévy Frères, 1869.

Études sur Virgile, Michel-Lévy frères, 1870.

Causeries du Lundi, Ⅲe édition, Garnier, 15 vols. et *Table générale et analytique* par Charles Pierrot(1881).

Nouveaux Lundis, 13 Vols., Michel-Lévy Frères, 1870.

Œuvres de Sainte-Beuve, ≪Bibliothèque de la Pléiade≫, Gallimard, 2 vols., texte annoté et présenté par Maxime Leroy, 1949.

Port-Royal, ≪Bibliothèque de la Pléiade≫, Gallimard, 3 vols., texte annoté et présenté par Maxime Leroy, 1954.

Port-Royal(extraits), Classiques Larousse, 1937.

Port-Royal(extraits), Les classiques pour tous, Hâtier, 2 vols., s.d..

Correspondance littéraire, provenant pour la plus grande partie du fonds Lebrun de la Bibliothèque Mazarine, avec introduction et notes de Guy de la Batut, édition Montaigne, 1929.

Correspondance générale, recueillie, classée et annotée par Jean Bonnerot(tome I à XIV), et par Allain Bonnerot (tome XV à XIX), Librairie Stock, puis Didier-Privat, 1935-1983.

Lettres à deux amies, F. Bonne-Roy, Édition des Horizons de France, 1948.

Les plus belles lettres de Sainte-Beuve, André Billy, Calman-Lévy, 1962.

La Littérature française des origines à 1870, XVIe siècle, La Rennaissance du Livre, 1926.

Profils et jugements littéraires, Antiquité, XVIIe siècle, XVIIIe siècle, XIXe siècle, Larousse, 1926.

Vues sur l'histoire de France, notice par Bernard de Vaulx, Plon, 1946.

Pensées et Maximes, par Maurice Chapelain, Bernard Grasset, 1954.

Volupté, chronologie et introduction par Raphël Molho, Garnier Flammarion, 1969.

Volupté, Maurice Allem, Garnier Frères.

Volupté, Pierre Poux, 2 vols., Édition des presses françaises et Soc-
iété d'édition ≪Les Belles-Lettres≫, 1927.

Volupté, Génie de la France, 2 vols., René Hilsum, 2 Vols., 1869.

Volupté, Edition et Librairie, Henri Beziat, 2 vols. s.d..

Volupté(extraits), Classiques Larousses, 1951.

Volupté, Arthur, préface de Jean-A. Ducourneau, Le Club Français
du Livre, 1955.

Les Grands écrivains français(XIXe siècle), par Maurice Allem,
Garnier Frères, 1926.

Mes Poisons, par Victor Giraud, Plon, 1945.

Mes Poisons, Pierre Delachline, Plasma, 1980.

Mes Poisons, par Henri Guillemin, 10 / 18, 1965.

Le Clou d'Or, La Pendule, Société littéraire de la France, 1920.

Le Clou d'Or, La Table Ronde, 1946.

Cahiers, le Cahier vert, par R. Molho, Gallimard, 1947.

Sainte-Beuve, Ancienne Littérature(partie médiévale), Françoise De-
housse, Société d'Édtion ≪Les Belles Lettres≫, 1971.

Sainte-Beuve, Anthologie critique, Bruno De Cessole, Encyclopédie
universitaire, Éditions Universitaires, 1990.

Sainte-Beuve, La Vie et Lettres, 4 vols., anthologie établie et pré-
sentée par Pierre Berès, Collection Savoir Lettres, 1992.

Potraits littéraires et Portraits de femmes, édition préfacée par
Gérald Antoine, ≪Bouquins≫, Laffont, 1992.

Voyage en Italie, Georges Crès et Cie, s.d..

2. 연구 및 비평

Maurice Allem, *Portraits de Sainte-Beuve*, Albin Michel, 1954.

Gérald Antoine, *Stylistique des formes et stylistique des thèmes, ou stylisticien face à l'ancienne et la nouvelle critique* in *Revues des sciences humaines*, t. XXXIV, No. 135, juillet-septembre, 1969 (numéro spécial consacré à Sainte-Beuve).

Pierre Barbéris, *Signification de Joseph Delorme en 1830* in *Lectures des réels*, Éditions sociales, 1973.

Emmanuel Barat, *Le Style poétique et la Révolution romantique*, Slatkine reprints, 1968(réimpression de l'édition de Paris, 1904).

André Bellesort, *Sainte-Beuve et le XIXe Siècle*, Librairie académique, Perrin et Cie, 1927.

Paul Bénichou, *Le Sacre de l'écrivain, Essai sur l'avènement d'un pouvoir spirituel laïque dans la France moderne 1750-1830*, José Corti, 1985.

Paul Bénichou, *les Mages romantiques*, Gallimard, 1988.

Paul Bénichou, *École du désenchantement. Sainte-Beuve, Nodier, Musset, Nerval, Gautier*, Gallimard, 1992.

E. Bénoit-Lévy, *Sainte-Beuve et Madame Victor Hugo*, pp.U.F., 1926.

André Billy, *Sainte-Beuve, Sa Vie et son temps*, 2 Vols., Les Grandes Biographies, Flammarion, 1952.

Jean Bonnerot, *Un Demi-siècle d'études sur Sainte-Beuve(1904-1954)*, Société d'Édtion ≪Les Belles Lettres≫, 1957.

José Cabanis, *Pour Sainte-Beuve*, Gallimard, 1987.

Nicole Casanova, *Sainte-Beuve*, Mercure de France, 1995.

José-Luis Diaz, *Sainte-Beuve chez les* Muses in *Romantisme* No 77, 1992-Ⅲ.

Roger Fayolle, *Sainte-Beuve et le XVⅢe siècle où Comment les Révolutions arrivent*, Armand Colin, 1972.

Louis-Frédéric Choisy, *Sainte-Beuve, L'Homme et le Poète*, Plon, 1921.

Henri Bremond, *le Roman et l'histoire d'une conversion*, Urlic Guttinguer et Sainte-Beuve, Plon, 1925.

William Frédérick Giese, *Sainte-Beuve, A Litterary portait*, Greenwood Press, the University of Wisconsin, 1931.

Victor Giraud, *Port-Royal de Sainte-Beuve*, Édition Mellotte, s.d..

Victor Giraud, *la Vie secrète de Sainte-Beuve*, Stock, 1935.

Georges Grappe, *Dans le jardin de Sainte-Beuve, La Tradition de l'intelligence*, Henri Jonquières, ed., 1929.

Jean Hytier, *les Romans de l'Individu*(sous la direction de René Lalou), les Arts et le livre, 1928.

G. Jean-Aubry, *Sainte-Beuve, Poète suisse*, Idées et Callendes, 1946.

Pierre Groscolaire, *Sainte-Beuve et Marceline Débordes-Valmore, Histoire d'une d'Amitié*, préface de Georges Lecomte, Édition de la Revue moderne, 1948.

René Lalou, *Vers une alchimie lyrique*, les Arts et le livre, 1927.

Gustave Lanson, *Essais de méthode de critique et d'histooire littéraire*, Revue de Belgique, 15-janvier-1905, et Revue Universitaire ⅩⅣ, Hachette, 1905(1965).

Yves le Hir, *l'Originalité littéraires de Sainte-Beuve dans* Volupté, Société d'édition d'enseignement supérieur, 1953.

Maxime Leroy, *La Pensée de Sante-Beuve*, Gallimard, 1940.

Maxime Leroy, *La politique de Sainte-Beuve*, Gallimard, 1941.

222

Maxime Leroy, *La Vie de Sainte-Beuve*, Collection ≪Janus≫, 1947.

Jules Levallois, *Sainte-Beuve*, Didier et Cie, 1872.

Gustave Michaut, *Sainte-Beuve avant les Lundis*, Freibourg, Librairie de l'université, librairie A. Fontemoing, 1903.

Gustave Michaut, *Études sur Sainte-Beuve*, Albert Fontenec, 1905, Collection Minerva.

Raphaël Molho, *L'Ordre et les ténébres où la naissance d'un mythe du XVIIe siècle chez Sainte-Beuve*, Armand Colin, 1972.

Louis Nicolardot, *Confession de Sainte-Beuve*, édition Rouveyre et G. Blond, 1882.

Marie-Louise Pailleron, *Sainte-Beuve à seize ans*, Le Divan, 1927.

A.-J. Pons, *Sainte-Beuve et ses inconnus*, Paul Ollendorff, ed, 1879.

Annie Prassoloff et José-Luis Diaz, *Sainte-Beuve, Pour la critique*, folio, essais, 1992.

Marcel Proust, *Contre Sainte-Beuve*, Idées / Gallimard, 1954.

Maurice Regard, *Sainte-Beuve*, Connaissances des Lettres, Hatier, 1959.

Jean-Pierre Richard, *Sainte-Beuve et l'expérience critique* in *les Chemins actuels de la critique*, Centre Culturel International de Cerisy-la-Salle, 10 / 18, 1968.

André Rousseaux, *le Monde classique*, Albin Michel, 1956.

Gustave Simon, *le Roman de Sainte-Beuve*, Collection Hugolienne, Paul Ollendorff, 1906.

Gustave Simon, *le Roman de Sainte-Beuve*, Albin Michel, 1926.

Toshikazu Tsuyuzaki, *Les Figures du lyrisme au milieu du XIXe siècle, Sainte-Beuve, Nerval, Hugo, Baudelaire*, Thèse présentée à l'Université de Paris III, 1984.

Jacques Vier, *Le Joseph Delrme de Sainte-Beuve*, Archives des lettres modernes, jan-fév., 1960.

Revue d'Histoire littéraire de la France, pour le cent-ciquantenaire de Sainte-Beuve, Aramand Colin, 54e année-NO 4, oct-dec, 1954, XII.6 / 56 / 2.

Mélange d'histoires littéraires et de bibliographie, offerts à Jean Bonnerot par ses amis et ses collègues, Nizet, 1954.

Revue des sciences humaines, t. XXXIV, No. 135, juillet-septembre, 1969 (numéro spécial consacré à Sainte-Beuve).

Au bonheur des mots, mélanges en l'honneur de Gérald Antoine, Presses universitaires de Nancy, 1984.

Pour ou contre Sainte-Beuve: ≪Le Port-Royal≫, Actes du colloque de Lausanne, 1992.

3. 기 타

Théodore de Banville, *Petit traité de poésie française*, Éditions d'aujourd'hui, 1978 (réédition de la bibliothèque de l'Écho de la Sprbonne en 1872).

Charles Baudelaire, *Les Fleurs du Mal*, Édition critique établie par Jacques Crépet-Georges Blin, refondue par Georges Blin et Claude Pichois, José Corti, 1968.

Charles Baudelaire, *Œuvres complètes*, texte établi, présenté et annoté par Claude Pichois, Gallimard, ≪Bibliothèque de la Pléiade≫, 2 vols., 1975.

Charles Baudelaire, *Correspondance*, texte établi, présenté et annoté par Claude Pichois avec la collaboration de Jean Ziegler, ≪Bibliothèque de la Pléiade≫, 2 vol.s, Gallimard, 1973.

Walter Benjamin, *Charles Baudelaire*, Payot, 1979(1990).

Ferdinand Brunetière, *l'Évolution de la poésie lyrique en France au dix-neuvième siècle*, 2 vols, Libraie Hachette, 1895(Ⅸe édition).

Ferdinand Brunot, *Histoire de la langue française*, t. ⅩⅡ, Armand Colin, 1968.

Albert Cassagne, *Versification et métrique de Charles Baudelaire*, Slatkine Reprints, Genève-Paris, 1982.

John Charpentier, *L'évolution de la poésie lyrique, De Joseph Delorme à Paul Claudel*, les Arts et le livre , 1927.

Chateaubriand, *Génie du Christianisme*, texte établi, présenté et annoté par Maurice Regard, ≪Bibliothèque de la Pléiade, Gallimard, 1978.

André Chénier, *Œuvres complètes de André Chénier*, publiées d'après les Manuscrits par Paul Dimoff, 3 vols, Librairie Delagrave, 1919-1920.

André Chénier, *Œuvres complètes*, édition établie et commentée par Gérard Walter, Gallimard, ≪Bibliothèque de la Pléiade≫, 1958.

Simone Chevalier, *La Poésie française au ⅩⅧe siècle*, Classiques Larousse, 1974.

Carloni et Filloux, *La Critique littéraire*, pp.U.F., 1966.

Denis Diderot, *Œuvres*, édition établie et annotée par André Billy, Gallimard, ≪Bibliothèque de la Pléiade≫, 1951.

Théophile Gautier, *Poésies complètes de Théophile Gautier*, publiées par René Jasinski, Nouvelle édition revue et augmentée Tome Ⅰ, *Albertus ou l'Ame et le Péché*, "Paris", 1970.

Paul Hazard, *La Pensée européenne au ⅩⅧe siècle*, Fayard, 1963.

Victor Hugo, *Œuvres poétiques Ⅰ*, Avant l'exil 1802-1851, préface par Gaëtan Picon, édition établie et annoté par Pierre Albouy, Gallimard, ≪Bibliothèque de la Pléiade≫, 1962(1984).

Victor Hugo, *Les Orientales*, édition critique avec une introduction, des notices des varientes et des notes par Élizabeth Barineau, 2 Vols., Société des textes français moderne, Librairie Marcel Didier, 1968.

René Jasinski, *Les Années romantiques de Théophile Gautier*, Librairie Vuibert, 1929(1970).

Alfonse de Lamartine, *Méditations*, introduction, note bibliographique, chronologique, relevé de variantes et notes par Fernand Letessier, Édition Garnier Frères, 1968.

Alfonse de Lamartine, *Œuvres poétiques*, texte établi, annoté et présenté par Marius-François Guyard, ≪Bibliothèque de la Pléiade≫, Gallimard, 1982.

Daniel Leuwers, *Introduction à la Poésie moderne et contemporaine*, Bordas, 1990.

Wil Munsters, *La poétique du pittoresque en France de 1700 à 1830*, Droz, 1991.

Georges Poulet, *la Conscience critique*, José Corti, 1971.

Marcel Raymond, *De Baudelaire au surréalisme*, Librairie José Corti, 1963.

Hermine B. Riffaterre, *L'Orphisme dans la poésie romantique*, Thèmes et Style surnaturalistes, Edtions A.-G. Niget, 1970.

Dominique Rincé, *la Poésie française au XIXe siècle*, pp.U.F., 1977.

Dominique Rincé, *la Littérature française au XIXe siècle*, pp.U.F., 1978.

Robert Sabatier, *Histoire de la poésie du dix-huitième siècle*, Albin Michel, 1975 et *du dix-neuvième siècle I -Les romantismes*, 1977.

Graham Robb, *La Poésie de Baudelaire et la poésie française*, 1838-1852, Aubier, 1993.

Jean-Paul Sartre, *Qu'est-ce que la littérature?* Gallimard, 1947(1980).

Jérôme Thélot, *Baudelaire. Violence et Poésie*, Éditions Gallimard, 1993.

Albert Thibaudet, *Histoire de la littérature française de 1789 à nos jours*, 1936(1981), Stock.

Tzvétan Todorov, *Critique de la critique*, Édition du Seuil, 1984.

Paul Valéry, *Variété* in *Œuvres Ⅰ*, ≪Bibliothèque de la Pléiade≫, Gallimard, 1957.

4. 보 유

The *Oxford English Dictionary*, Second Edition, vol Ⅸ, 1989, Claranden Press, Oxford, 1989.

Samuel Johnson, *A Dictionary of the English language*, vol Ⅱ, 1975.

Emil Littré, *Dictionnaire de la langue française*, t. 5, Gallimard/ Hachette, 1965.

Grand Larousse de la Langue française, t. 4, Librairie Larousse, 1975.

le Robert, Dictionnaire historique de la Langue française, t. Ⅱ, 1992.

Walter Benjamin, *la Modernité in Charles Baudelaire. Un poète lyrique à l'apogée du capitalisme*, préface er traduction par Jean Lacoste, Payot, 1974.

Charles Baudelaire, *le Peintre de la vie moderne in Critique d'art, Œuvres complètes* I, texte établi, présenté et annoté par Claude Pichois, Gallimard, ≪Bibliothèque de la Pléiade≫, 1975.

Michel Foucault, *Qu'est-ce que les Lumières?* in *Dits et Ecrits*, Gallimard, 1984.

찾아보기

· 저자 ·

송태효　　· 약　력 ·
(宋泰孝)　　고대불문과 박사(〈생트-뵈브의 詩와 프랑스 낭만주의〉)
　　　　　　고려대학교 레토릭연구소 연구교수

　　　　　· 주요논저 ·
　　　　　「소유와 언어 le Propriété et le Langage」
　　　　　「교본과 수사 Manuel et Rhétorique -절제의 미와 시네마토그라프-」
　　　　　「이방인의 눈 L'oeil de l'Etranger」
　　　　　「추적자의 여로, 김수영과 비스콘티」
　　　　　「역사의 흐름, -아벨 강스의 '나폴레옹'-」
　　　　　『언어간 의사소통의 사회언어학 Sociolinquistics of interlingual
　　　　　　communication』(역서)
　　　　　『무의 숭배 le Culte du Néant』(역서)
　　　　　『콜롱바 Colomba』(역서)
　　　　　『어둠의 방-시와 영화 속 그림자 이야기-』
　　　　　『Atelier du Français』(공저)
　　　　　외 다수

생트-뵈브와 프랑스 낭만주의 시인들

· 초판 인쇄 | 2006년 9월 15일
· 초판 발행 | 2006년 9월 15일

· 지 은 이 | 송태효
· 펴 낸 이 | 채종준
· 펴 낸 곳 | 한국학술정보㈜
　　　　　경기도 파주시 교하읍 문발리 526-2
　　　　　파주출판문화정보산업단지
　　　　　전화　031) 908-3181(대표)·팩스　031) 908-3189
　　　　　홈페이지　http://www.kstudy.com
　　　　　e-mail(출판사업부)　publish@kstudy.com
· 등　　록 | 제일산-115호(2000. 6. 19)
· 가　　격 | 25,000원

ISBN　89-534-5652-5 93860 (Paper Book)
　　　　89-534-5653-3 98860 (e-Book)